U0903127

澄心清意

阅读致远

东大教授世界文学讲义

〈5〉

[日]
沼野充义
——编著——

李先瑞
——译——

浙江文艺出版社
Zhejiang Literature & Art Publishing House

越秀译丛

总策划：李贵苍

浙江越秀外国语学院外国语言文化研究院院长

主　编：许金龙

中国社会科学院外国文学研究所研究员

浙江越秀外国语学院大江健三郎研究中心主任

译　者：王宗杰

浙江越秀外国语学院东语学院院长

王　凤

浙江越秀外国语学院东语学院副教授

严红君

浙江越秀外国语学院东语学院副教授

李先瑞

浙江大学宁波理工学院外国语学院教授

石　俊

四川省成都市翻译协会会员

序言：世界文学六条要求

打着“通过对谈学习‘世界文学’的系列讲义”的旗号而刊行的本系列讲义，至此已经是第五册了。之前进展顺利，有赖于和我对谈的各位嘉宾，也有赖于以极大的兴趣和共鸣来听讲义的各位听众。真是谢谢了！

但是，任何事物都会告一段落。我想本系列讲义日文版也到第五册为止告一段落。在第四册，我将意向稍加改变，将日文版主要标题定为“8 岁到 80 岁的世界文学入门”。这个标题来源于凯斯特纳①，我自己也觉得标题很好。但是据我妻子说，她将书送给喜欢读书的岳母时，岳母一脸诧异。岳母现在还很健康（值得高兴），读书欲强烈，送给她的书很快就读完了，并说很有趣。恕我愚钝，事后才终于想起来这事儿。那本书的标题上写着“80 岁

---

① 埃里希·凯斯特纳（Erich kästner，1899—1974），德国著名儿童文学作家、小说家、剧作家，主要作品有《埃米尔擒贼记》等。

以前”，已年过 80 岁的岳母那一瞬间肯定觉得自己被排除在外了。

平均寿命延长，想进行战争的或者想靠武器发财的人是极少部分，显得很扎眼。现在的社会可以和平地读书，将读者限定为“80 岁之前”的确很失败，不符合现实。于是，这次我经过反省，将读者限定为“90 岁之前”，干脆“100 岁之前”吧，那一瞬间我想到了华丽的大团圆局面。不，不，原本就没有必要靠年龄来区分人，想到这里，我更加精神百倍，决定把标题定为“总之，读书是冒险”了。

利用这个机会，我打算把我日常思考的——通过迄今为止已收录到五册书中的许多对谈来加以凝练出来的——阅读好世界文学所需六条要求加以披露：

1. 阅读文学是一种体验。

2. 阅读文学像旅行。

3. 翻译能够丰富一些东西。

4. 多样性才有价值。

5. 世界文学要看“你怎么阅读它”。

6. 没有任何人替你读书。开拓世界文学冒险之旅的男女主人公是你自己。

怎么样？我想这六条里，有的意思很明白，有的则意思不明。若要详细论述的话，仅这些内容就可以另外构成一册书，我在此进行简单说明。

第一条，阅读文学是一种体验。阅读文学像应试的时候一样，它不是为了获得某种知识。对于人而言，读书本身是一种体验。有了某种体验，人多多少少会得到成长，会发生变化。知识忘了也就算了，但是读书这种体验——即便你忘记了所读小说的梗概和登场人物的名字——会终生伴随着阅读者。在阅读了好的书籍之前和之后，你肯定会发生一点变化，看待这个世界的目光肯定也会不同。

第二条，阅读文学像旅行。文学会将你引向遥远的未知国度。会把你带到现实中无法旅行的时空之中。不仅是超越空间，这种旅行还是超越时间的旅行。文学是能够自由超越时空的很棒的梦想机器。

第三条，翻译能够丰富一些东西。丰富什么？可以使文学作品本身丰富，而且当然也可以使阅读翻译的你自己得到丰富。一般来讲，人们往往认为阅读文学作品原文是最好的，翻译之后原文的价值无论如何都会失去一些（特别是诗歌，这方面很明显）。的确是那样，但是没有翻译，“世界文学”无法想象。通过翻译我们知道了世界，知道了世界，我们会变得丰富。另外，翻译也是文学作品从母语到外语的旅行。旅行时，多余的行李会被舍弃。相反，在旅行地会得到各种好东西、新东西以及有趣的东西，会变得丰富。

第四条，多样性才有价值。现在这个瞬间，有数百种，或者有上千种语言在不断书写着世界文学，形成了一个无以言表的巨大群体。但是，我们没必要被这种多样性压垮。把多样性作为多样性来欣赏，作为编织这种多样性的一个要素，自己也加入到这个庆典之中。那便是阅读世界文学。我们不能否认有下面这种立场，即否定多样性并回归到原点的传统主义和国粹主义的立场。

但是传统只有加入到多样性的庆典之中才具有力量和意义。

第五条，世界文学要看“你怎么阅读它”。现行的世界文学我们必须要阅读。我们不可能有必读书书单，说读了这些书就行了。不管多么出色的世界文学全集，也不可能网罗全部世界文学名作。那么，怎么办才好呢？在过于庞大的世界文学面前，我们一定要绝望吗？非也，没有那种必要。姑且把想读的，遇到的先按照自己的方式阅读，将它们进行联系和扩展。这种活动就是世界文学。所以，所谓世界文学不是一系列的必读书书单，也不是认定有价值的古典名作的总合，它跟你怎么读它有直接关系。

最后是第六条，没有任何人替你读书。开拓世界文学冒险之旅的男女主人公是你自己。这一条也许最容易明白。但实际上这也是最难实践的。即便我们自己有读书的心情，但实际上很多时候我们读书时被别人的思维框架束缚着。自己认为是所感所想的内容，实际上世上其他人已经有过，你只是对别人已做过的事情进行千篇一律的模仿。(特别是读了中老年人的读后感，这种感觉尤其强烈。）但是，苏联出生的俄语诗人布罗茨基①曾经在诺贝尔文学奖获奖仪式上进行了讲演（1987)，他在讲演中这样说道：“大部分东西可以与人分享。面包、床，甚至恋人。但是，比如赖内·马利亚·里尔克②的诗歌不能与别人分享。整个艺

① 约瑟夫·布罗茨基（Joseph Brodsky，1940—1996)，俄裔美国诗人、散文家，1972年被剥夺苏联国籍，并于1987年获诺贝尔文学奖，主要著作有诗集《诗选》《言论之一部分》，散文集《小于一》等。

② 赖内·马利亚·里尔克（Rainer Maria Rilke，1875—1926)，奥地利诗人，代表作有《生活与诗歌》《祈祷书》《新诗集》等。

术，特别是文学，而且尤其是诗歌，它是与人进行一对一的对话，去掉中间者，可以与人结成直接关系。”

庞大且多样化到了令人绝望程度的世界文学，一个人来应对它或许有些内心不安。不过，面对文学作品的只能是你自己。我们不能让其他人来阅读，这是理所当然的，也是极美妙的事情，因为冒险的男女主人公是阅读世界文学的你。

最后，按照惯例要陈述感谢词。本书收录的对话和之前的四册一样，由日本出版文化产业振兴财团（JPIC）主办，光文社作为共同举办者来策划，东京大学文学部现代文艺理论研究室给予协助而公开进行的。而且，为了显示在大学研究室欢乐而多彩的世界文学探究的合理方式，我们稍微改变了趋向，这次在结尾处收录了很热闹的研讨会内容。

在总结全五卷系列之时，对于常年主办讲演会的 JPIC 的各位，即常年热情不减地推进企划的光文社驹井稔先生、高嶋知明先生，还有负责编辑的今野哲男先生、小都一郎先生等各位表示特别的感谢。对于各位嘉宾、听众和读者表示特别感谢。

这个“连续讲义”至此告一段落，并不是结束。文学会继续。我、你、世界会继续。

2017 年 2 月 24 日，我一边听着忌野清志郎的“没有明天的世界”，一边写下此文。

沼野充义

目录

第一章
“我与文学”

——川上弘美与沼野充义的对谈，特别嘉宾小泽实

流畅、热烈，充满甘苦

川上弘美

生于东京，小说家，大学期间给 SF① 杂志投稿了短篇小说，也从事编辑工作。其描写特色是幻想世界与日常生活的相互交织。当过高中生物老师，1994 年凭借短篇小说《神》登上文坛，该作品获得帕斯卡短篇文学新人奖。此后，1996 年作品《踩蛇》获得芥川文学奖，1999 年作品《神灵》获得紫式部文学奖和双叟文学奖，2000 年作品《溺》获得伊藤整文学奖和女流文学奖，2001 年作品《老师的提包》获得谷崎润一郎文学奖，2007 年作品《真鹤》获艺术选奖文部科学大臣奖，2015 年《水声》获读卖文学奖，2016 年《别被大鸟掠走》获泉镜花文学奖。2007 年担任第 137 届芥川奖评委。此外，还担任谷崎润一郎文学奖、三岛由纪夫文学奖评委。作为俳句诗人也进行俳句创作活动。

---

① 科学幻想（Science Fiction）的缩写，主要指以科学为题材呈现未来或幻想出来的世界的作品。

大学学的生物学科，在图书馆读书，在研究室煮杂烩

沼野：今天我们围绕如何阅读世界文学这个话题，与川上弘美女士进行探讨。当然，我想川上女士已经阅读了很多书，您小时候是个什么情况？

川上：我小时候实际上几乎没有读书。小学三年级时，我生了一场病，休学了一学期。因为太无聊了，就想起了读书，读不习惯，也没多少看进去。没办法，虽然已小学三年级了，还是妈妈读给我听，当时读的是《鲁滨孙漂流记》。以此为契机我开始阅读起来。我一直对外这样讲。今天事先从沼野先生这里得到了提问问题，我稍微认真地进行了思考。于是有些事情就想起来了。实际上由于父亲工作的关系，在入幼儿园之前我就去了美国，在美国居住了三年，所以最初读的书大概是英文书吧。

沼野：那时候您几岁？

川上：五岁。同样是日本小孩去了美国，大概三个月就可以说英语了。我有一年时间根本不会说英语。所以，一年后才开始阅读英文书。去过美国或英语圈国家的人也许知道，《苏斯博士的图画书》（苏斯博士著，渡边茂雄译，偕成社等出版）有个系列，已经有几册翻译成日文了。译成日文的是故事性较强的内容，我

喜欢读的是以语言游戏为中心的图画书。主人公是穿高筒礼服的猫，我喊着“CAT ON THE HUT”①，用初级英语做着无聊的语言游戏。我喜欢的是这类图画书。后来我的英语又有所进步时，我反复阅读了在英语圈很有名的《简的毛毯》（阿瑟·米勒著，厨川圭子译，偕成社，1971 年），讲的是放不下毛毯的小女孩直到放下毛毯为止的故事。

沼野：跟日本的一般孩子不一样啊。

川上：不，也不是那样。与其说是阅读故事和知晓意思，倒是感觉每天朗朗上口地读着诗歌和韵律体文章。现在我才想到原来这和自己写小说的方法有关系。

沼野：小时候生活中有外语的存在，后来语言感觉是如何发展的？我对此很感兴趣。有一段时间您是两国语言并用的状态吗？

川上：不是的，我在美国待到小学一年级，所以我英语说得再好也是小学一年级水平。

沼野：后来就回到了日本？

---

① 出自美国儿童文学家苏斯博士的作品《戴帽子的猫》，原文应为“The Cat in the Hat”。

川上：是的。只是我在日本是从一年级第二学期入学的，语音阶段没有学。所以我不知道“あかさたな”[①] 的规律，小学四年级学习罗马字时才知道，吓了一跳。在那之前一直深信平假名是44个。

沼野：然后就用日语读书？

川上：没有读书。所以我觉得我有很长一段空白期。

沼野：那么，您回到日本在小学有喜欢读的书吗？

川上：完全不记得了。小学三年级时阅读《鲁滨孙漂流记》之前，父母每月给我订《世界儿童文学全集》，总之读不好。不过后来生病了，以此为契机开始阅读《鲁滨孙漂流记》，然后才开始一心一意读《世界儿童文学全集》。

沼野：刚才您说的可谓是儿童文学中的《世界文学全集》。我觉得有小学馆和集英社等多个版本。

川上：我手头的是河出书房版的。

---

① 指日语五十音图，日语由平假名、片假名、汉字构成，平、片假名是日语的表音字母，其发音用即罗马字母表示。

沼野：我的话题有些跳跃。大家都认识川上女士。她大学时期学习理科，初高中时期有理科系少女的特质。

川上：我不擅长写作文和感想文，语文成绩很差，喜欢读小说，离不开儿童文学，上高中后最爱读的书是《姆明》系列丛书①。自己根本没想到会进入研究文学的大学。

沼野：您最初就打算学习理科吗？

川上：是的，而且我还喜欢数学。

沼野：我认为有许多搞文学的是因为不擅长数学才来学习文学的。

川上：我在大学学的是生物，我听说俄罗斯的乌利茨卡娅②学的也是生物。日本小说家里偶尔也有大学学理科的。前几天，负责翻译河出书房《日本文学全集》中世文学部分的五位小说家开

---

① 芬兰儿童文学作家杜芙·颜生的一部世界名著，讲述了长得像河马的精灵“姆明”的故事。

② 柳德米拉·叶甫盖尼耶芙娜·乌利茨卡娅，1943 年生，俄罗斯小说家，毕业于莫斯科国立大学遗传学专业。作为儿童文学家登上文坛，1993 年凭借《索尼奇卡》一举成名，居住在莫斯科。著述有《女人撒谎时》、《库科茨基医生的病案》等。

了小型研讨会，其中有一人叫森见登美彦①，听说他在农学研究生院时是研究竹子的。

沼野：这样啊。的确有些人本来是学理科的，可是中途改学文科。在大学里这被称作“转去文科”，有位叫柴田翔②的作家，现场的各位也许对他不熟悉。他曾以《别了，我们的生活》（文艺春秋新社，1964年，后改为文春文库出版）获得芥川奖。

川上：我们那个年代，这是必读书。

沼野：他也是从理科转为文科的，好像曾经是自己制作无线电收音机的理科少年。不过，反过来从文科转向理科的不太有，因为理科内容太难了。

有时候，我这里经常有理工系的学生和医学系学生想转为文科。我不太劝他们变更专业。倒是会劝他们不要着急。一边学医一边靠喜好去阅读文学作品是可以做到的，但不可能一边搞文学一边当医生。即便如此，还有学生会来找我。反过来说，如果没有特别强烈的愿望，转文科之后会很艰难，会后悔。川上女士生

---

① 森见登美彦（もりみとみひこ），1979年生，小说家，籍贯奈良县生驹市。京都大学农学系毕业，以《太阳之塔》获得第十五届日本奇幻小说大奖，以小说家登上文坛，凭借《春宵苦短，少女前进吧！》获得2006年度山本周五郎奖，著述有《神圣懒汉的冒险》（2013）等。

② 柴田翔（しばたしよう），1935年生，日本著名作家，日本20世纪70年代具有重大影响的文学流派“作为人派”的代表作家，1963年凭借《别了，我们的生活》获得芥川文学奖。

物方面研究什么的？

川上：谈不上研究，探索控制海胆精子尾巴动向的蛋白质等。

沼野：理科学生一旦进入毕业研究阶段会很忙，可以说没有时间玩，或者说没有闲暇阅读小说。

川上：不是的。我根本没有学习理科的东西，大学三年级之前几乎全是旷课，一直去图书馆读书。我只出席最低限度的课程，当然成绩也不好。四年级时同一研究室进来三位同学，除了我之外其他人成绩优秀。要说我在研究室干什么，我在煮杂烩。

发表园地《季刊 NW-SF》

沼野：和专业研究不同，您在图书馆读的是什么书？

川上：全是小说。

沼野：那时候您喜欢的作家和小说是？

川上：我经常读海外的作品。日本的小说从仓桥由美子和安部公房的作品开始读，内田百闲，第三新人作家①，还有村上龙之后

① 1952 年前后兴起的一个日本的文学流派，由安冈章太郎、庄野润三、小岛信夫等人组成。

年轻作家的作品。不过，比起日本来，还是更喜欢读外国作品。

沼野：那么外国作家都有谁？

川上：大学研究的是“SF（科幻）”小说，所以从阿西莫夫①、海因莱因②、冯内古特③等作家的作品开始阅读，后来阅读了早川书房出版的伊塔洛·卡尔维诺④的作品，慢慢地阅读了布扎蒂⑤的作品，大学之后出了《世界文学合集》，开始接触拉美作家马尔克斯⑥、科尔塔萨尔、卡彭铁尔⑦、巴尔加斯·略萨的作品，然后是博尔赫斯的作品。

---

① 艾萨克·阿西莫夫（Isaac Asimov，1920—1992），美国科幻小说作家、科普作家，美国科幻小说黄金时代的代表人物之一，曾获雨果奖和星云终身成就奖，代表作有“基地系列”、《银河帝国三部曲》和“机器人系列”等。

② 罗伯特·安森·海因莱因（Robert Anson Heinlein，1907—1988），美国著名科幻小说家，被誉为“美国现代科幻小说之父”，著有《星船伞兵》《星际迷航》《严厉的月亮》等。

③ 冯内古特（Kurt Vonnegut，1922—2007），美国小说家、剧作家。现代美国文学代表作家之一。代表作有《泰坦的海妖》（1959）、《猫的摇篮》（1963）、《五号屠宰场》（1969）、《冠军早餐》（1973）、《打闹剧》（1976）等。

④ 伊塔洛·卡尔维诺（Italo Calvino，1923—1985），意大利作家。在科幻作品、幻想文学和儿童文学等多个领域进行创作。被誉为20世纪意大利国民作家。代表作品有小说《树上的男爵》《寒冬夜行人》《隐形的城市》，短篇集有《宇宙连环图》《柔和的月亮》等。

⑤ 迪诺·布扎蒂（Dino Buzzati-Traverso，1906—1972），意大利作家、画家、诗人。和伊塔洛·卡尔维诺并称20世纪意大利最具代表性作家。代表作品有《鞑靼沙漠》《观神犬》。

⑥ 加西亚·马尔克斯（1928—2014），哥伦比亚作家。作为魔幻现实主义的旗手对世界文学有很大影响。1982年获得诺贝尔文学奖。代表作品有《百年孤独》《霍乱时期的爱情》等。

⑦ 阿莱霍·卡彭铁尔（Alejo Carpentier，1904—1980），古巴小说家、散文家、文学评论家，著有《竖琴与阴影》等。

沼野：你所说的科幻小说不是硬派科幻，而是幻想系列小说或者新浪潮小说[①]吧。

川上：是的。不是室外空间，而是室内空间，描写内心宇宙的东西。

沼野：比如布赖恩·奥尔迪斯[②]等人。

川上：是啊。像奥尔迪斯的《地球漫长的午后》（伊藤典夫译，早川书房，1967 年，后由早川科幻文库出版）这样的名作。

沼野：实际上我少年时代也是科幻小说迷，还兼作各位听众的读书向导，我多少补充一点。艾萨克·阿西莫夫是俄罗斯裔美国人，他还是著名科学家。他写了机器人的故事，此外还有以银河系的宇宙为舞台的宇宙武打戏之类的系列小说。

川上：是啊。叫作“基地系列”，是令人兴奋的雄伟的宇宙叙事小说。

---

① 20 世纪 70 年代涌现的在科幻小说中引入宗教、平权、心理学等元素的流派，与之相对的是以物理学、化学、天文学等学科为基础的“硬科幻”小说。

② 布赖恩·奥尔迪斯（Brian Aldiss，1925—2017），英国著名科幻作家，被誉为“英国科幻小说的教父”，曾获雨果奖、星云奖和坎贝尔奖，代表作有《温室》《地球漫长的午后》《永不停止》等 。

沼野：他创作的故事为后来的《星球大战》提供了素材。海因莱因等人对于我们这些科幻少男少女来说也是令人怀念的。

说起“SF（科幻）”来，它是“Science Fiction（科学幻想）”的省略语，新浪潮小说的人们探索具有思索性的内心世界，称之为“理论性科幻”。

川上：也有一种说法叫“思辨的”。

沼野：日本早川书房有本杂志叫《科幻杂志》，它的内容反映科幻的主要潮流。新潮流小说的人们比起他们更加具有知识，更高级，虽然受众面窄，但都是想做创新事物的人们，这些人之中最有名的是作家山野浩一①。我认为他是位天才作家。很遗憾，作为科幻小说作家他很早就辍笔了，后来以赛马评论为主开展著述。我对赛马一窍不通，但我听说他在那一行非常有名。山野浩一曾出版过杂志《季刊 NW-SF》。现在，如果在旧书店发现了该杂志，那是很宝贵的。川上女士您学生时代经常出入这个杂志的编辑部吧。

川上：大学四年级时朋友邀请我去看小说，就去了那里。他们说“我给你刊登小说吧”。后来，我大学毕业没有就职，在大学继续晃了一年，后来想，要不要打个工啊，就到杂志社打工，负责

① 山野浩一（やまのこういち，1939—2017），日本赛马评论家、小说家，1969 年创办科幻小说杂志《季刊 NW-SF》，并在 1978 年作为顾问参与创建三丽鸥 SF 文库。

了第二、三期的编辑工作。

沼野：我这里有《季刊 NW-SF》实物，我收藏的。

（屏幕上映出《季刊 NW-SF》第 16 期的封面。）

川上：这个封面图案是我做实验时染色细胞的切片。

沼野：《季刊 NW-SF》的每一期我几乎都有。这一期有个座谈会，川上弘美在其中以山田弘美的名字出现。

川上：我旧姓山田①。

沼野：也刊登了照片。好像是编辑部的外行摄影师拍的，黑乎乎一片，几乎看不到脸庞。也刊载了川上女士的小说，作者名字好像也是山田弘美。

川上：是啊。

沼野：您在《季刊 NW-SF》总共发了三篇短篇小说，对吧。全都是本科时代的作品吗？

---

① 日本法律规定夫妻婚后必须同姓，因此多数女性在婚后会舍弃旧姓，冠以夫姓。

川上：是大学四年级或者大学毕业后不久写的。

沼野：川上女士的读者看到了会觉得这个很稀奇的。

川上：请不要去找了。

沼野：不过最近您的作品具有您自己的特点了。

川上：不是的，比如《女人自己说女人》讲的是如何在小说中升华女性特点的问题。那时我隐隐约约觉得自己是女性，女性的特点无论如何也要表现出来，当时只说了这样的问题，我自己的文章或许表现了女性的特点。

沼野：大学学的是理科，您读的小说从 SF 小说逐步变为幻想小说，从这趋势看，您对 SF 感兴趣也正是您学理科的缘故。

川上：不，运用科学知识写不出来科幻小说。不是那样的，实际上我认为自己不是适合理科方面的。

沼野：的确我们刚才所列举的作家，像伊塔洛·卡尔维诺啦，布扎蒂啦，他们在 20 世纪后半期的世界文学领域里也是走在幻想文学的最前沿，伊塔洛·卡尔维诺的作品与其说是科幻小说，莫如说是宇宙的吹牛故事，不太符合科学规律。不管怎么样，川上女士还有不被人知的 SF 时代，真想再次让出版社出版《初期川上弘美 SF 短篇集》。

顺便说一下，后来三丽鸥公司创刊具有传说性的 SF 文库时，以山野浩一为首的《季刊 NW-SF》编辑部是其总指挥。

川上：那个三丽鸥 SF 文库的阵容是山野浩一想出来的，沼野教授也翻译过斯坦尼斯拉夫·莱姆①的作品（斯坦尼斯拉夫·莱姆《枯草热》，井上昭吉、沼野充义共译，三丽鸥 SF 文库，1979 年），莱姆是《索拉里斯星》的作者。

沼野：是的。那时我也经常出入山野浩一那里，和学习英语的人讨论谁的哪部作品能够进入三丽鸥 SF 文库，哪部作品由谁来翻译等话题。我和川上女士在编辑部也曾擦肩而过，虽然彼此并不认识。

川上：我像个用人一样工作，不让我进入负责翻译的队伍里。

我写出了沉淀十年的东西

沼野：川上女士您后来作为小说家登上文坛，第一部作品是获得“帕斯卡文学奖②”的《神》（收录于《神》，中央公论社，1998

① 斯坦尼斯拉夫·莱姆（Stanislaw Lem，1921—2006），波兰科幻作家、哲学家，国际公认的科幻小说天才作家，著有《星际日记》《伊甸园》《索拉里斯星》等。

② 帕斯卡短篇文学新人奖。1994 年至 1996 年举办的公开募集型新人文学奖。最大的特征是终评以公开评选的形式实施。第一届大奖获奖者是后来获芥川奖的川上弘美。

年，后由中央文库出版），这部作品是大学毕业后发表的吗？

川上：我那时已 35 岁了。我曾在《季刊 NW-SF》打过工。父母说了，如果我不认真工作就让我离开家，找了各种门路我终于当上教师。当上教师以后有时也会很忙，但小说一行也不写了。不是不会写而是不写，现在也不写，当时更没有写。所以我觉得 20 多岁登上文坛的人真的了不起。

我们那个年代，学生运动基本上已结束，生长在和平年代，没有体验过战争，个人生活也不是那种波澜壮阔的生活，虽然喜欢写文章，但可能是写的内容没有什么反响。一般来讲有太阳照射才会有影子，可能是由于没有太阳照射进来吧。自己也注意到这一点，于是就不会写小说了。所以开始工作、结婚、生孩子，过着普通人的生活，在 35 岁时终于积淀成功，有了写小说的欲望。

沼野：作家里面的确有人很年轻就登上了文坛，也有像大江健三郎那样 20 来岁作为作家就已得到文坛承认的。他作为作家在文坛第一线坚持写作近六十年。他持续工作时间之长令人惊讶，大江属于特例中的特例。更年轻的作家当中，比如岛田雅彦也是大学期间登上文坛的。我们看一下后来他作为作家的成长经历，虽然也很活跃，但是年纪轻轻就当作家的话，之后必须一边创作一边学习以增加实力。在积淀还不充分的时候登上文坛，其后面漫长的创作道路会很辛苦。与他们相比，川上女士登上文坛虽然晚一些，但已有很深的积淀。

川上：是啊！我觉得积淀了有十年多时间。

沼野：您在学校当老师是教生物吗？

川上：是的。教授理科的内容。那所女子学校是初高中一体的学校，我教物理、化学和生物。

沼野：您是一位怎样的老师？

川上：我很喜欢上课。我教的学生有几位读了大学的理工科，我想我的课还可以吧。不过作为教师我觉得还不行。教师不应该只教课，也需要跟每一位学生面对面交流，这一方面我不行。与其说我是在教学生，不如说我总是被学生教。

沼野：川上女士教物理化学时的学生如今也应该渐渐在很多领域活跃了吧。

川上：要是那样就好了呀。

沼野：有没有学生现在在某个领域活跃，会说“实际上有现在的我，完全是托川上女士教我生物的福啊”？

川上：没有啊！

沼野：是女子学校对吧。有当作家的吗？

川上：离开那所学校很久了，不清楚。

沼野：在“积淀”了十年多时间之后，您凭借《神》这部作品登上文坛，虽是短篇却令人印象深刻。那部作品的构思是怎样产生的呢？

川上：不知不觉就写出来了，很少见。我的第一个孩子开口说话很迟，上小学之前才会说话，所以经常上医院，要是养这样一个孩子该怎么办呢，我不知道怎么办，心里很苦恼，《神》讲的是熊搬来和我做邻居，我和熊散步的故事。但是这只熊感觉自己被这个世界所排挤，这个故事不是讲熊如何憎恨人们排挤它，而是我心里想，在这没有道理的社会里该怎么活下去呢，于是写了小说。虽然不是长子和这个世界联系的比喻，但我感觉是将日常生活中感受到的东西原封不动地利用一两个小时一下子写出来的。在那之前也想写小说来着，但没有什么内容能让人充满实感地写出来。

沼野：您之前是不是感觉抽屉里堆满了原稿呢？

川上：有些是写了就扔的。那时候比起当小说家来，制作新闻摘要更加愉快。因为养育着孩子，没时间读书，唯一的乐趣就是看报纸。当月的有趣报道，有关死者的报道，每一张纸上按照三段格式总结，做了好几年。

沼野：是手写吗？

川上：最初是手写，买了文字处理机后就使用文字处理机来做了。

沼野：那种东西是您全家都看吗？

川上：在制作新闻摘要之前我曾经写过一两页的短小说，写好后复印，再送给朋友看。朋友们没任何反应。有一半人讨厌我写的短小说，所以就不写小说了，每月把报纸摘要送给他们，结果这一举动很受欢迎。

沼野：那时候互联网还没普及吗？

川上：我出道后获得的“帕斯卡文学奖”是靠电脑通信投稿的。那时候还没有因特网。

沼野：那篇作品是这样形式获得文学奖的啊。那个时候是现在的因特网出现前的一段时间。

川上：我想，如果我还年轻，我会不会写自己的短篇小说在网上发表呢？而且我觉得，会因为没人看而感到失望吧。

沼野： 现在因特网确实方便。但另一方面，由于因特网过于普及，却有一种埋头于处理过于庞大的信息的危险。要找到真正好的东西也许反而更困难。那时候连奖状都保留着手写的痕迹。

川上： 这种情况是有的。我那时认识了作家长嶋有①，现在关系还很好。长嶋有那时也是参加第一届帕斯卡奖投稿的人。投稿的人们互相创作俳句来欣赏，后来有一个网友见面会，有的网友亲自前来见面，见面后会觉得原来这个作家长这个样子啊。

沼野： 于是您逐渐开始创作之路了，对吧。据我跟已成名的作家打听，他们过去都是努力想当作家的，至于实际上怎么当上的，很难解释清楚。如果能够简单解释的话，那么任何人都能当作家了。所以，我的话乍一听似乎觉得很俗气啊。川上女士您是怎样一种情况？我想因喜欢 SF 而大量阅读 SF 的人并不缺，至于从只会阅读到能够成为作家，我认为这需要大胆的飞跃。

川上： 进入大学后又进了 SF 研究社团，每年要制作两期社团杂志。于是别人硬逼着我写小说，就从超短篇开始写起，终于可以

---

① 长嶋有（ながしまゆう），1972 年生，小说家、漫画家。作为专栏作家以波旁小林的名义活跃于文坛。以《挎斗里的犬》获得第 92 届文学界新人奖，2002 年以《母亲拼命疾走》获得第 126 届芥川奖。主要著作有《坦诺伊的爱丁堡》、《夕子的近道》（第 1 届大江健三郎奖）等。

写最长只有 20 到 30 页的小说了。由于有截稿日期，我第一次写成小说了。如果没有截稿日期，也许一辈子也写不出来。截稿日期很重要啊。

沼野：是御茶水女子大学的 SF 研究社团吧。从那里走出来的作家还有谁？

川上：比我小一岁的伊东麻纪①，小三岁的松尾由美②。这两个人都比我先出道，我想也许在同一杂志写作的我也可能出道，当时抱着这种天真的想法。

沼野：那么，你在 SF 研究社团的杂志上也写了很多作品了？

川上：每期都写的。

沼野：看样子如果将它们归纳起来，可以轻松出一本短篇集了。找起来难吗？

川上：所以，就请您不要找了。

---

① 伊东麻纪（いとうまき），幻想型科幻小说作家。主要作品有《（反逆）号记录笔记》《住在悬崖上的女人》《狐媚的女人》《〈黑玫瑰〉的归还》等。

② 松尾由美（まつおゆみ），1960 年生，SF 作家、推理小说作家。主要作品有《异次元露天茶座》、“安乐椅子侦探阿奇系列”、“气球塔系列”等。

在异类世界中畅游的翻译文学的喜悦

沼野：那么，我们下面转移话题到翻译文学。据说川上女士不习惯日本文学，读了不少外国文学，阅读日本文学和阅读翻译文学有什么不同？

川上：如今的外国生活感觉跟我们也很近。四十年前第一次去法国时只待了几天，当时去超市买葡萄酒，酒的价格约合 500 日元。如果在日本买葡萄酒，再便宜也要花 2000 到 3000 日元，而且味道一般。后来我觉得哪怕是一般的法国面包也很美味。日本人根本无法实际感受外国人的日常生活。

现在身在日本也可以买到外国的各种东西，也明白外国人的实际生活了。之前我时隔很久读了《九故事》（J. D. 塞林格著，柴田元幸译，乡村图书，2009）。以前读书的时候，感觉书里描写的日常风景是另外一个世界。这是阅读外国文学的有趣之处。对于作家而言的真实，在自己这里感觉像是幻想，在当时的翻译文学作品中却能让人感到这种欢乐。

沼野：有人喜欢翻译文学，但也有人不习惯翻译文学。特别在过去，有人说翻译文学有种翻译腔。还有人说跟日本的文学比较，总觉得翻译文学的日语不自然、不融洽，川上女士您正好相反，不习惯日本文学。这是怎么回事啊？

川上：小时候不习惯日本的学校。觉得不习惯现实世界，但还是在现实世界长大了。比如，我觉得那些很享受学校生活的人是不太喜欢阅读关于异类世界读物的。不习惯现实世界的人会想阅读非现实世界的东西。

沼野：也许是那样的。这种事情说多了也许有些冒犯。感觉以外国文学为专业的人有些讨厌日本文学。

川上：是这样的。现在人们说“现充”①，可能有些人不想阅读“在现实中生活充实”类的作品。

沼野：在阅读翻译作品时您是怎样选择的？

川上：我选择自己喜欢的翻译家的译文来阅读。就拿 SF 作品来说吧，我阅读伊藤典夫和浅仓久志翻译的内容。他们的日语简明易懂，也很优美。跳跃得有点远了，如今我喜欢岸本佐知子翻译的 SF 小说，特别喜欢②。

沼野：我东京大学的同事柴田元幸翻译的小说质量也很高。比起日本文艺杂志上的小说，阅读翻译小说有时候更能体会到文学的世界。

---

① 现实生活中充实（现充）：朋友关系、恋爱、工作等现实生活很充实，或者指充实的人。发源于二频道的因特网俗语。

② 伊藤典夫与浅仓久志是活跃于二十世纪六十年代的日本著名翻译家，两人一道将美国著名科幻作家考德维纳·史密斯、小詹姆斯·提普垂、RA 拦弗提的作品译为日语。而岸本佐知子则是日本新一代的翻译家，翻译了近年来欧美新兴科幻作家的作品。

川上女士仅仅从阅读外国文学的立场出发，希望自己的小说被译成外文，对吧。现在我感兴趣的是，您是怎样跟译者接触的。译者在翻译时会因为不懂原文内容向作者提问，也有在个人层面跟小说作者交往密切的，川上女士，您这里是怎样一种情况？

川上：实际上经常交往的译者只有一个人。我的作品最初是被译成法语的，那位译者是法国女性，和日本人结婚了，现在居住在京都。

沼野：是末次伊丽莎白吧。

川上：是的。我通过电话跟她讲，跟她聊。她在翻译我的小说时，仅仅在语句翻译和怎么定标题方面会有一些疑问，后来就没有什么问题了。我心想可能很难译吧。即便难译，能够发挥自己的想象力来决定译文的人，我想让这样的人来翻译我的小说。

沼野：川上女士的文章没有使用生僻的字。所以表面看起来比较简明易懂。但您的小说有一种独特的语感，拟声词的使用上也很有个性。正确感知微妙的语感，这还是很难的。

川上：我也认为很难。我的小说翻译之后我也看不懂。

沼野：译成法语和英语后，您自己不检查吗？

川上：本打算阅读英译的内容，看了三页就累了，就停下来不看了。

沼野：不过，有些作家还是检查的。他们担心自己辛辛苦苦写的东西是否能翻译得很好。

川上：先前去伦敦时，我和一位会三国语言的小说家交谈，她用英语写了小说，又用法语和德语写了同样的内容。她说如果不自己写就受不了。她还说我为什么那么不在意自己小说的译文。

或许是因为我是阅读着译成日语的外国文学长大的，所以我坚信译者都翻译得很好。

沼野：作家有很多种情况。比较有名的是米兰·昆德拉①，小说家，出生于捷克，1975 年起在法国定居，代表作品有《玩笑》《生活在别处》《慢》《小说的艺术》等。他从捷克逃亡到法国，现在用法语创作。他的母语是捷克语，长篇小说《不朽》之前的前期杰作全用捷克语创作。可能是由于捷克语受众小，找不到完全可以信赖的译者，他神经质般地自己仔细检查译文。他是欧洲式的有教养的人，英语、德语、法语等语言读得很溜。不过读

① 米兰·昆德拉（Milan Kundera），1929 年生，代表作品有《玩笑》《生活在别处》《慢》《小说的艺术》等。

得很溜也许反而是个问题。如果完全不会读的话，他自己也不会去仔细检查了。

昆德拉的《玩笑》这部小说最初被译成英语时，他检查了，结果发现了很多荒唐的事情。连章节数都不对。即便完全不懂英语，这一点还是明白的。还有更加荒唐的：他的小说本来在故事的展开中夹杂着许多思辨的或者说富于哲学意义的评论内容，译者在翻译时随便把这一部分砍掉了。译者不打招呼随便翻译。从那以后，昆德拉陷入对译者的不信任，开始一一检查译文了，甚至检查他自己不懂的日文译文。

川上：怎么检查？

沼野：好像是通过编辑和代理人，拜托会捷克语的其他翻译家和专家，听取他们的意见。但是，这样做的话人际关系会出现问题，这不难想象。如果翻译者全是可以将竞争对手的作品进行公正评价的人就好了。

川上：进行对谈时，编辑首先会起稿。说实在的，检查校对很费工夫，如果我会很多语言，也许我也会同样做的。

沼野：太花时间了。如果因为这样而没时间写自己作品的话，那就……

川上：是啊。我也会想这种事。小时候流行那种名作的简编版，但我母亲讨厌这种东西，不让我读。但我非常想读，读过后觉得很满足。总之，读者一方没有像作者想的那样进行细致阅读。

沼野： 这里有作者与读者立场上的区别。如今，在全世界出版和阅读的小说有很多，如果仔细品味文本的每句话，然后说“这个地方的翻译有点……”，那样的话翻译出版就搞不成了。不管多么出众的天才来进行翻译，要说可以用其他语言百分百地再现原作吗？那是不可能的。不太懂语言学的人常常抱有这种幻想，语言一一对应地翻译，那可能吗？

川上： 那是不可能的。构成语言的社会不同，语言之间会有误差，所以那是不可能的。

沼野： 这样一来，译作和原作多少会有些区别，原作会被翻译成多个语种，这是世界文学的实际状态。村上春树也是这样被广泛阅读的。过于在乎细微之处的话，翻译则变得不可能了。

阅读《真鹤》

今天好不容易请各位来到学校教室，今天我们像上课一样，结合实际文本来看一下川上弘美的作品翻译成外语时会怎么样。

川上弘美的代表作中，有一个长篇叫作《真鹤》（文艺春秋，2006 年，后由文春文库出版）。这篇作品用非常有气氛的文体写成。看它的开头部分，是以“走着走着，有个人跟着我”开头的。不知道跟着的人是男是女，或许是个幽灵。小说的写作方法中体现了这样的氛围。这个开头部分充分体现了川上弘美的个性。把这个开头部分翻译成外语看起来简单，实则很难。今天首先请川上女士读一下小说的日文原文，接下来请在场的各位外国的日本文学研究者读一下英语、俄语、波兰语的译文。下面有请川上女士朗读。

（川上朗读《真鹤》的开头部分）

歩いていると、ついてくるものがあった。

まだ遠いので、女なのか、男なのか、わからない。どちらでもない、かまわず歩きつづけた。

午前中に入り江の宿を出て、岬の突端に向かっている。昨夜はその集落の、母親年配と息子年配の男女の二人でやっている小さな宿に、泊まった。

東京から電車で二時間、九時ごろに着いた宿の表はすでに閉じていた。表といっても、民家と同じ低い鉄製の門に、細くねじれた松を二三本置いた、宿の名も書かれていない。「砂」と墨書された古びた表札がぽつりとかけてあるばかりの構えだ。

「砂、という名字は珍しいですね」と答えた。

「このあたりには、幾軒かあります」答えた。

息子は白髪の多い、けれどわたしとそう年はかわらないだろう、四十なかばを過ぎたほどの齢とみえた。

「朝食は」と聞く息子の声に、おぼえがあったが、あきらかに初対面である、知ったものの声に似ているにしても、それが誰なのか思いだせない。①

沼野：谢谢！还是请作者本人读更好啊。那么，下面我们从英语翻译开始吧。为我们朗读的是大卫·博伊德。从东京大学现代文艺理论专业硕士毕业，现在在普林斯顿大学攻读博士课程，研究日本近代文学。

（博伊德开始朗读英语译文）

I walked on, and something was following.

Enough distance lay between us that I couldn't tell if it was male or female. It made no difference, I ignored it, kept walking.

I had set out before noon from the guest house on the inlet,

---

① 《真鹤》目前在国内没有引进出版，下文由译者译。日语原文省略了句子主语，译文中按照中文表达习惯已补上。

漫步前行时，发现有东西正在跟着我。

因为相距还远，所以不知道是女人，还是男人。好像既不是女人也不是男人，因此我继续前行。

早上我从入江民宿出来，前往海岬的尽头。昨夜，我就住在那个村落里，从年龄来看应该是母子二人所经营的一家小小的民宿。

从东京乘电车到这里需要两个小时，我晚上九点抵达时民宿的入口处已经关了。说是入口，也不过是一扇普通的铁门，门口放着两三棵装饰用的门松，连民宿的名字也没有写。只挂了一个用墨水写着“砂”的招牌。

我说道：“‘砂’，这个名字很奇特。”

“这附近有好几间相同名字的民宿。”老板娘答道。

她的儿子有许多白发，我看不出人的年龄，大概是四十五岁以上吧。

他问我：“您需要早餐吗？”我对他的声音有印象，尽管是第一次见面。但我实在想不起，是在哪听到过他的声音了。

headed for the tip of the cape, I stayed there last night, in that small building set amidst an isolated cluster of private houses, run by a man and woman who, judging from there ages, were mother and son.

It was nearly nine when I arrived, two hours on a train from Tokyo, and by then the entrance to the inn was shut. The entrance was unremarkable: a low swinging iron gate like any other; two or three wiry, gnarled pines; nothing to indicate the lodge' name but a weathered nameplate, ink on wood, bearing the name "SUNA" *suna* meaning *sand*.

"Unsaual name, isn't it?" I asked. "Suna?"

"There are a few in the area," the mother replied.

Her son's hair was graying, though he looked my age, forty-five or so.

When he asked what time I wanted breakfast, it was as I knew his voice. And yet it was obvious we had never met.

沼野：博伊德很喜欢涩泽龙彦①，此外他还在研究近代文坛史。当然他熟知日语，这里的日文原文和英语译文相比较，有什么见解没有？顺便说一下，刚才的英语译文是一位年轻而出类拔萃的

---

① 涩泽龙彦（しぶさわ たつひこ，1928—1987），日本小说家，法国文学研究者，著有《唐草物语》《虚舟》《世界恶女传》等。

日本文学者翻译的。译者叫迈克尔·埃梅里克。

博伊德：我认为很好。跟原文相比，逗号和句号，逗点的放置方式很有趣。原文的特征是没有主语。我认为他省略了很多，再现了很多东西。

沼野：“I walked on”，这是个过去式，这个句子后面加了个逗点，“something was”后面接续的是过去进行时。埃梅里克自己说在这一句上他是下了功夫的，表现出了独特的韵律。

博伊德：句子中主语变了，我认为是视角的变化。

沼野：可以说变了。原先的日文里本来就没有主语。

川上：没有主语。我的文坛成名作《神》从没有第一人称的地方写起。用英语说的话可以说是日记文体。日记文体在英语中很稀罕地没有主语，不用“I”，直接说“go to the”。所以尝试着写了《神》，没有主语。

沼野：没有主语，日语也能写下去啊。

川上：能写下去。一不注意就出现了主语。这部小说是有意不出现主语。

沼野：英语的话，没有主语句子不成立。这个英语翻译是突然从“I”这个第一人称单数开始的。谢谢你，博伊德。

下面这个翻译可能有些异国情调，这种语言在日本不太有人知道。翻译成这种语言会怎么样呢？大家听一下吧。

现在我请留学生乌森・博塔格斯来读一下。乌森现在攻读现代文艺理论博士课程，研究领域是太宰治和契诃夫的比较研究。乌森是哈萨克斯坦人，能讲俄语和哈萨克语。

(乌森开始朗读俄语译文)

> Я шла, а за мной кто-то следовал. Издалека было непонятно, женщина это или мужчина. Не обращая внимания, я продолжала идти вперёд.
>
> Утром, оставив гостиницу, располагавшуюся в бухте, я направилась к краю мыса. Ночь я провела в местном маленьком отеле, который держали мужчина и женщина, по виду мать и сын.
>
> (……) только одиноко висела потертая табличка, на которой черной тушью было написано《Суна》.
>
> -《Суна》- необычная фамилия, - заметила я.
>
> - Здесь таких несколько, - ответила хозяйка. (后略)

沼野：乌森，关于俄语翻译你有何见解？

乌森：跟英语比较，接近文本的方法是不同的。日语中“跟着来”的，不知是人还是物，但俄语中直接翻译成人，英语翻译成“某个东西”，没有翻译成人。这方面的区别比较有意思。而且英语中把“砂”的意思进行了解释，而俄语中没进行任何解释。

沼野：原文中只说到“砂，这个名字很奇特”。俄罗斯的读者不明白什么意思，或许加个说明会好些。保持一种奇妙的感觉也可以。

乌森：因为上面写着“很稀奇”，所以就没敢添加多余的说明。不过，我认为这个俄语翻译很不错。

沼野：乌森刚才没有讲到，由于俄语的语法特征而导致的最大的差异是，主语突然出现，紧接着出现阴性动词，会明白主语是位女性。“我”在走路的时候，用俄语翻译，如果是过去时，或者如果没决定好主语是男性还是女性，则无法翻译。非常不方便。

川上：如果一个男性认为“自我”是女性，又会怎样呢？

沼野：那要根据自己的意识来使用。

乌森：认为“自我”是女性的人则使用阴性词。

川上：也就是说在这里要做出决定。

乌森：是的。哈萨克斯坦语跟俄语不同，可以不区分男女。

川上：如果是法语，则与说话人的性别无关，而是根据“事物”的性别来决定用词。

沼野：跟哈萨克斯坦语不同，根据男女性别的不同，俄语的动词过去时词尾的形式会发生变化。所以，同样是“走了”，是男的在走还是女的在走，则区别很明显。现在，可以说很不方便。不过这是语法，没有办法。

刚才我们就有关翻译的各种问题进行了探讨。我们并非在此吹毛求疵地说哪个语言可以翻译哪个语言不可以翻译。今天列举的几种语言，我认为翻译得都很棒。只不过，各自有所区别的是我们如何面对文本。根据语言的特质而翻译出来的东西，在结果上差别很大。最后，我们请人为我们读一下波兰语翻译。

为我们读波兰语译文的是厄尔基维塔・科罗娜。科罗娜在东京大学现代文艺理论研究室搞日语俳句的波兰语翻译研究。

(科罗娜朗读波兰语译文)

Cały czas idzie za mną.

Jest jeszcze daleko, więc nie rozpoznaję, czy to kobieta czy mężczyzna. Wszystko mi zresztą jedno, idę dalej, nie przejmując się tym.

Przed południem wyszłam z pensjonatu nad zatoczką i

skierowałam się ku krańcowi cypla. Ostatnią noc spędziłem w małym wiejskim pensjonacie, prowadzonym przez kobietę i mężczyznę, sądząc w wieku: matkę i syna.

(……) i stara tabliczka, na której nie było nawet nazwy pensjonatu, tylko wypisane tuszem nazwisko "Suna".

— "Suna" to rzadkie nazwisko, prawda? — Zapytałam, na co matka odpowiedziała:

A tu w okolicu jest kilka rodzin. (后略)

科罗娜: 英语里面翻译为 "I walked on", 是过去时, 而波兰语里面是现在时。因为在波兰语里面, 译成过去时的话, 会明白主语是男还是女。

沼野: 故意模糊主人公的性别, 而且主语还省略了。这种开头非常暧昧。很好地利用了波兰语的语法, 有点不可思议。是为了对应日文原文的不可思议之处, 而故意变为现在时的吧。

川上: 大家都很细致啊。

沼野: 翻译的质量, 特别是各国日本学的水平都很高了, 对于翻译这种小说的人来说, 我说的话也许有些失礼。虽然翻译了, 但他们不是为了挣钱而翻译的, 而是因为喜欢才翻译的。

川上：这件事，我也深有感触。有很多人是这一种情况，他们觉得川上的作品虽然在本国知名度不高，不被读者认可，但是译者自己却想翻译。这样的译者有很多，他们饱含真心，注重细微之处，想挑战着翻译一下。如果这样说，我就会很高兴。

沼野：以这种心情做翻译的人很认真，而且水平很高。

川上：我信任他们，觉得他们的翻译没问题。

沼野：在这种水平上，笔者在细微之处插嘴的话，会变得非常复杂。我手头有川上作品的德语译本和法语译本。今天在朗读环节，我们介绍了不怎么有机会听到的两种语言。

川上：我也是第一次听到。让我有了一次很难得的体验，感谢。

创作俳句的小说家

沼野：川上女士是小说家，也是随笔作家。而且说实在的，她还是俳句①诗人。

川上：说我是俳句诗人有点名不副实。只是个小说家，有点喜好俳句而已。有一个俳句集，名叫《开心的犬》。

---

① 日本的一种古典短诗，由“五七五”共十七字音组成，要求严格，受“季语”（表示四季的词汇）的限制。

沼野：我认为俳句和小说差别很大。怎么样？跟写小说时相比，有没有变换心情的感觉？

川上：越是打算转换心情越创作不了。不管多么短的小说，要完成它需要写很多东西。而俳句是五七五，总共十七个音就完成了。创作俳句有一种完成后的喜悦，这是最大的不同，是短时间就能收获的喜悦。

沼野：能不能从《开心的犬》中介绍几首俳句？

川上：はっきりしない人ね茄子投げるわよ（你这个人啊，真正是个糊涂人，用茄子砸你）

C 難度宙返りせる春のたましひ（时间是仲春，C 级难度后空翻，吓得丢了魂）

てながざるほしくてをどるちるさくら（樱花扑簌簌，真想变为长臂猿，爬上樱花树）

聖夜なりミナミトリシマ風力 10（今日圣诞夜，南鸟岛上刮台风，风力达十级）

楽しさは湯豆腐に浮く豆腐くづ（软软汤豆腐，浮在上面豆腐渣，我的最爱）

春の夜人体模型歩きそう（清净春夜里，人体模型在移动，十分惊悚）

名画座へゆく落第のおとうと（弟弟未及第，我和弟弟逛画展，悠闲又惬意）

はるうれひ乳房はすこしお湯に浮く（春日忧思重，洗澡泡在浴缸里，乳房在浮动）

秋晴や山川草木皆無慈悲（秋高气爽日，山川草木皆无情，不久将入冬）

（听众发出笑声）

沼野：第一句的“用茄子砸你”很有气势。

川上：这句韵律都乱掉了，加起来是十七个音，是我最早创作的俳句。

沼野：今天我想带给大家一个惊喜。此人实际上是川上的搭档。

川上：是搭档，也是我的师傅。

沼野：有请小泽实。你介绍一下吧。

川上：在这种场合介绍别人，我是第一次。我想这是他在日本第一次公开亮相。

（小泽实登场）

小泽：我是小泽实。

沼野：刚才请川上女士朗读了几首俳句。小泽老师，从你的角度看，川上的俳句如何？

小泽：非常自在。一般的俳句诗人不太说有趣的事。各位听众都笑了，说明她的俳句很有趣味。这种乐趣一般人是没有的。

沼野：从小泽您的立场来看，写小说所必要的才能以及作俳句所需要的感性，在根本上是不同的吧。

小泽：不，我认为两者是紧密相连的。写小说的人有时也是一句句跳跃着写的。

沼野：您是说小说和俳句是相通的？

小泽：是的。这么做，写小说的人获得了一般俳句诗人所没有的自由。

川上：作为俳句的创作方法，如果过多掺入故事性，我认为不好。因为我是小说家，非常喜欢写虚构的，这样的俳句有很多。相反，咏吟自己情况的俳句反而很少。我想俳句还是会弱一些。

小泽：我认为这正是俳句的有趣之处。

川上：您觉得 OK？

小泽：是 OK 的。

沼野：经常创作俳句吗？

小泽：我每月在自己办的俳句杂志《泽》上发表。

川上：每月必须要作俳句。虽然很厌烦，但还是在创作。作了俳句会很愉快。跟构思了一部小说一样，创作一首俳句也很辛苦。小说一旦写起来就必须跨越几道栅栏，创作俳句也需要跨越栅栏。

小泽：如果有俳句会，川上会给我们创作俳句。没有俳句会的话她就不创作了。

川上：如果有截止日期我就创作俳句。

沼野：是当场创作吗？

小泽：俳句会设定在两个月后。

沼野：在这两个月进行思考吗？

川上：不，根本不考虑，到了跟前再考虑。

沼野：您刚才说小说和俳句有相通之处，小泽您创作过小说吗？

小泽：高中时写过小说。很难为情的。

沼野：让川上弘美当你的老师，今后试着写一下小说，如何？小说界需要人才。

小泽：仅仅创作俳句就够受的了，根本不可能两者兼顾。

川上：如果开始指导他写小说，我们两人的关系会产生裂痕。

沼野：实际上，我和川上还有小泽一起去俄罗斯旅行过。那是几年前的事了。之前没有什么机会请二人来到台前讲话。今天是个宝贵的机会，那就请小泽在台上坚持到最后吧。

翻译《伊势物语》

沼野：下面谈一些日本古典文学的话题。

川上女士，比起日本文学，听说您更喜欢外国文学。但是日本文学有漫长的历史，有很出色的古典宝库。我想问一下，我们应该如何去接触日本的古典文学？

川上女士最近把《伊势物语》译成现代日语了。这个翻译是为作家池泽夏树个人编辑的《日本文学全集》而进行的。池泽夏树几年前出版了划时代的《世界文学全集》，取得巨大成功，紧接着又出版了《日本文学全集》。她的编辑方式很独特，原则上近代以前、明治以前的古典作品都要译成现代日语进行收录。之前也做过日本古典作品的现代日语翻译，多数情况下是古典文学专业的研究者在做，这种翻译在学问上是正确的，但是很多时候从这个译本本身的日语中体会不出作为文学作品的味道来。

可是，这次的《日本文学全集》在这一方面完全不同，几乎将一线的作家进行了总动员，请他们将古典作品翻译成现代日语。川上女士负责《伊势物语》这一卷，森见登美彦负责《竹取物语》，中岛京子负责《堤中纳言物语》，堀江敏幸负责《土佐日记》，江国香织负责《更级日记》的翻译。也就是说，云集了目前活跃在日本文坛第一线的作家来参与古典作品的翻译。真是豪华的译者阵容。川上女士，你尝试了翻译《伊势物语》，怎么样？

川上：哎呀，我的古典不在行。这次我问出版社的负责同志，问他有没有很好的参考书。出版社的人给我介绍的是小西甚一的古文名著《古文研究法》（洛阳社，1965 年，后由学艺文库出版）。

沼野：那本来是作为学习参考书而编写的，现在作为文库本又再版了吧。

川上：我年轻时知道这本书的话，我的古典日语水平或许会更好一些。不过，说实在的，即使翻译过古典作品，也具备不了古典的素养。我在翻译《伊势物语》时，认为铃木日出男的《伊势物语评解》这本书很棒，心里想着如何将铃木的解释置换成自己的日语，我边想着这件事边写文章。所以，说真的，我觉得我所做的不是翻译，而是将研究者不断积累的东西用自己的语言进行了改编。老实说，我自己无法充分读懂古典作品。

所以，像一些人想学俄语而开始学俄语一样，有些人很擅长古典作品，他们可以将古典文章流利地阅读。这些人另当别论，对于不是很擅长的人来说，比如《伊势物语》已经有中谷孝雄和田边圣子的现代日语翻译了，我觉得有他们的翻译就够了。

声明一下，我不是在做宣传啊。就拿刊载着我翻译的《伊势物语》的那一卷来说，堀江敏幸在《土佐日记》的翻译方法上下了大功夫。在他的翻译里面，堀江敏幸添加了古典《土佐日记》所没有的前言。这个前言对于《土佐日记》里本该写生硬汉字文章的“我”为什么用平假名写文章这件事进行了解释，对作者当时的心境进行了说明①。读了这个前言之后再去读译文会深有同感。我自身没有添加注释性的东西，现在我们使用的日语在多大程度上能够自然地阅读呢？我思考着这件事进行了翻译。我觉得这两部书对于不擅长阅读古典的人来说，编辑得很好。

沼野：就这样您得到了密切接触《伊势物语》这个古典文本的宝贵机会。您有没有发现还是古典作品好啊。

① 《土佐日记》的作者生活在平安时代初期，当时男性一般以汉文写日记，而《土佐日记》作者纪贯之却故意假借女性身份以平假名写下这本日记。

川上：我真实感受到那个时代的东西里面还是和歌重要，散文和韵文同等重要，或许说韵文更重要。特别是《伊势物语》里面有和歌，紧接着有了散文。所以这次在翻译和歌时，进行了很多换行。换了行就可以慢慢阅读了。像这样，我想让读者多少花点时间认真读一下，于是就翻译了《伊势物语》。这时我才明白如何使用和歌来讲述更多的故事。

沼野：日本的古典作品中，叫作“物语”的有很多。按照学习参考书上讲，物语也分几种类型，既有像《平家物语》那样的军记物语，也有传奇物语、历史物语、说话物语。而且还有《源氏物语》，物语有各种不同的类型。刚才川上女士说和歌很重要，《伊势物语》的确是以和歌为中心构成的，所以它被划分为“歌物语”。但是，在平安时代，原本就是和歌占据中心位置，《源氏物语》中实际上也有很多和歌。二十世纪初阿萨·威利将《源氏物语》译成英语，他的英译很出名，广为人知。在重要和歌无法很好地进行英译时，他就进行了省略。这肯定算一种见解。如果说和歌无法英译，很可能会被认为日本古典作品本来就不能外译。

我在此想问一下小泽先生。刚才出现了和歌的话题，说起日本传统的短诗形式来，先有短歌、和歌，后有俳谐、俳句。它们都是日本的传统诗歌，世界闻名。和歌和俳句是不是很相像但又不同呢？

小泽：感觉上好像和歌与俳句的区别只是韵律的区别，和歌和短歌的韵律形式是“五七五七七”，俳句是“五七五”。实际上两者差别很大。在和歌中，想表达的能够表达出来。实际创作后会发现，俳句真的无法表达完整的意思，它不是为了表达什么而成立的。

沼野：俳句要凝练许多。

小泽：是的。现代和歌，特别是年轻人创作的和歌以口语为中心，有种亲切感。但是，俳句以文言文为中心，要使用断句字，年轻人不感兴趣。这是让人为难之处。

沼野：确实有像俵万智①和穗村弘②等非常有人气的明星级人物在用现代口语创作和歌。这种和歌接近散文，可以表达日常生活中的各种事情。俳句的表达反倒是阻碍了人们进入这个领域。

川上：这样说来，我喜欢夏目漱石的《梦十夜》和内田百闲的作品。他们两位作家都创作俳句。

沼野：外国学习日语和搞日本文学研究的人之中，好像有不少人对俳句非常关心。俳句的表达非常凝练。如何翻译它则是个大问

---

① 俵万智（たねらまち），1962 年生，当代日本影响力最大的和歌诗人，代表作有《沙拉纪念日》《巧克力革命》《小熊维尼的鼻子》等。

② 穗村弘（ほむらひろし），1962 年生，日本现代短歌代表作家之一，代表作有《异性》等。

题。我并非说别人的坏话，认真读一下俵万智的短歌内容就能够翻译出来。实际上，我在波兰时正值俵万智的《沙拉纪念日》大受欢迎之时，当时有人拜托我在华沙的市民礼堂就日本文学搞个讲座，当时也谈到了俵万智，尝试着将她的短歌译成了波兰语，听众一脸惊讶。也可能是由于我的翻译水平差吧，大家的表情似乎在说“这是怎么回事啊？这也能算诗歌?”。总之，许多短歌读懂意思后可以简单地进行翻译，但很难译成诗歌形式。弄不好会翻译成简短的散文。

川上：我也创作过短歌。我感觉创作短歌跟写一篇短篇小说很相似。短歌里有情节，有含义。不过，俳句几乎没有情节和含义。正因为如此，作为一名小说家，反而觉得很有趣。

沼野：今天有两位俳句诗人在现场，他们的论调是俳句比短歌好。俳句和短歌都是日本文学中有特性的值得骄傲的表现形式。我年轻时是外国文学迷，所以觉得自己不太喜欢日本的传统文学。现在无法在别人面前卖弄说短歌好或者俳句好。但是读过以后会觉得真棒啊！不管怎么说，两者都是充分活用了日语发音和语法特性而形成的独特事物。特别是俳句，很多人用外语在创作俳句。不过，还是用日语写俳句是正道啊。

小泽：是啊！五七调感觉很爽！简短且很有韵律，能够马上记住，这是它的魅力所在吧。

《神 2011》的想象力——现在推荐的书

沼野：我还想谈一个问题。川上女士在小说中很少涉及深刻的社会问题。但是在“3・11”大地震之后，您写了《神》的续作《神 2011》（讲谈社，2011 年）。这部作品是在核泄漏事件之后面临放射线污染的危险之中写成的，是值得特别一提的小说。您写这部小说的契机在哪里？有的人认为写得真好，但是也有些人认为作家完全不必写这种东西。

川上：《神 2011》写的是“3・11”大地震之后我和熊一起散步，然后回家的故事，极其简单。

那部作品是地震时核电站发生氢气爆炸仅几天之后写的。现在看来，没有导致因大量放射物质污染而无法在东京居住的局面。当时堆芯熔融连续发生，所有的建筑物都爆炸了，放射性物质大量扩散，有可能无法回东京居住。如果真是那样了，那时候我在想，自己今后究竟会怎么样呢？

当时我是这样想的：我最初写的《神》是牧歌式的小说，是那种回到家道声晚安然后相互拥抱式的小说，这个小说里的世界会如何变化呢？还有，我是东京出生东京长大的，即使无法居住，我也会像现在仍居住在切尔诺贝利附近的人们一样，自己有可能一直居住在离故乡近的地方。同时我还在想，如果继续居住并在其中生活，那种幸福的光景会变成怎样呢？自己真的会不幸吗？还是在其中边摸索边生活呢？我是思考着这些事情写成的，所以纯粹是作为自己的事情写的。

现如今仍然觉得自己是在写日常事物，那个作品是在日常事物的延长线上写的。我丝毫没有打算写一些崭新的事物或者写具有社会启蒙性的东西。

沼野：我觉得这部作品很好。是那种“做得真棒”的感觉。初出茅庐之作里面的纯洁无垢的世界被放射性物质污染的时候，世界会变成什么样子？作品主要描写了这些内容。当然，这种想象力不是作为社会批评的想象力，而确实是作为文学的想象力，十分出色。经过那种事件，在日本能有作者写这种事，我们特别感谢。

川上：有个读后感我想可能是沼野先生写的。文章没有任何变化，虽没有变化，但读后感截然不同。地震发生后产生核泄漏，当时我们处于半径几百千米之内的地域，现在我觉得那是我们大家的真实感受。

沼野：最后，请川上女士为我们推荐三本书。这三本书是希望大家务必读的三本书，其中一本是她自己的书。

川上：小说有各种阅读方法。有的时候想读跟自己同时代的人写的作品，有的时候会想阅读完全属于异类世界的读物。有的时候在阅读异类世界的东西时有抵触感，觉得麻烦。但是读过以后精神得到释放的作品不是距离自己近的东西，而是距离自己远的东西。我想介绍几篇有这种感觉的作品。

今天来的年轻读者居多，我把我十几岁二十几岁读的小说介绍几篇。这些小说使我感到惊讶，我当时觉得小说还可以这样写！还可以这样构思！

约翰·欧文的《盖普眼中的世界》（上下册，筒井正明译，三丽鸥，1983 年，后由新潮文库出版）真的让我大吃一惊。它讲述了盖普这个人的一生，那种饶舌的感觉很新鲜。我是在读了加西亚·马尔克斯的《百年孤独》（鼓直译，新潮社，1972 年）之后读的《盖普眼中的世界》，跟《百年孤独》相比要容易读，但是给我的冲击是一样的。

接下来是伊塔洛·卡尔维诺的《宇宙连环图》（米川良夫译，早川书房，1978 年，后由早川文库出版）。《柔和的月亮》也有译文，两部作品都是出人意料的愉快的创世神话的夸夸其谈。

还有日本作家内田百闲，他写了《冥途》和《萨拉萨蒂的棋盘》等短篇小说。他的作品都值得一读。不管从哪个角度来看，内田百闲还是内田百闲，作品都很有趣，这种感觉是确实的。

女作家的作品也列举一下。刚才提到日记的事情，我推荐一下武田百合子的日记——《富士日记》（上中下三册，中央公论社，1977 年，后来由中央文库出版），很有名。她的《狗看见了星星》这部俄罗斯游记也推荐一下。武田百合子是武田泰淳的妻子，但是武田泰淳去世后，出版社的人拜托她写武田泰淳的事情，于是她开始了文学创作。原本《富士日记》只是以泰淳要求她写的备忘录性质的东西为基础写成的，比如在富士山庄吃了什么，在路上做了什么，给山庄的管理人员送了礼物，等等。她对事物有独特的看法，在这一点上可以算得上佐野洋子①的大前辈，感觉很痛快，这些作品都很好，试着读一下吧。

我自己的作品中，我认为是《神》。《神》是我年轻时的作品。现在上了年纪，觉得写得不错的有两部作品。一部是短篇集，叫作《不管从哪里去，城镇都遥远》（新潮社，2008 年，后由新潮文库出版），另一部是最新长篇小说《别被大鸟掠走》（讲谈社，2016 年）。

沼野：谢谢！小泽先生能否从俳句的角度向我们推荐一些必读书？

小泽：首先是松尾芭蕉。芭蕉对于俳句的贡献巨大，在他之前的俳句只是以戏谑为主，芭蕉将自己的人生作为俳句的主题进行创作。他有很多地方值得我们学习。希望大家读一读《芭蕉俳句集》（岩波文库等有出版）。

近代的俳句有很多流派，我认为多样性是近代俳句的特点。我推荐一个人，山口誓子。俳句是短诗，咏物是中心。他的俳句有个特点，即以物吟咏世界。他有一首俳句是这样的：

かりかりと蟷螂蜂のかおを食む（夏日大螳螂，啃噬马蜂黑面庞，咔哧咔哧响）

---

① 佐野洋子（さのようこ，1938—2010），日本著名绘本作家，代表作《活了 100 万次的猫》。作品风格以独特的视角和崭新的色彩运用著称。

螳螂抓住马蜂，咔哧咔哧地吞噬着马蜂的脸。俳句中是一个就事论事的残酷世界，但很有魅力。

川上：

海に出て木枯帰るところなし（海上寒风吹，特攻队员上前线，最终无处归）

这是山口誓子战后创作的俳句。

小泽：这和特攻队的事情是重合的。是直面太平洋战争而创作的俳句。他有各种各样的俳句，如果想从俳句诗人那里学点什么，我想推荐山口誓子。

沼野：到哪个书店可以买到小泽先生编辑的杂志《泽》？

川上：书店里没有放。这个不值一提，在网页上搜索“泽俳句会”或者搜索“泽”就能看到，拜托各位了（http：//www. sawahaiku. com）。我觉得创作俳句的人在减少，社会在高龄化。我在 NHK 的电台做过三年节目，每期 25 分钟。即便如此，会员也只增加了十人。我们欢迎新人入会。

沼野：我把我推荐的书也说一下。人们会觉得那些古典很老旧，但这些古典进行重译后会恢复生机。集英社的《口袋书巨作学习》系列，准备出一套新翻译的世界文学选集，每部著作都很有趣。多和田叶子翻译的卡夫卡的《变形记》成为谈论的话题，歌德的《少年维特之烦恼》由大宫勘一郎翻译，他的翻译很有新鲜感，令人吃惊。

光文社古典新译文库要出内村鉴三的《我是如何成为基督信徒的》（河野纯治译，2015 年）。也许大家会纳闷，觉得内村会有这样的书吗？实际上这是内村鉴三用英语写的英语书。过去，在明治时代，内村鉴三的弟子翻译为《余は如何にして基督教徒となりし乎》，被大家长时间阅读。但这个译文毕竟是明治时代的文语翻译，现在有些古旧的感觉，年轻人根本读不懂。不过，也许会有人认为毕竟是内村鉴三嘛，那些古旧难懂的日语跟他是相符的。但这是个极其荒唐的错误。你们看一下英语原文，那确实简单易懂，那是一种年轻人的留学体验记或者说是跟异文化接触的记录。这次用接近年轻人的语言重新进行了翻译，焕发了生机。这本书的内容主要讲述为了追求人生的意义而冒险的年轻人的体验，给人以很大的震动。

此外，出于我的个人喜好，我推荐一部不为人知的儿童文学杰作《真正的天空颜色》（德永康元译，讲谈社青鸟文库，1980 年，后由岩波少年文库出版，2001 年）。这是匈牙利著名电影理论家鲍拉日·贝拉的作品，刚才我说是“不为人知的杰作”，因为该作品都进入岩波少年文库了，当然不可能“不为人知”。但我没怎么遇见过读过该作品的人……所以这部作品我不太愿意告诉别人，想把它只作为自己喜欢的作品。

川上女士的每一部作品都很棒，要从中选取一部有些困难。

首先我想推荐短篇集《流畅、热爱，充满甘苦》，书中的语言创造出了异类世界，这个短篇集可以体会到绵密的语言感觉。

回答提问

沼野：最后请大家进行提问。

提问者 1：翻译类书籍中有没有已经绝版的，但这类书又是我们应该读的书？

川上：绝版的情况我不太懂。我喜欢米歇尔·莱里斯的《非洲幽灵》（细田直孝译，现代思潮社，1970 年），受到他的影响。刚才所说的“三丽鸥 SF 文库”只能从旧书店弄到手，作者阵容很强大。

沼野：现在网上书店发达，通过网络可以很简单地查到旧书。最近有很多年轻人喜欢清洁，说旧书很脏，讨人嫌。不管怎么说，与书本的邂逅很有意义，比起在网上查阅，有点时间的话，自己去旧书店亲自寻找更有乐趣。

川上：旧书店很有意思的，可以买到自己想买的书。过去街上的旧书店都是这样的，有特点的旧书店有很多，去到那里会遇到自己想买的书。

沼野：已经绝版的俳句书有没有好一些的？

川上：俳句书几乎都绝版了。

沼野：平井照敏编辑了明治时期到昭和时期俳句诗人的句集《现代俳句》，由讲谈社学艺文库出版。这些俳句诗人比小泽实出道要早。我觉得读了这本句集可以算阅览全部现代俳句了。

小泽：是啊。虽然不太严密，但可以全部阅读到。不过，价钱有些贵。

川上：是的。前几天我想在网上买，结果要花费两千日元。

提问者 2：我在神奈川县做教员。我在教室里教授古典时，感觉是在一边解释一边教。以此为契机，有时会从学生那里得到意想不到的解释。具体说来，我使用的教科书上刊登有川上老师的《水蝎子》（2000 年，刊载于《东京新闻》，收录于短篇集《叶月》），读过这个作品的学生说，小说的吃饭场面印象深刻，在吃饭期间体现了人际关系，吃饭场面成为故事的分界线。如果我要回答这个学生的问题，答案会是怎样的呢？能否告知？

川上：这个学生很犀利呀。《水蝎子》讲述一位女孩春子暗暗喜欢一位即将退役的棒球选手玄坊的故事。这位选手在职业棒球界活跃，后来肩膀受伤接近退役，住在女孩家附近。两人走路时，发现盆里有只水蝎子。通过这种东京不太见到的动物，我想要书写这种有些古旧的令人怀念的东西。

提问者 2：学生有一种感想，即您是不是把玄坊封闭的精神打开这件事寄托在春子这个名字上了呢？

川上：嗯嗯，这位学生读懂了作者的无意识。我自己没有意识到。

提问者 2：上课时怎样才能引导出这样的解释呢？各位老师，能否给出建议。

小泽：深入阅读是很好的。我认为现在的指导方针很好。

沼野：这些内容教科书里有登载吗？如果登载了，阅读作品是一种义务。如果以义务的名义去要求阅读，再好的作品都会变得索然无味。这感觉像是一种宿命。因为老师指导得好，所以产生了那么好的感想。我在大学授课每天都想这样的事情，如果有兴趣的话，请来听我的课。不仅是日本学生，外国留学生的读解也十分犀利。

提问者 3：您在随笔中写道：五岁时去了美国，还尿床，因此受到了歧视……

川上：小时候常尿床的。不过，不是现在说的“校园霸凌”，我有点跟不上大家，被大家认为是弱者，是这样的感觉。

提问者 3：看过您的描写，今天直接听您讲话，我觉得您的体验是很痛苦的体验。有些客观观察事物的内容也反映在作品中了。我认为主观和客观的搭配非常好，作品不同，主观和客观的搭配也会不同。您怎么看？

川上：也许是那样。只是，如果过度分析我自己的小说，我就很难写下去了。我是这种类型。关于您提问的主观和客观的搭配，我确实没想过。抱歉了！

提问者 4：川上女士初中时就进入文艺部，您说自己写过 SF 小说。这种 SF 小说的构思是如何形成的？

川上：我总是在想，这个构思是从哪里来的呢？我自己也想问一下自己呢。不过，想写的时候构思就来了。想写什么的时候，从正在阅读的东西中也会产生构思，或者从跟人交谈的话语中产生构思。我的传感器工作起来变得容易，由于截稿日期的存在，它使我的传感器一直运转。

沼野：俳句诗人的截稿日就是俳句会的日子吧。

小泽：是的。截稿日期的限制很严格。

沼野：在多大程度上能够遵守截稿日期，不同的作家或诗人情况各不相同。我一般是到了截稿日才想起写东西，对于编辑来说，我是那种让他们头疼的可恶至极的人。相反，诗人谷川俊太郎速度很快。我听说过他在截稿之前很早就把稿子交给编辑了，结果编辑搞不懂是什么稿子而大吃一惊。我是大学老师，平时必须要面对本科生和研究生的论文。像读书报告、毕业论文、硕士论文、博士论文，各种论文都有截止期限。提前交的学生很少，大部分学生临近期限时才交论文，很多时候还听到学生的不得已的申辩。我自己都是经常不遵守截止期限的人，在截止期限方面对学生要求也不严格。但是有了截止期限这个东西也让人为难，没有它也为难。还有一种终极的截止期限，编辑在你身边等着，绝对不让你逃走。在截止期限之前必须要完成。这不是针对学生，而应该说是针对我自己。

川上女士、小泽先生，今天对谈了这么长时间，谢谢你们！

第二章
从木兰花的庭院走出

——小野正嗣与沼野充义的对谈

文学的未来会怎样?

小野正嗣

1970年生，小说家、比较文学学者、法国文学学者、立教大学教授。修习过东京大学大学院综合文化研究科语言信息科学博士课程，取得学分后退学，后凭借研究玛丽斯·孔戴的论文获得巴黎第八大学博士学位。1996年以小说《奶奶·猴子·爷爷》应募新潮学生小说大赛，从而登上文坛。2001年凭借《水淹之墓》获得朝日新人文学奖。2002年凭借《停泊在热闹海湾的船》获得三岛由纪夫奖。2015年凭借《九年前的祈祷》获得芥川奖。主要作品有：《水淹之墓》《停泊在热闹海湾的船》《在森林尽头》《面包车》《线路、河流与母亲的交集》《比夜晚还大》《狮子渡之鼻》《九年前的祈祷》《残余者们》《溺死者的归还》等。此外，还有著作《文学 人道主义》《从海湾到木兰花的庭院》。

所谓文学就是创造、给予并接受场所的东西

沼野：欢迎各位的到来。今天天气很好。对于这样的活动好天气未必是好事，有人想去更有趣的地方。不过，我很感谢各位今天的到场。我是小野，这位是嘉宾沼野充义。我是在开玩笑。我想应该没有人会把我和小野正嗣搞混淆的。以前我去美国留学的时候有个翁贝托・艾柯的讲演会，我去听了。那个意大利人教授担任主持，他突然说道："今天我要广播一件事，翁贝托・艾柯是站在我旁边的人，翁贝托・艾柯不是我。"听了他的话，我觉得意大利人真是有趣，我十分佩服他。今天我模拟了一把。下面不是请翁贝托・艾柯，而是请小野正嗣来给我们讲两句。

小野：我叫小野正嗣，天气转好，这很好。各位有没有要去其他地方的？

沼野：你这种消极的开场方式还是算了吧。我和小野先生是老相识了，一开始我们的气氛就很欢乐。不过今天我们打算谈一些严肃的话题。拜托你了！

小野：好的。

沼野：我想提问的问题有很多。首先从最近获得芥川奖的作品

《九年前的祈祷》（讲谈社，2014 年）开始吧。

小野：虽说是“最近”，但也有一年多了，是去年的一月份。紧接着《火花》（又吉直树著，文艺春秋，2015 年）获得芥川奖，我心中的这团火就彻底熄灭了。

沼野：不过，最近 NHK 在播送小野先生的特辑（2016 年 2 月 6 日播送，电台节目特辑“靠近‘海湾’的物语——培育作家小野正嗣的蒲江”），这在街头巷尾成为人们议论的焦点。我想也有很多人看过节目。小野先生，一年过后再说这个话题有点那个，祝贺你获得芥川奖！

小野：谢谢！

沼野：人们说芥川奖是文坛新人的鲤鱼跃龙门，不仅仅是新人奖，这个奖项具有特别的含义。怎么样？获芥川奖之后有没有什么改变？

小野：嗯，我认为它是颁给年轻人的新人奖，我已一大把年纪了。

沼野：在那之前获得过三岛由纪夫奖。从那个时候开始我就认为小野先生作为作家已经比很多评委厉害了。所以呢，你有没有一种感觉，觉得不获奖也无所谓？

小野：不是的。自己也有“过时的新人”这种感觉。能够获奖，十分难得。特别是我吧，出生于大分县，一直以大分县南部海边的小村子为舞台创作作品，所以当地的百姓非常高兴。很多地方有人跟我打招呼，去年我每一个月回大分一趟或两趟。以前只有在盂兰盆节或新年时回去。我认为回故乡的机会增多是最大的变化。所以，我能够以不同的形态观察故乡或者在故乡有新的发现了。我认为这也非常棒。

沼野：我也参加了颁奖仪式。这种颁奖晚会的邀请函我收到过很多，平时很少去参加。不过，这次我心里想，小野会发表什么感言呢，于是我就去了。小野你的致辞令我很感动，很有你的特点。其中记忆深刻的是“文学是施与别人的，是礼物”。“施与别人的东西”是一种什么感觉，能不能稍微讲一下？

小野：我认为来到会场的各位都喜欢书籍，都非常喜欢进入物语的世界。如果仔细思考我们读书的体验，我认为我们会被书本的世界所接受，会被展现在我们面前的语言所创造的世界所接受，这反倒是一种得到某种物质的体验。不仅仅是文学，我自己感觉所有艺术都是这样毫不吝惜地施与别人，我认为很多人都有这种感觉。

沼野：我感觉从迄今为止读过的文学作品中我们被给予了很多吧。这种感觉特别强烈，是这样吗？

小野：虽然我们被给予了，但不知道究竟被给予了什么。只是知道自己得到了东西，是被他们所包围或者被他们接受了吧。

所谓让别人接受，就是让人拥有自己的空间，并让别人给予自己一定的空间。所以，作者通过创作而创造出自己的空间。那对于作者是空间。不可思议的是，它同时是读者的空间。我作为读者在阅读世界各国不同作家的作品，我认为我在其中获得了使自己沉下心来的感觉，或者获得了心潮起伏的感觉。

沼野：提供这个空间的是作家个人吗？

小野：不是，我认为不是作家个人。应该是作品本身吧。

沼野：是作品本身啊。作为“空间”的作品本身。

小野：我觉得今天会出现许多跟外国文学和外语有关的话题。法语里面把发生了什么事情说成“avoir lieu”，意思是有一定的空间。英语里则说“take place”，意为取得空间。也就是说，作品在哪里产生就意味着在哪里创造了空间。我认为那不是具体的场所，而是由语言创造出来的，或者说是由作者和读者的想象力共同编织的空间。读者的感觉是自己被这个空间所接受了。本来嘛，不论任何语言，只要能轻松进入这个语言的世界就可以了。但有时会不顺利。很明显，这个空间不属于自己。因为在阅读过程中有时难以进入作品的世界。

沼野：我觉得吧，小野你作为作者，你的作用是为了读者创造这样的空间。

小野：那个啊，有趣的是……对了，不能跟沼野老师您说话时用“那个啊”这样不恭敬的说法。

沼野：不，不，没问题的。因为我本来就不是什么老师。

小野：我称呼沼野老师为“团块”，不是乍一看他的形象而这么说的，而是说他是知性和教养的化身。

沼野：仅仅说是“团块”，不明白是什么意思。

小野：其中有各种含义。大家知道吗？沼野老师的著作有《彻夜的团块》三部曲。

沼野：嗯，那个啊。大家常看错，以为是《彻夜的灵魂》呢。我希望大家仔细认清楚汉字①。

小野：其中在很多地方设有圈套。

---

① 沼野充义《彻夜的团块》的日文版原书名为“徹夜の塊”，与“彻夜的灵魂（徹夜の魂）”汉字字形相近，容易混淆。

沼野：这个先不提了。是什么话题来着？

小野：是“团块”的话题。

沼野：不是。

小野：沼野老师很出色，我不能跟这样的老师轻松地说“那个啊”。

沼野：你算了吧。我们把话题转回去吧。

小野：是！

关于为读者创造空间这件事，我认为作者可能没有考虑为读者创造空间。比如很多作者会说写作就是发掘自己。

沼野：嗯，是的。

小野：一边发掘自己，一边构筑自己的空间，也就是筑自己的巢。但是为自己筑巢是极端个人化的行为，那有可能成为不特定多数的空间。这一点蛮有意思。

沼野：小野，你写小说时眼前有没有浮现出读者的面庞？

小野：至少不会浮现沼野老师的脸。因为我认为，不管我写什么，老师都不会表扬我。

沼野：哈哈哈。

小野：当然是开玩笑啦。

沼野：的确，我基本上都进行了表扬。不过，比如评论或者研究类书籍的话，阅读者自然会受到限定。

小野：是的，那个时候我眼前多少会浮现出他们的面庞。大概是学术团体的面庞吧。

沼野：小野你除了写小说和做研究之外，也写评论或者高难度的启蒙书，《文学 人道主义》（岩波书店，人道主义系列，2012），这种书标题看起来很厉害呀。这本书是不是有预想的读者？

小野：是的。写那本书时我预想的读者是年轻读者。编辑告诉我，写这本书的目的是让还没有接触文学和没有阅读文学习惯的人了解文学是什么，文学活动对于人类来说具有什么意义。所以假定的读者是那些年轻的高中生。我就把读者设定为即将升入大学的人而写了这本书。

沼野：写小说时不考虑这种事吗？

小野：不考虑，老师您考虑吗？

沼野：不，因为我不写小说。

小野：最近，老师您写了本书，叫《契诃夫——七分绝望和三分希望》（讲谈社，2016）吧，部分内容刊登在文艺杂志（《群像》）上了。您写这本书是一种什么打算？

沼野：我只想一件事，即把想写的东西尽量写出来。我认为一般人不太能够确定好不同的读者，然后很巧妙地分类书写。

小野：我的答案也完全一样。写小说时，全身心关注写作，没时间去设想读者。

沼野：听说小说家写东西是一种对自我进行挖掘的感觉。这种事情在外国也经常听到。和俄罗斯人交谈时得知，他们之中喜欢文学的人很多，他们经常说的一句话就是，在日本所谓的纯文学一样的严肃文学是为作者自己写的。相反，那些为了娱乐，为了卖钱而写的书是为读者写的，这很明白地说明了两者的区别。我的话也许对于娱乐类作家有些失礼。所以，对于俄罗斯严肃的文学家来说，心里想着读者而写作，这不是件好事情，或者说不是合理的步骤。原本，优秀的作品就是写给作者自己的。这种说法你觉得怎么样？

小野：本来是写给自己的东西，很可能与众多的人产生共鸣。发生这种情况时是相当幸福的瞬间。

沼野：如果没有这种瞬间，便成了作者的自我满足。乔伊斯的《尤利西斯》①，即便是现在也不是大家都能明白，或许这部作品没有一个人懂。然而它在某个地方跟读者联系着，这是它的厉害之处。

小野：是啊。很多作家读了乔伊斯的《尤利西斯》，都惊讶地说乔伊斯竟然能做到这样！自己也想写这样的东西，自己也要在自己的空间尝试一下。我们经常听到这样的事。

沼野：是啊。

小野：也就是说能理解的人自然就理解了。所以，比起什么也不写，我觉得还是写点什么为好。

沼野：还有一个问题，在对谈的开始部分提到了“施与的东西”“礼物”等话题，我想问一下，英语的“give”或者法语的“donner”，“施与的东西”是谁给予别人？说起这个，一般呢，欧洲有一种意识，即是神施与我们东西。日本也说“天赋之

---

① 爱尔兰作家詹姆斯·乔伊斯创作的长篇意识流小说，讲述的是青年诗人斯蒂芬寻找一个精神上象征性的父亲和布卢姆寻找一个儿子的故事，通过描述一天内发生的单一事件向人们展示了一幅人类社会的缩影，揭示了喜与悲，英雄与懦夫的共存以及宏伟与沉闷的共现。

才”，才能是上天赋予的。小野你说过，关于作品这个空间，与其说是特定的作者在进行创作，倒是这个空间是被某种东西隔开的。在这里，一种所谓超越人类的神灵给予了我们某种东西，有没有这种感觉？有人说灵感等东西是上天赋予的。

小野：于是我想到的是福楼拜的《布瓦尔和佩居榭》（《口袋书巨作学习 07 · 福楼拜》，堀江敏幸编，集英社文库文学遗产系列，2016 年），这是一部未完成的晚年作品，讲述的是关于两名糊涂的代写人的故事，他们一味地只是代写。两名代写人尝试通过代写书籍或者通过实践来掌握全世界的知识或艺术。作者以一种滑稽的笔调描写了他们。于是，作家说，当布瓦尔和佩居榭朝着艺术的方向努力时灵感就会降临到他们身上。两个人在大自然中来回徘徊，等待灵感的降临，但最后什么也没有降临。这是一个很滑稽的场面。总体来说我是这种感觉，不仅没降临什么，感觉他们在那里也准备拾到些什么。

沼野：inspiration（灵感）这个词的语源是“吹入气息”，有一种从外部吹进来什么的感觉，或者是从内部涌出什么吧。

小野：这个怎么说呢。比如玛格丽特 · 杜拉斯①，我认为她当时说她听到了灵感的声音。

---

① 玛格丽特 · 杜拉斯（Marguerite Duras，1914—1996），法国作家、电影编导，代表作有《广岛之恋》《情人》等。作品倾向于抹去小说情节，更强调主观感受和心理变化。

沼野：真了不起！翻译也是这种情况，柴田元幸他们说过这样的话，在做翻译的时候好像听到了登场人物的声音，译者只是将他们的声音进行记录而已。

小野：那不是从阅读的文本中听到的吗？应该不是从其他地方听到的声音。

沼野：柴田元幸翻译的文本是英语文本，他在日语中听到了文本的声音，所以很厉害。我在翻译俄语小说时，不管读多少遍俄罗斯文学文本，也只能听出俄语的声音。所以翻译真是件难事！

方言、标准语、登场人物的原型等故事

沼野：下面进行下一个话题。刚才的话题讲的是文学创造的空间很重要。我们不谈这个了。实际上，我想具体问一下小野你自己创造的文学空间的问题。

在此之前你的主要舞台是参加电视节目。小野你是大分县海边出生的吧，一个叫什么“浦”的地方，对吧。你之前写的很多小说都靠这个“空间”相互缓缓地联系着，而且一贯坚持。拥有这样的“空间”对于作家来说意味着什么？说得简单些，这是你创作的原点吗？

小野：最初我想写小说来着，但那不是单纯地想写小说，而是想描写这片土地。到了外地我才发现自己的故乡真是个很有趣的地

方。是上了大学之后。

沼野：是来到东京之后吧。

小野：是的。

沼野：高中毕业之前你一直在大分县？

小野：是的，是大分县。从村落翻过一座山，那里有县立高中，我在那里上学。坐巴士约需要一小时。

沼野：居然要一个小时？

小野：而且是里亚斯型海岸，道路弯弯曲曲，我晕车看不成书。在车里读书的话会不舒服，会呕吐。

沼野：你的作品中也有在那一带坐中巴车的情节。

小野：我上高中的时候，有很大的文化冲击。来到东京后感受到的文化冲击更厉害。我认为这是出生于地方上的人都体验过的。

沼野：语言也差别很大呀。

小野：是的。语言也不一样。我也经常看新闻，也确实明白标准语是个什么东西，但自己标准语根本说不好。比如在大学学习的内容要用标准语表达。

比较有趣的事情是，上学期间回老家时，老家的人总问我在大学学的什么内容。想要解释的时候，用方言无法解释，我觉得这一点比较有趣。因为是用标准语学习的，只能用标准语表达。比如我读过沼野老师的《屋顶的双语人》，于是，在老家解释这本书时便用了标准语。

沼野：法律和宪法的话语无法译成方言。就连平时只用方言交流的朋友或亲戚，跟他们说起法律或宪法的问题，不用标准语则无法交流。

小野：我觉得这很有趣。我深深体会到方言是这样一种语言，方言适合表达跟自己亲密的世界或者跟亲密圈有关的事物，或者表达跟自己接近的事物、情感和情绪。所以，我觉得到东京进大学学习这件事就是跟自己的方言相隔离的一种体验。

进入大学，大家经常会问道：“你从哪里来？”我说自己家乡的话，大家觉得很有趣，我也觉得自己出生的地方相当好。进入大学后读了各种各样的文学作品，很多朋友给我推荐说：“这个可以读。”我认为有这样的好朋友我获益良多，也有很好的老师。就像刚才所说，进入大学后我遇见了柴田元幸老师，也遇到了当时在大学当讲师的西谷修老师。这些人告诉我：“你出生于那个地方，你可以读这样的书。”他们还说“你读这部作品会比较有趣”，我经常读他们手头的书。于是，我终于发现有一部作品是描写很小的村落的，但作品中包含着具有普遍性的力量。这个发现对我来说是件大事，或者说来到东京以后更加强烈地感受到自己出生的土地真是有趣。我认为这和自己感觉能够描写自己出生的土地这种心情有直接的关系。

沼野：那时候阅读的世界文学里，以一个小的空间为起点的作品都有哪些？

小野：我认为可以算是世界文学，比如大江健三郎后期描写四国农村森林里面峡谷的作品。

沼野：大江的后期作品写了作家古义人①，他一会儿住在位于成城的家，一会儿又回到东京居住。所以他在两个世界往返。

小野：是啊，我觉得比较好的作品是《致令人怀念的岁月的信》。从宇宙论的角度将但丁的文学世界与四国的森林相联系。这的确是通过书籍将小地方与普遍的世界相联系了。

沼野：日本有些作品已经超越了世界文学的经典作品了。

小野：时代上也远远超越了啊。

---

① 指长江古义人，大江健三郎作品《奇怪的二人配》《优美的安娜贝尔·李寒彻战栗早逝去》《水死》《晚年样式集》中的主人公，其原型为作者本人。

沼野：仔细想一想会觉得大江健三郎这个作家真了不起。

小野：我觉得这部作品真了不起。此外，日本作家的作品我还读过中上健次①的众多作品，以纪州被称作“路地”的受歧视部落为舞台。然后是加西亚·马尔克斯的《百年孤独》等作品。它们都是世界文学的杰作，通过接触这样的作品，我觉得优秀作品给我以勉励，让我觉得虽然自己不能够写得那么好，但是关于故乡是可以写的。这些优秀作家似乎在催促我说，我已经写了我所处空间的事，你也寻找你的空间写一下，他们给我以很大的鼓励。

沼野：的确，像加西亚·马尔克斯《百年孤独》中的城镇马孔多，马孔多这个地名本身虽然是架空的地名，但很大程度上是基于现实的。虽然它是基于现实的，但加西亚·马尔克斯的创作手法被称为魔幻现实主义，他的作品中常出现实际上不可能发生的不可思议的事情。这种文学引起了世界潮流。不过，我觉得如果写的内容跟特定的空间相结合，有可能被这个空间所具有的力量带走，从而失去想象力的自由。很显然，加西亚·马尔克斯超越了种种危险性。小野先生你是怎么一种情况？

小野：我觉得所有的地方能够讲述的事物和事情，我都拥有。所以，有人说：“小野君是个了不起的出生于农村的人，这很好。”

---

① 中上健次（1946—1992），日本当代著名作家，他的《岬》（芥川奖获奖作品）、《枯木滩》、《天涯海角·至上之时》并称为“路地三部曲”，都是描写其故乡部落民的作品。

不管是东京还是其他地方，如果挖掘的话，我可以写的素材有很多。我觉得那是写作方法的问题。

沼野：这个怎么说呢。我想今天来这里的多数人住在东京近郊，也就是说很多人没有像样的农村体验。比如说比你年长的岛田雅彦，他最多也只是有都市近郊体验，所以市郊住宅区成了他的心灵故乡。我出生后一直在东京长大，没有像样的农村体验，小时候被大人带去神奈川县伊势原的亲戚家，附近有农田，在附近捉青蛙很好玩，这可能是我唯一的农村记忆，有点寂寞。只有捉青蛙的记忆。这方面小野应该是得天独厚吧。

小野：是啊。我认为我在农村真的获得了很多。生活在当地的人们之中也有很多与众不同的。

沼野：于是，这些素材就成就了小野你的魔幻现实主义吧。小野你的作品中真有这样的人物吗？是凭借想象力虚构的吧。你的作品中会出现奇特的人，这一方面是什么情况？

小野：有这样的人。

沼野：有原型吗？

小野：语言和行动奇特的人有很多。我最初的小说里出现很多猴子，这些猴子真正存在，而且净干坏事。

沼野：电视上也播放过猴子的故事，你老家那里真有猴子吗？

小野：真有。

沼野：读着读着就搞不懂哪里是真的，哪里是虚构的了。猴子一般山上都有的。

小野：一般都有，是真有！它们会来到村庄附近，是以前回老家时我父母说的。父母每天早上去扫墓，遭遇到一只很大的猴子。猴子在墓地干坏事。它把供奉的八角茴香的枝子折断，把插着的菊花花瓣全部薅掉，把茶碗打破，等等，这是真的。我父母亲眼所见，也经常听到这样的故事。母亲说："那只猴子太大了，吓我一跳。"我问父亲那只猴子有多大，父亲说："跟你妈妈一样大小。"我心想那只猴子真是与众不同。

沼野：也就是说，这类真实存在的事本身已经具备故事性了吗？

小野：是的。

沼野：在小野先生的作品中，此类取材自现实的故事可谓是一直都有的，特别在初期作品中经常出现，像《水淹之墓》（朝日新闻社，2001 年）、《停泊在热闹海湾的船》（朝日新闻社，2002 年）这些作品的文体独特，登场人物也丰富多彩且性格鲜明，甚至让人感到有些眼花缭乱。这些登场人物都有实际存在的原型吧？

小野：未必一定有原型。小时候耳濡目染的各色人等的姿态和语言，在我进行人物创作时有很大的参考价值。我记得库切跟奥斯特的往返书简①中有这样的话，即在小说中创造某个人物时，比起具体的某个人物原型，先前遇到的人的举止或者他身上具有的特点，这些部分组合在一起会构成人物。就是这样一种情况。在描写登场人物时，我心想如果具体以沼野老师为原型，会描写出很有趣的人物来，有一种可爱的吉祥物的感觉。

沼野：以我为原型，不可能有很有趣的故事。

小野：啊，被你反击了！

沼野：哪里哪里。我都不知道要说什么了……

对了对了，刚才说到会有很多人物出现。我问一个有点微妙的话题。以故乡为舞台，以故乡的人物为原型的话，认为自己被描写到作品中的那些人会生气或者感到不快，在社会上会有这种事情的。小野先生你的小说不是这种情况。故乡的作家使故乡出名了，乡亲们会很高兴。但另一方面，有时候也有人会认为这个

---

① 美国小说家保罗·奥斯特与南非小说家 J. M. 库切从 2008 年到 2011 年展开书信对话，被收录在《此时此地》一书中。

作家写了很奇怪的事情。小野你属于什么情况？是不是你获得芥川奖后乡亲们都觉得故乡出了个文豪，大家都很欢迎你呢？

小野：你这个问题很有意思。实际上只有一人发了牢骚，是我的父亲。小说里有喝烧酒后乱闹的父亲形象。据说当时父亲说了“那个父亲是我吧”“把我写成了酒鬼”。即便如此，那个父亲形象也不是父亲。至少父亲不是唯一的原型。从小时候起酒鬼我可没少见，这些人物形象也掺杂在其中。除了父亲之外，其他任何人没有抱怨的。

沼野：过去，我在写《停泊在热闹海湾的船》的书评时，由于登场人物太多，我边做笔记边制作人物关系表，这个人是这样的人，然后一一整理出人物。今天我把笔记拿来了，现在看来，人物还是很多。“淑子奶奶”好像出现了很多次吧。像巨型烟花发射到家里来了等等，有趣的故事不少，印象很深刻。

关于小场所

小野：说起巨型烟花，我想起来了，可以说吗？

沼野：请。

小野：在小说里写巨型烟花的故事时，有个比我小一岁的男子，我们小时候经常一起玩。在农村大家都叫我“麻君”，那位小我一岁的男子说：“是麻君你朝着别人家放的巨型烟花呀！”哎呀哎呀，我可没干过这种事情。放巨型烟花的故事完全属于创作，我感觉读过之后自己的记忆被人捏造了。

沼野：是啊！实际上，这种记忆的捏造也是有的。

小野：感觉有趣的是，他读过我的小说后说我们小时候确实干过那种事情。之前的话还好听，后来他居然说是我指挥他朝别人家放烟花的。

沼野：文学作品有一种力量，一旦文本完成，它就成了历史，或者大家根据这个文本将记忆更替。我认为书写的力量很强大。

关于场所，我还想问你一个问题。你刚才提到各种作品，我认为通过描写那些远离世界的产业和经济中心的边境或小地方的内容，或者通过自始至终描写边境或小地方，反而可以达到世界文学的高水平。这是很好的似是而非的说法。刚才也提到过，作家不是为了某某而写作的，仅仅是为了不断挖掘自己。挖掘了自己也就等于为大家提供了场所。通过一直描写的场所，就可以跟广阔的文学世界相联系，这一点你怎么看？

小野：发生这种事情是文学和艺术的不可思议之处。托老师的福，《停泊在热闹海湾的船》这本书翻译成了越南语。

沼野：是去越南旅行讲演时翻译的吧。

小野：是的。沼野老师前一年去的，第二年沼野老师替我打了招呼，我就去了越南。以此为契机，作品被译成越南语了。结果，读我作品的越南读者说，他以为我写的是越南农村的故事呢。

沼野：他们有一种亲切感。

小野：他们说，明明描写的是日本一个小地方的故事，读者却以为描写的是自己的家乡。大城市虽然有不同之处，但基本上都很相似，有一种共通性。同样，我认为狭小的边境也有相通之处，日本的边境、越南的边境、俄罗斯的边境也都有相似之处。前一阵子我去了俄罗斯，在当地的图书馆讲了自己的小说，那里的听众也觉得像是讲的俄罗斯乡村的故事。我听他们说“去到俄罗斯乡村，那里有些事情比起你写的还要厉害”，他们觉得很有趣。

沼野：小野你的作品还没有翻译成俄语吗？

小野：是的是的。关于这一点还有个有趣的故事。我去俄罗斯的图书馆之前，有人问我要不要去亚美尼亚。建议我先去亚美尼亚讲演，然后再去俄罗斯讲演。当然，我的小说没有翻译成亚美尼亚语，有人说为了读者，他准备把小野小说的一部分进行翻译。于是那个人把我的《九年前的祈祷》全部进行了翻译。我原以为我的小说被翻译成亚美尼亚语的，结果被翻译成俄语了。因为亚美尼亚是苏联的成员国，他们国家的人会讲俄语和亚美尼亚语两种语言。只不过呢，因为译成俄语了，在亚美尼亚和俄罗斯，他们可以用俄语对我的作品进行交流。

沼野：果然啊，那种小国家的语言状况相当复杂。关于小语种的话题回头再说。在此我想多说一点的是，即便是小的空间，深入挖掘的话也可以变为更广阔的舞台。一方面，小的空间自身的特点之中有可以共通理解之处，但是大城市的生活也有相同之处。比如村上春树描写的都市中上层知识青年们的感觉，估计这种感觉全世界是相通的。所以我认为他的作品不管在东南亚还是在东亚，不管是欧洲还是美洲都有理解它的土壤。只不过，像托尔斯泰的《安娜·卡列尼娜》开头部分的名言那样："所有幸福的家庭都十分相似；每个不幸的家庭却各有各的不幸。"总之不幸的状态有很多种，各不相同。我并不是说边境（偏僻之所）就是不幸的。城市里那种看起来安稳富足的生活在全世界感觉都一样，与此相比，地方上富有特点的小地方也各有其闪亮之处。不能简单地以偏概全，正因为如此，它才是小地方的。

小野：小说或物语中必定要有场所，如果只有人物没有场所，不可能写出作品来。我认为都市的确有都市的丰富，但到了地方，有一种跟都市风景迥然不同的景象，那里有田地，有河流，有大海或者高山，有了这些，土地的表情就大不相同了，人际关系依然浓厚。所以，以地方的小场所为舞台进行创作的话，就必须触及人们所编制的浓密的关系网以及地缘、血缘的关系网，必须要描写人际关系。当然即便在城市或其他地方，人与人的关系是重要的媒介，但对于这种关系的描写方法有了一点变化。

沼野：事到如今说这些也无济于事。我最初去美国留学是 20 世纪 80 年代前半期，美国的饮料自动售货机比日本要先进。不仅就机器性能而言，美国的自动售货机故障多一些，投入钱币也不出东西，或者不出零钱，有各种纠纷。这个话题暂且不提了，我对于美国自动售货机感到惊讶的是居然用声音回答说“你好”“谢谢”等。也就是说，放入钱币从机子上买东西时，和机器之间进行一种疑似的信息交流，没有与人进行任何接触，交流就结束了。但是在过去的苏联，自动售货机当然是没有的，即便买个小东西也需要到柜台上，柜台上老阿姨面目狰狞地站在那里。购买者无法拿东西，跟老阿姨说那个东西给我看一下，老阿姨说是这个吗，然后拿给我看。不过没标价钱，必须一一地询问这个多少钱那个多少钱，不这样就无法购物。农村还有这样的地方吗？

小野：是的。几年前，在日本的学术会议上有一个分科会，讨论和制作针对大学的语言文学领域的教育课程的参照标准，也不知为什么，我和柴田元幸被叫到分科会上参加了会议。其中从事文学教学的文学部的教员们说文学重要，只有他们自己这么说的话也没有说服力，于是在参照标准问世前围绕草案举办了公开的研讨会，请外围的人也参加了。于是，来了一位企业家，他认为文学部教育很重要，从经营方面谈到文学为什么重要。

　　这位企业家说，从基本上讲，文学部是处理语言的空间。人们的一切活动靠语言来建立。现在到了公司无法进行沟通而迅速辞职的年轻人正在增多，而且因为交流不畅而长期内心痛苦的人也很多。正因为如此，在大学认真学习文学十分重要。

那位企业家说的有些话令我印象深刻："我前几天去京都出差了。仔细想来，除去工作时间一句话不说，和任何人不说话就出了家门，在自动售票机上买票也不用跟人说话，去小超市买东西，将商品拿到柜台时跟店员也不说话，到达京都坐出租车的时候只说了一句目的地。到了出差地结束工作之后仍然不说话。所以不说话也可以生活，现在的社会跟人接触聊天的机会变少了。"那位企业家的话仍浮现在我的脑海。

沼野：或许生活不便这种情况更适合文学。

小野：是啊。

沼野：在俄罗斯，现在有一位前卫作家叫索罗金①，受人膜拜。他初期有部作品叫《排队》（未译）。俄罗斯常出现物资不足的情况，不管买什么东西都需要排很长的队。比如买个厕纸也要排一小时的队。这不是开玩笑，是真事。于是排队的人开始各种聊天，有时候还会发生口角。《排队》这部小说仅仅由排队时人们的会话构成，虽然很前卫但也很真实。我觉得是文学的力量使得这样的作品能够形成。

---

① 弗拉基米尔·索罗金（Vladimir Georgievich Sorokin），1955年生，俄罗斯后现代派小说家、剧作家，代表作有《玛丽娜的第三十次爱情》《蓝色脂肪》《排队》等。

与世界相关的克里奥尔文学

沼野：从刚才讲的场所的话题，我想转到外部一点的话题。刚才小野的话有这样的内容，即意识到自己的空间性，看到了世界各种各样的文学。那么我有个问题想问你。这个问题是，你想写小说的时候，不是想写自己而是想写场所，对吧。

我这么说是因为我认为，很多年轻的文学少年、文学青年他们有些自我意识过剩，他们眼里只有他们自己。投稿新人奖的作品，在我看来一多半有这种感觉。不过，小野你另当别论，你的“自我”早不知道飞到哪里去了。是场所的话题很有趣吗？

小野：是啊。我自身一直觉得只有跟乡土和其他人结合起来才会有我自己这个人。回到农村和别人交谈时也会发生有趣的事。自己一个人不会产生趣事。

沼野：日本近代文学拿“自我”没办法。在无法应对的过程中形成了近代文学。小野你在某种意义上从一开始就脱离了日本文学，可以这么说吧。这一点我觉得很有趣。

小野：因为近代人的苦恼基本上都是讲都市人的故事嘛。

沼野：是啊。刚才提到关系很重要。格里森写了《“关系”的诗学》（管启次郎译，脚本社，2000 年），他在书中也提到了关系的重要性。跟克里奥尔文学①的关联我们回头再讲。在这里，我想把话题从日本的小场所转移到外国的世界文学。刚才的话题里也提到了，进入大学，接触到各个国家的文学，从而眼界大开。小野你的专业是外国文学吧。而且你专攻法语，去法国留过学，走上了研究者的道路。在法国取得了博士学位，不仅是作家，还是出色的研究者。学习外语然后进入外国文学的世界，关于这件事你怎么看待？对于年轻人来说，那意味着什么呢？

小野：我原本不是学的文学。

沼野：最初学习的是什么？

小野：是米歇尔 · 福柯②，是哲学思想，我对这个很感兴趣。

沼野：这样说来，你也参与了福柯的《米歇尔 · 福柯讲义集成 6 社会必须防卫》（十天英敬译，筑摩书房，2007 年）的翻译工作了吧？

小野：是的啊。

---

① 克里奥尔人在 16—18 世纪本指出生于美洲而双亲是西班牙或葡萄牙人的白种人，如今多用于指代在殖民地出生的欧洲后裔，更多地用来指所有属于加勒比文化的人民。

② 米歇尔 · 福柯（Michel Foucault，1926—1984），法国哲学家、社会思想家，著有《疯癫与文明》《性史》《词与物》等。

沼野：这么说来，你原本对这方面的思想研究感兴趣吗？

小野：在某个时期，说起法国文学和哲学来，萨特是典型代表。他的文学和哲学表里一体，是密切相关的。在福柯那里，初期的作品可以感受到文学要素的过剩，也出现许多文学作品的话题。他也实际论述过文学作品。我对于他如何与文学作品面对面交流也很感兴趣。只不过我感觉自己不适合这条道路。

沼野：是研究思想和哲学吗？

小野：是的，感觉自己不适合这条道路。

沼野：你提到了福柯，我说话有些狠毒，我觉得法国的现代小说自从出现了新小说后就变得没意思了。

小野：是呀！我有同感。读了福柯说的有趣的小说之后，没觉得多有意思。

沼野：福柯说的有趣的小说也许很无聊，但是福柯本人很有趣。

小野：是啊。

沼野：这是法国文化对世界的伟大贡献。在 20 世纪后半期的文学领域，重要的不是小说本身，而是现代思想。

小野：还有一点就是文学批评。

沼野：在法国，现代思想和文学批评代替了小说本身。所以罗兰·巴特虽然是批评家，但人们是把他的作品当作文学作品来阅读的。我时常想，这也是蛮不错的事情。我可能会惹怒法国文学专家。

小野：我觉得你会被他们刺死的。

沼野：这种事情因为要在大学等地方讲，会产生各种各样的问题吧。于是，小野你就去研究了文学，对吧？

小野：是的。虽然在搞文学，真觉得有点不对。福柯本身使我大开眼界。他告诉我，我们觉得理所当然的事情是如何从历史的角度形成的。

沼野：很有趣的。"知识（episteme）"① 这个现代一般使用的词语原本也是福柯作为具有特别含义的词第一次开始使用的。

小野：当时是 20 世纪 90 年代前半期，法国有一位来自加勒比海

---

① 知识（episteme），原先是意味着"知识"或"科学"的希腊语，米歇尔·福柯用作"知识的框架"的意思，广为人知。

法属马提尼克的作家获得了法国文学最高奖——龚古尔奖，他叫帕特里克·夏莫瓦佐①。此后加勒比海的文学在法国文学中受到高度瞩目。我从大学本科阶段开始，我的老师西谷修在日本最先介绍加勒比海的法语文学，也就是说介绍了克里奥尔文学的潮流。

沼野：夏莫瓦佐和康费安合著的《克里奥尔是什么》（平凡社，1995 年，后由平凡社图书出版），这个由西谷修老师翻译成日语了。现在想起来有些意外，西谷老师在那方面也属于先驱性人物。

小野：是的。

沼野：解说也很好。

小野：很棒。于是，西谷老师告诉我说："小野，还有这种文学的。"于是我让人送来原书，读了夏莫瓦佐的第一部作品和第二部作品。但是我当时不太会法语。在加勒比海法属马提尼克和瓜德罗普，那里的人们讲克里奥尔语，克里奥尔语跟法语相似，但两者是不同的语言。以克里奥尔语为母语的作家们在学校习得了法语，他们在用法语写小说的过程中加入许多基于克里奥尔语的

---

① 帕特里克·夏莫瓦佐（Patrick Chamoiseau），1953 年生，法属马提尼克岛作家，1992 年凭借《德士古》获龚古尔文学奖。

单词、表达等克里奥尔元素。我认为夏莫瓦佐尤其如此。读的时候相当难懂。所以，我认为可能无法全部理解。只不过，在阅读的时候觉得非常怀恋或者会觉得他描写的世界我也懂得。加勒比海的小岛上有了超市，原先的市场失去了活力。在那里真正有许多登场人物，描写了许多人的悲哀与欢乐。读了作品，感觉很熟悉，总觉得很亲近。当时我在想，这种亲近感是什么呢？是的，我发觉我的故乡也是这种感觉。我心想，还可以通过海外文学发现自己的故乡啊。反正要创作的话，我想阅读这样的作品，于是就开始研究加勒比海的法语文学了。

沼野：夏莫瓦佐的作品虽然加入很多克里奥尔语的要素，但是创作的本体还是法语，对吧？

小野：是法语。

沼野：康费安这个人的作品《咖啡水》（冢本昌则译，纪伊国屋书店，1999 年）被翻译成日语了，这部作品也很棒。这是用法语创作的吗？解说里有说过，夏莫瓦佐他用法语创作。这么说的话，就意味着康费安也有用法语创作的作品了？

小野：有这样的作品。

沼野：那个不是很多人读不懂吗？

小野：嗯。不过，归根结底对于自己来讲母语还是克里奥尔语，法语是殖民主义强加给他们的语言，所以有些人认为应该用克里奥尔语创作。肯尼亚有位作家叫作恩古齐・瓦・提安哥①。那个作家不也是停止用英语写作了吗？他在用他的母语基库尤语创作。

在加勒比海诸岛上，法属殖民地马提尼克和瓜德罗普跟第二次世界大战后获得独立的其他岛屿不同，它们成为法国的海外省。后来也有人想独立。想独立的这些人主张说，自己的文化是克里奥尔文化，自己的母语是克里奥尔语，所以文学也必须用克里奥尔语来创作。现在似乎人们在积极使用克里奥尔语创作作品。但是，如果用克里奥尔语，只有自己岛上的四十万人能读懂，由于这种情况，我认为也有作家选择用法语创作。

沼野：于是小野你去法国留学，博士论文的题目选了玛丽斯・孔戴②这位作家。夏莫瓦佐是马提尼克岛出生的，孔戴不一样。

小野：孔戴是瓜德罗普岛出生。从马提尼克岛看去，它位于北部，中间夹着多米尼克岛。

---

① 恩古齐・瓦・提安哥（Ngugi Wa Thiong'O），1938 年生，肯尼亚作家，代表作有《一粒麦种》《界河》《黑色隐士》等。

② 玛丽斯・孔戴，1927 年生于加勒比海的瓜德罗普岛，15 岁时去巴黎留学，在巴黎大学学习，在非洲各地当法语教师，后回到巴黎，1976 年创作小说《艾莱马克农》而登上文坛，其他作品有：历史小说《塞古》（1978 年）、《我是提琴》（1986 年）、《生命之树——某个加勒比家族的物语》等。

沼野：两个岛有点距离。他们的语言和风俗也各不相同吧。

小野：是啊。不一样。

沼野：不过他们都讲以法语为基础的克里奥尔语。

小野：是的。但是，同样是克里奥尔语，瓜德罗普人和马提尼克人他们自己都相互觉得不一样。

沼野：是啊。是微妙的区别吧。

小野：区别很微妙。在日本，即便同一个县，由于旧藩的区别以及南北的区别，也会觉得自己和另外的人不一样。

沼野：比如冲绳。不同的岛有不同的意识，他们会觉得别的岛跟自己不一样。

小野：我认为是这种感觉。

沼野：是吗？

小野：我读了玛丽斯・孔戴后觉得很有趣。所以博士论文决定写玛丽斯・孔戴了。

沼野：的确。刚才提到克里奥尔语，我想在座的有很多人懂我讲的是什么，肯定也有人云里雾里的，所以我在此稍加说明。

从语言学的角度来讲，在殖民地，克里奥尔语是当地语言与殖民者、宗主国的语言接触后形成的语言。语言是信息交流必不可少的手段，最初形成的混成语言叫作皮钦语（洋泾浜语）。皮钦语仅限于特定场合可以听懂，是为了方便起见而使用的信息交流的语言，在商业目的上也经常使用。以皮钦语为母语千秋万代传下去，是万万不可能的。克里奥尔语作为语言更加成熟，也有语法体系，作为母语是可以继承下去的。克里奥尔语属于哪一种情况？迄今为止它一直受到人们的轻视。

小野：因为它彻头彻尾是口语，而不是书面语。

沼野：从讲法语的人的角度来看，他们认为克里奥尔语是带口音的走形的奇怪语言，很多时候人们看不起这个语言。虽说是口语，但是它有体系性，可以被继承下去。虽说它最初被限定在口语中，但不久人们便开始用克里奥尔语进行文学创作，甚至出现了有意识地使用克里奥尔语进行创作的作家。只不过，被称作克里奥尔语的并不单单是一种语言，它既有以法语为基础的语言，也有以英语为基础的语言，还有以葡萄牙语为基础的语言，很多种。

小野：不过，像加勒比海那样的近邻岛屿，大体上是相通的。

沼野：因为混成语言在形成之时都有共通的倾向。小野你对这种倾向感兴趣时，当时的指导者有西谷修，此外还有文化人类学者今福龙太。今福龙太写了著作《克里奥尔主义》（青土社，1991年，后由筑摩学艺文库出版增补版），还有比较文学者西成彦写了有关克里奥尔语的随笔，于是产生了对克里奥尔语感兴趣的一代。管启次郎等人也翻译了玛丽斯·孔戴的《生命之树——某个加勒比家族的物语》（平凡社，“新·世界文学系列”，1998年），从最初他们就对克里奥尔的东西一直感兴趣。有了这些人，虽然绝不能称为主流，却是一种强有力的潮流，小野你处于最前端。

小野：我不是最前端，我在最末端，得到他们很多教导。由于有他们的作品，我才想进一步进行阅读和研究的。夏莫瓦佐的作品也是用克里奥尔语和法语两种语言写成的。虽然用法语在写，但其中有着克里奥尔语的某些东西在呼吸。夏莫瓦佐自己经常说，他的文学语言不仅仅是这两种语言。他在和世界上所有的语言一起创作。今天的话题我想也是世界文学的话题。总之，是在和世界文学一起进行创作。他还说，不管是语言、文化还是时代，对自己有影响的是那些跟自己有同样问题，面对世界时跟自己有一样面对方式的人们，阅读了他们的文学作品，即便是通过译文阅读的，也感觉自己可以见到文学中的兄弟，自己是在和这些兄弟一起写作。

沼野：是夏莫瓦佐自己这么说的吗？

小野：夏莫瓦佐自己说的。

住在小岛路边的人们

小野：我想在这里稍做一下宣传，今年（2016）四月开始，广播电视大学由我和著名的宫下志朗老师（因为翻译拉伯雷和蒙田而闻名）担任主任讲师，进行电视讲座。讲座题目也开门见山，是“向世界文学发出邀请”，有兴趣的各位请务必看一下。课本也有卖的（《向世界文学发出邀请》，广播电视大学教材，广播电视大学教育振兴会，宫下志朗、小野正嗣著）。

沼野：我也看到了，是很好的书。

小野：是参加电视讲座的讲师们执笔编写的，阵容非常豪华。有现代英美文学翻译界很活跃的藤井光，有以捷克语为主、在中欧文学翻译和介绍方面很活跃的阿部贤一，有在阿拉伯文学方面做出杰出成就的冈真理，有韩国、朝鲜近现代文学研究的第一人渡边直纪。还有一位，我认为也很牛，他叫迈克尔・埃梅里克，在美国加州大学洛杉矶分校教授日本文学，是研究《源氏物语》的文学专家，翻译和介绍日本的现代文学。

沼野：通过这个系列我和埃梅里克也有一次对话。讲师阵容以小野这一代为主，全盘年轻化了。

小野：宫下老师在考虑讲师的阵容时说年轻人好。比较有趣的是，宫下老师比我年纪要大很多，他快 70 岁了。

沼野：是的啊。

小野：和宫下老师一起工作时，宫下老师说："小野君，我们这一代就算了。"我说："老师，我和老师岁数差很多。"

沼野：是被要求一起做的。不过，这个"我们"是不包括说话对象的"我们"，不是吗？在语言学上讲，这种第一人称复数形称作"排他性（exclusive）"。

小野：也许吧。不过，总而言之我们做了很好的节目。

沼野：通过电视听实际讲座当然好了，即便只看看教材，我想也会有很好的价值。

我们回到夏莫瓦佐的话题，克里奥尔语或者克里奥尔的世界是个很狭小的世界，但是，他们和世界文学同在，这种感觉很强烈。还有一点我一定要问的，夏莫瓦佐等人已属于前辈级的作家了。还有一位作家爱德华·格里森，是克里奥尔文学的旗手，刚才提到过他的名字。此人除了共同著有《"关系"的诗学》之外，还著有《全——世界论》（恒川邦夫译，美铃书房，2000年），这本书的"全世界"，用日语说的话在"全"的后面加了破折号，形成"全——世界"这个特殊的说法。是不是可以认为格里森思考的这个“全——世界”和刚才夏莫瓦佐说的和世界文学共存是相同的东西呢？

小野：夏莫瓦佐的思想完全来自格里森。

沼野：还是相互联系的。

小野：为了广播电视大学的电视授课，我亲自到了加勒比海的马提尼克岛。

沼野：啊啊，是这么一回事啊。很好啊！

小野：还可以！进行了采访。

沼野：采访了谁？

小野：夏莫瓦佐。

沼野：那了不起！

小野：以非常美丽的风景为背景，夏莫瓦佐接受了采访。

沼野：这个采访电视上播放了吗？

小野：是的。

沼野：那一定要看一下。

小野：他回答问题非常棒，我想，如果他和沼野老师进行对谈的话，肯定会非常快乐。

沼野：哪里哪里。会这样吗？

小野：夏莫瓦佐的谈话中经常出现格里森的话，比如“格里森说过”“正如格里森所示”。夏莫瓦佐还说：“自己跟世界所有的语言一起书写。”这也是格里森经常说的话。同一性不是固定化的东西，它面向着我们和世界的所有关系。我认为这种关系就是与其他文化、其他语言及其他人的关系。像这样，应该与世界的多样性共存，不断使自己变化，让自己向他人敞开心扉。而且，这并不会损毁自己。格里森同一性论的根源之处就有这种想法。夏莫瓦佐把格里森的理论原封不动地作为自己的理论运用到作品中。他一直写马提尼克岛的生活，他小说的舞台几乎全是面积那么狭小、跟冲绳差不多大小的马提尼克岛。而且夏莫瓦佐自己说今后他的小说仍然以马提尼克岛为舞台。究其原因，据他说，那是因为马提尼克岛对于夏莫瓦佐而言是从历史的角度向世界所有关系敞开的场所。那里有取之不尽用之不竭的写作资源。

沼野：说到关系的话题，这是我自己的理解，也许不对。日本近代文学的疾病之一即被“私（自我）”所束缚，无法从这个“私（自我）”的疾病中挣脱出来。重视关系的话就不是只把“私（自我）”作为问题，而是要在“我”和各种人的关系中如何把握世界。格里森的《“关系”的诗学》中基本上讲到了这样的问题。在某种意义上，我感觉他的著作对于“私（自我）”病是一种特效药。现代思想中，有人说“根茎关系”，即存在着一种体系的树木，价值体系不是一元式构筑，其中有许多看不见的根互相联系着，这也是一种扩展关系。是不是可以这样来把握世界呢？

小野：从水平的角度上讲可以这样把握。

沼野：克里奥尔式的东西之中，重视的不是垂直的上下关系，而是重视这种水平的横向关系，对吧？

小野：有这样的倾向。如果思考一下这个岛屿的历史就会明白这一点。那里混合着世界各种文化和语言，这个场所构成了各种关系。原本这里有加勒比族和阿拉瓦克族，后来欧洲来了殖民者，这些殖民者掠夺土地，并歼灭了这些民族的人。后来，由于需要劳动力，殖民者就从非洲带来了奴隶。19 世纪中叶奴隶制被废除，奴隶都逃到了街上，没有了劳动力。紧接着印度人和华人作为移民也来到这里。继而还有从中东来的叙利亚人。比如，以骇人听闻的行径而闻名的维·苏·奈保尔①即出生于特立尼达和多巴哥，是从印度以年度契约形式来特立尼达劳动的移民后裔。

沼野：刚才说的“以骇人听闻的行径而闻名”，不解释的话可能会不明白。奈保尔因为其特异的个性，在被邀请去参加会议或讲演会时，他会让主办方和主持人很为难。不过，为人和作品另当别论，他的作品相当有趣。

小野：有趣的。

沼野：小野你也和小泽自然在共同翻译奈保尔的作品吧。

小野：是初期的作品。

沼野：非常好的作品。作品叫作《米格尔大街》（与小泽自然共同翻译，岩波书店，2005 年）。

小野：讲的是住在小岛马路边的人们的故事。

沼野：小野你也够可以的。那可是英语作品呀。法国文学研究者

---

① 维迪亚达·苏莱普拉萨德·奈保尔，1932 年生于西印度群岛的旧英属特立尼达岛。1950 年前往英国，毕业于牛津大学。曾在 BBC 工作，开始创作活动。写了多部以特立尼达的印度人社会为背景的小说。1971 年《在自由之国》获得布克奖。2001 年获得诺贝尔文学奖。2018 年在英国去世。

甚至去翻译英语小说！

小野：因为有小泽这位很棒的朋友，所以才能够翻译的。是和他一起翻译的。工作真的很快乐。

沼野：由于提到了克里奥尔的话题，我并不打算把我知道的都说出来。借此机会有件事我想说一下。也就是说呀，日本作家里面，可能是安部公房较早开始对克里奥尔问题感兴趣。20 世纪 80 年代后半期，确切说是 1987 年，岩波书店的杂志《世界》上刊登了安部公房的论文《克里奥尔之魂》，很长一段时间没有作为单行本发行。读了这个大家会明白，克里奥尔和安部公房的文学观结合得很紧密。安部公房对克里奥尔的理解非常具有先驱性。他是反传统的人，很讨厌大家聚在一起说"这是传统"。克里奥尔式的东西不是扎根于传统并在继承传统中形成的，它是在和传统绝缘的地方生成的，这一点强烈地吸引着安部公房。

小野：他自己不是失去故乡的人吗？幼年时期在中国东北经历了战争。战后，像是把他从自己生活的地方拉回来一般撤回日本。他有一种自己的故乡被夺去的体验。

沼野：是啊。我想安部公房自身感受到了和克里奥尔的共通性。

小野：用刚才说的"根茎"与"树木"的对比来说的话，他原本是根茎被拔起的人，所以他对于大树一类的东西持怀疑态度，各种关系像根茎一样自由自在地联系着的克里奥尔式的扩展深深吸引了他。我是刚才想起来的，不是有一个叫山内的老师吗？他是大江健三郎的亲友或者说是大江健三郎在大学时代开始交往的好朋友。

沼野：是英美文学研究专家山内久明老师①。

小野：这位山内老师写过关于日本现代文学的书籍，我忘了他是牛津毕业的还是剑桥毕业的了。

沼野：是用英语写的书吧。

小野：读那本书的时候，我想起安部公房了，他作为失去故乡的人被介绍过。

沼野：是吗？顺便说一句，山内老师还健在。大江的诺贝尔奖获奖讲演的英语翻译是他帮的忙。

小野：大江小说中的“Y 君”就是山内老师吧。

沼野：他们大概是东京大学驹场校区同一级的朋友吧。专业不一样，山内老师学了英美文学。

---

① 山内久明（やまのうち ひさあき），1934 年生，英美文学研究者。

在外地发现自己的故乡

沼野：小野你研究的不是所谓的正统法国文学，你进入了相当奇特的异文化的世界呀！小野你也是大学教师，要作为教师面对年轻人。最近经常听到这样的话，说日本年轻人不想出国，想去留学的人在减少。这一点你怎么认为？听说如今在美国的留学生，中国人和韩国人占压倒性多数，日本人在减少。总觉得日本的年轻人变得封闭，他们不想进入异文化的世界去接触他者，是这样的吗？

刚才也提到了，小野你积极地到亚美尼亚、俄罗斯、越南进行讲演。现代日本年轻一代作家中很少有人想去亚美尼亚。事后我问了相关人员，听说小野你在亚美尼亚和俄罗斯很受欢迎。他们说从日本来了这么优秀的作家，大家都很高兴。对于小野你来说，进入未知的外国文化之中还是蛮有意思的吧。

小野：今天对谈的标题是“从木兰花的庭院走出”，我对于亚美尼亚感兴趣之处就在于“木兰花的庭院”。还有一点，我相信“关系”这种东西，主要还是想与人接触。我在法国留学时，有一位叫克劳德·穆沙瓦的诗人兼评论家，他是我去留学的巴黎第八大学教授，被认为是福楼拜等 19 世纪法国文学的研究专家。实际上我遇到了一位很棒的教授，他热爱世界上所有的文学。所以，我在法国第一次见克劳德教授时，当时心里想，法国也有像沼野老师一样的人啊！克劳德对于所有文学都感兴趣，所以巴黎第八大学留学生很多。他会问留学生各种问题，你们国家有没有有趣的诗人？有没有有趣的小说家？之后克劳德会让留学生们拿来他们国家的诗人和作家的作品一起翻译成法语。比如他和韩国留学生翻译了韩国现代诗人高银的作品。他和我一起翻译了日本的代表性诗人吉增刚造的诗歌。克劳德和他夫人埃雷诺一起生活的奥尔良的家里有个很大的内庭，那里种着木兰花，一到春天，美丽的木兰花开满庭院。他经常邀请留学生到他家里一起进行翻译。即便对那个国家的语言一无所知，他仍然和那个国家的留学生一边交谈着一边花时间认真翻译那个国家的文学。我也被邀请到他家，翻译了吉增刚造等诗人的现代诗。译着译着，不知不觉在巴黎度过了五年时间。他与俄罗斯也有联系，定期去圣彼得堡讲授法国文学，沼野老师熟识的艾基，他也很熟悉。

沼野：是诗人根纳季・艾基吧。很遗憾，几年前艾基去世了，很出色的诗人。来过日本。

小野：听说这个艾基与克劳德是好朋友，来过克劳德家几次。

沼野：的确是的。艾基是俄罗斯的少数民族楚瓦什人，他会楚瓦什族的语言楚瓦什语，还会俄语，会说两种语言。创作风格非常具有实验性，是俄罗斯文学诞生的现代诗歌的最高峰之一。他的诗歌在日本也有人进行翻译和评论。在欧洲好像评价更高一些。据说他还曾经是诺贝尔文学奖候选人。

小野：艾基也来到了木兰花的庭院。“木兰花的庭院”是这样的场所，即它对世界各种各样的文学敞开。克劳德从证言的文学这个观点出发，对于欧洲的犹太人大屠杀问题写了好几篇论考文章。托他的福，我还见到了关心亚美尼亚大屠杀的文学研究者。我去了法国这个异乡，遇见了克劳德这样的人，意义重大。比起法国文学，克劳德对世界文学更感兴趣，所以我得到克劳德的教导，不仅接触了法国文学，也接触到法国文学以外的世界文学各种作品。于是我不仅见到跟克劳德关系密切的研究者和艺术家，还见到了克劳德与埃雷诺帮助的移民与难民们，也因此打开了各种门扉。亚美尼亚是个什么地方？那里有怎样的历史，有怎样的文学？法国有很多亚美尼亚人的团体，托克劳德的福，我对亚美尼亚很感兴趣。我对俄罗斯也是这种感觉，实际上我在法国发现了俄罗斯文学许多作家。克劳德劝我阅读哈尔姆斯、沙拉莫夫、布拉托诺夫①的作品。就这样，法国和木兰花的庭院向我敞开了宽阔的世界文学之窗和世界文学之门。这是我的实际感受。对于对文学感兴趣的人来说，那是很理想的环境。

沼野：的确像是根茎关系。不断有根横向伸出，连接到下一个地方。是这样的感觉吧。

小野：如果不到法国去，是不会有这种相遇的。

沼野：是呀。

---

① 安德烈·普拉图诺维奇·布拉托诺夫（1899—1951），俄罗斯小说家。

小野：后来我不是去亚美尼亚了吗？有意思的是，从日本没有直飞亚美尼亚的航班，乘坐了经由莫斯科到亚美尼亚埃里温的飞机。飞机上好像有很多外出打工回家的人，这一点从外表上看就会明白。看到这些人总觉得十分亲近。因为小时候在我的故乡有很多人外出务工。现在高龄少子化现象很严重，我老家的村子这方面达到极限了。在亚美尼亚，说起自己的家乡，他们说“你说的这些事在我们亚美尼亚也有很多”。据说亚美尼亚国内人口约 300 万人，散落在全世界的亚美尼亚人居然有 900 万人。因为国内没有大型产业，现在到外国特别是到俄罗斯寻找工作外出务工的人很多，我听他们说“到了农村，没有男性，全是老人、妇女和儿童”。刚才也说过，我的故乡是个小渔村，很多人外出务工，在某种意义上两者情况很相似。这样就会在外部发现自己的故乡或者再一次理解当时的情况。

沼野：这很有趣。我在俄罗斯乘坐出租车时，出租车司机很多是亚美尼亚人。就在前不久我还和一位亚美尼亚出租车司机闲聊，这位中年司机把家人撇在故乡，一个人来俄罗斯打工，他很难过。

不过，在外地发现自己也是蛮有趣的。小野你的情况是，人走到哪里自己的作品就被翻译成哪里的语言。那里的人们是如何接受小野你的作品的？去越南的时候也是如此吧。为了赶上讲演，《停泊在热闹海湾的船》被译成越南语了吧。

小野：在越南我不是首先在三个城市进行巡回讲演了嘛。后来去的时候我也是在三个城市进行巡回讲演。沼野老师评论的内容是从古典文学到村上春树，感觉我是论述村上春树以后的内容，结果大受好评，有人提出要把我的作品翻译成越南语。

沼野： 是吗？

小野： 后来又去了一趟。

沼野： 了不起啊。成了回头客了。

小野： 是的。

沼野： 不管怎么说，利用这个机会自己的作品被译成越南语并让当地人阅读，这是很棒的。在亚美尼亚，《九年前的祈祷》被译成了俄语，在当地反响如何？有没有跟日本不一样的地方？

小野： 听说当地人对作品的印象跟我们在日本抱有的印象相差很大。他们说没想到日本文学能写这样的乡村故事。

沼野： 可能他们只知道村上春树吧。

小野： 这方面我不清楚。不过，俄罗斯人和亚美尼亚人都很亲切。比如，俄罗斯有一位描写地方风情的知名作家，我并不知道该作家。有人提到了这个作家，劝我们说“可以读一下这个人的作品”。所以，我在那里也得到了很多，很感谢！

沼野：你去了很多地方，这些地方又对你的文学有所影响吧？

小野：是的。我觉得还是跟某些地方有联系为好。我认为绝对会有联系的。即便自己意识不到，我认为自己经历过的场所的记忆必定会跟创作这个行为结合起来。总而言之，俄罗斯和亚美尼亚很有意思。

沼野：各种各样的场所联系在一起，将之称为地域的汇集，这会很奇怪。今后小野和小野的作品中或许会展现世界上各种场所，形成作家小野正嗣的新的场所。

小野：由于文学的原因，我去过很多地方，方向感比较强。不管去什么地方都不迷路。在文学方面更不会迷失。

沼野：不是路痴。

小野：是的，我认为我方向上不迷路，文学上更不迷失。因为有各种各样必要的引导，所以我一直在阅读作品和进行创作。

我最近读了沼野老师的书，有件事我一直记在心里，想问问您。即《契诃夫——七分绝望和三分希望》这本书。这本书太棒了，我想推荐给大家。这本书的后记里有这样的文章。

“我有些迷失自我，亚历山大・丘达科夫告诉我说‘这个世上没有比文学研究更重要的事’，他已不在这个人世。”

我觉得沼野老师就是文学的化身，大家会觉得不可思议：“那个沼野老师在文学研究的道路上也会有迷惑的时候？”有这种事吗？

沼野：是的，你问得好！这个话题，咱们刚才在后台那里照面的时候也提到了。

小野：是啊。在后台我纠缠不休问您，您说：“这个呢，我会告诉小野君的。但还是让大家问更有意思。”于是再现了在后台的提问。

沼野：这一部分，稍微读一下的话，听起来是很严肃的话题，不是吗？

小野：于是我也很在意。

沼野：感觉很严重。哎呀，严重归严重，但实际上是半开玩笑的。我故意在写的时候让人感觉不出这是半开玩笑，心想没有人感觉到是半开玩笑就算了。若要说起这是怎么一回事，是这样的。亚历山大·丘达科夫是俄罗斯的契诃夫研究第一人，他头脑相当敏锐，是顶级学者。他来日本时，我给他当向导，在私人层面也有很多交往。他结束在日本的工作即将回俄罗斯时，我没有时间送到成田机场，心想在品川把他送上前往机场的成田快速电车的话，剩下的在机场办手续、安检等事情他一个人能办到吧。哎呀，他年纪相当大了，我有点担心——我和他一起到了品川站，想让他在品川乘坐前往机场的电车。我们一起走在品川站，走着走着心想，哎呀，是几号站台来着？不知道乘电车的站台了。

不过那个时候，丘达科夫教授和我一起走在车站内，关于文学研究，他一直跟我讲严肃而深奥的话题，中间没有停顿。但是我很焦急地在寻找站台，心想误了电车可就麻烦了，虽然他一直在说，可我没心思去听。我说“请稍等，我正在找站台”，想要打断他的话。于是丘达科夫教授生气了：“你怎么回事啊！我在说这么重要的话题，你却……”但是我也确实生气了，顶了一句：“您要是回不到俄罗斯，那就麻烦了！”大概有这样的交涉。说起来有些难听，他有些像学痴。但这样的人还是很了不起的。

小野：我心想，沼野老师您是否写了自己痴迷于文学研究的事呢。

沼野：不，我没有写痴迷于文学，我写了“迷路了”。地地道道是迷路了。

小野：您这种写法，不认真读真搞不懂您的意思。

沼野：也许认真读也搞不懂是什么意思的。这样的话。

小野：不过，老师您的契诃夫论的确是那种感觉。当论及契诃夫的作品是悲剧还是喜剧时，契诃夫说是喜剧，但大多数人把它当作悲剧来阅读。您的评论主要解释为什么会出现这种情况。老师您在书里面写到了作品被接受方式的奇特性，您在后记中也对它们进行了实践。

沼野：是啊。这个设计比较有趣吧。或许是大家都没搞懂就结束了。

小野：能够在此说出来太好了。

有五种身份的小说家

沼野：今天我们请到了小野这位有魅力的讲师，我想大家可能有很多问题，所以我想把提问时间多留一些。接下来我打算总结一下了。刚才提到了文学研究的话题，最后我想问一下小野作为文学家的生活方式以及活动的方法。

从刚才的话题中也可以得知，小野具有多个身份，是文学研究者也是翻译家。今天除了奈保尔的《米格尔大街》之外，没怎么提及翻译的话题。从法国的保罗·尼詹到克里奥尔文学，福柯，等等，他翻译了很多作品。现在我想他手头也积攒了大量工作。也就是说，他是教师、小说家、翻译家和文艺研究者，大致算来至少四个身份。这些身份可以在一个人身上共存吗？时间上相当紧张啊。所以，感觉他总是很忙。此外还有一个身份，这是很重要的一个身份，即家中爸爸的角色。看电视的人可能会知道，据说小野孩子又多，是现今很少见的孩子多的家庭。

小野：被称为“日本生产性本部”。

沼野：五种面孔，对吧。

小野：别人经常问我会很忙吧。但我认为自古以来日本最忙的文学研究者是沼野老师。不过，老师您也很擅长啊！

沼野：为什么？

小野：您是这样的风貌和说话方式，所以根本看不出焦急。

沼野：啊啊，说我是个闲人。

小野：可是您的工作很多。听说您是“熬夜的人”。

沼野：有人来见我，以社交辞令的方式说“您很忙吧”。这时，我必定会说：“哪里的话，我有空。”于是，大家都当真了。我认为这固然不错，但我太太总是生气地对我说：“你为什么说那么愚蠢的话！”

小野：看了老师翻译的书和研究类书籍的后记才知道，很多是在飞机上或者列车上写的。所以，沼野老师才是珍惜寸暇来工作的人。

沼野： 订好计划什么时间做什么，这样的做法我不太相信，我只是尽可能做自己想做的事，小野你怎么样？

小野： 是啊！如果我也有计划地做了，就不会这么多孩子了。啊啊，没多大意思啊。

沼野： 孩子的话题先放一边吧。一位文学家同时是作家，还是翻译家、教师和文学研究者，你觉得怎么样？文学研究者也有批评家这样的一个身份。各个身份之间是否有难以共存的一面，对此您怎么看？

小野： 不过呢，我认为研究者和作家相距并不那么远。柴田元幸老师曾经跟我说过："小野君自从写小说以后成了一名好的读者，不是吗？"的确自己写小说之后，在阅读作为阅读对象的作品时，我认为能够从经验的角度感受到小说的某个地方很合我意，某个地方很费力气。所以写小说和研究作品或许并不遥远。而且写作这件事也许是对自己的挖掘。我认为客观观察被描写的对象的视角无论如何是必要的。这个时候研究和批评会告诉我们，对于写作对象要保持适当的距离。在这个意义上，我认为我通过研究和批评体验到的东西对于我的写作非常有意义。关于翻译也是如此。纵观文学的历史，很多小说家和作家不也是翻译家吗？法国文学方面，波德莱尔和马拉美也是翻译家，世界上有很多搞翻译的作家。所以，我认为翻译和创作是相辅相成的。

沼野：村上春树也是这样。但是，今天世界很繁忙。一旦成为人气作家，一般会想着集中精力去写自己的小说。如果不专心于本职工作，时间就会不够用，也会在竞争中败下阵来。所以，翻译别人写的东西这项工作，怎么说呢，就成了次要的工作。一般他们会说原本就没时间做这种事情。如果是世界性有名的畅销作家，他的经纪人会给予压力，说有空翻译别人的作品还不如写自己的小说。在这一点上，我认为村上春树是极端的例外。

小野：村上春树了不起。我的作品卖得不好，所以做点翻译完全没关系。只是因为没有能力，所以我所有的工作都完成得晚。

沼野：你还是想搞翻译的了？

小野：想搞翻译，因为翻译很有趣嘛。

沼野：堀江敏幸①也做了很多翻译。

小野：将优秀作品译成日语时，我会通过翻译这项工作非常仔细

① 堀江敏幸（ほりえ としゆき），1964年生，小说家、法国文学研究者、早稻田大学教授。主要作品有《往昔》（三岛由纪夫奖，1999年）、《熊的铺路石》（芥川奖，2001年）、《雪沼一带》（谷崎润一郎奖，2004年）、《河岸忘日抄》（读卖文学奖，2006年）。翻译的作品有菲利普·索雷尔斯的《神秘的莫扎特》、罗贝尔·杜瓦诺的《在不完整的镜头下——回想与肖像》、玛格丽特·尤瑟纳尔的《何谓永恒？世界的迷路Ⅲ》等。

地阅读作品的语言风格是如何形成的。我感觉这对于我自己的写作会带来很好的效果。

沼野：那么，你作为老师工作怎么样呢？大学教师的工作如何？

小野：老师您怎么样？

沼野：我的话题……

小野：跟学生接触很愉快吧。

沼野：不过，最近跟不上时代的话题多了起来。受年轻人欢迎的那些人之中，不管电影导演还是漫画家，听了名字也不知道是谁。

小野：是不知道吧。

沼野：最近，《尤里卡》① 特辑的人名和主题，我搞不懂了。若是二十五年前，我倒是制作特辑的一方，一般意义上的文学特辑很难制作。小野，你那里是什么情况？

---

① 日本出版社青土社发行的月刊杂志，内容以诗歌为中心，涉及文学、思想多个领域。

小野：这种情况，我也遇到过。不过，新生事物不断出现，我认为近距离观察那些享受新生事物的人群也是一种有趣的体验。

沼野：写毕业论文时，有些学生想写我听都没听说过的现代作家。现在，我待在“现代文艺论研究室”，事实上若是世界文学，研究什么都无所谓。十个人写毕业论文，其中八个人要研究我没有读过的作家。于是我读了那些作家的作品发现，其中有些人的作品只能说很无聊。有的学生会反驳：啊？不是挺有趣的吗？或者说现在这个作家很受欢迎。我需要学习的还很多。

小野：当老师感觉有趣不就是这方面收获大吗？很可能碰到自己不知道的东西。

沼野：我自己年纪越来越大，学生年年变化，学生永远年轻。

小野：是这样的啊。这很有趣的。所以我觉得跟他们话题不通也是蛮有趣的。

沼野：小野，你的教授方法属于热血教授方式吧。

小野：不，没这回事。我觉得自己作为语言学教师还是不错的教师。但现在不教法语了。

沼野：现在只教授文学吗？

小野：是的。我觉得在文学方面自己是最差的老师。

沼野：教授什么类型的课程？要阅读世界上各种小说。是这种感觉吗？

小野：多数属于文本细读。若是讲义的话，会讲“文学是什么”等话题，但是如果听课的人少，还是读作品。

沼野：是通过译本来阅读吗？

小野：因为大家未必会外语，是通过译本阅读。有人说像是杂谈一般的课程，大体上是怎样的课您也明白了吧。不过，杂谈不是会让人记忆深刻吗？

沼野：是这样的。我当教师很多年了。在偶然的机会跟二十年前的弟子见面，对方会说“老师，过去你也说过这个话”，他们记得我说过的话。他们说烙在心里忘不了，我觉得这个很有趣。不过，我自己不记得了。我心里会想，我说过吗？所以呢，还是注意些为好。因为自己无意中说的话很可能会刺痛他们的心。

小野：如果说杂谈给人的印象深刻的话，那样是可以的。而且我还想多一些杂谈。如果极其认真全力以赴地给学生讲课，学生们基本上会吓一跳。

沼野：是的。严肃的话题，听起来会使人疲劳。有一个人写了一部很厚的也很出色的文学研究书，我就不说他的名字了。是我教过的学生。他把我教过的内容像是自己的想法似的原封不动地写出来。他写的内容连我自己都觉得写得很好。所以，感觉对方不吭声就窃取了自己的成果。虽然有一点点这种感觉，但是教师这个职业不就是这样给予的吗？原本自己说的话里面没有我自己这个著者，成了其他人著作的血肉。如果是这样，应该感到高兴。所以教师的话分量很重的，是那种到处播种的工作。或许小野你说的话已在很多人头脑中呈根茎状扩展了。

小野：我没说过重要的事情，没关系的。

推荐的书

沼野：想问的问题还有很多。最后我们该转移到推荐书目这个话题了。

这个系列是一个连续对谈节目，兼有推荐书目的功能。我们每次谈话都想请每位讲师务必向我们推荐五本书，并陈述推荐的理由。关于世界文学只推荐五本，这不可能是固定的。当然也可以根据当时的心情多推荐的。请小野你向大家推荐书目吧，也包括你自己的作品。

小野：好的。听说今天会场来了很多初中生和高中生，所以我想到了进入初中后可以读的书目。首先是夏目漱石的《少爷》，很单纯很有趣。这部小说讲述了从都市来的青年遇到乡村文化的故事，可以作为异文化体验的故事来阅读。这么说来，小说里唯一的文学部毕业的学士“红衬衫”这个人给人的感觉最坏。所以，文学部毕业的人没一个好东西。

沼野：啊啊，对呀，“红衬衫”是唯一的文学士呀。确实让人感觉不爽。

小野：还有一个，我好不容易来这里跟沼野老师对谈，所以请允许我推荐沼野老师翻译的《新译契诃夫短篇集》。我觉得《万卡》等作品真是打动人心的好作品，而且很短。请各位初中生务必读一下。其他还有《渴睡》等，好的作品真的很多。向初中生突然推荐契诃夫，这种人不多的。所以我趁此机会一定要推荐。第三册和“给予”这个话题重合。最近新潮文库新翻译了《小公主》（伯内特夫人著，畔柳和代译，新潮文库，2014 年）。这基本上属于“给予”的故事。即便自己处境贫寒，主人公少女萨拉仍然担心他人，不断给予。而且那个故事里还包含殖民地的问题。萨拉的父亲在印度从事矿山事业。当时印度还是大英帝国的殖民地，作品中还可以感受到本国和殖民地之间的差距，这给整体带来很大的阴影。这样子已经三本书了。五本书里面要我推荐一本我自己的书，对吧？

沼野：没必要在意数量。不是刚好五本书，六本七本都可以。

小野：那么再推荐一本。柴田元幸老师新翻译的《汤姆·索亚历险记》（马克·吐温著，新潮文库，2012 年）。本来呢，我想让大家读《哈克贝利·费恩历险记》，但这个《哈克贝利·费恩历险记》目前只有抄译（《一套口袋书学习 06　马克·吐温》，集英社文库文学遗产系列，2016 年）。

沼野：全译本还没出版？

小野：还没有。如果出了全译本还是《哈克贝利·费恩历险记》好一些。我的大女儿现在读小学六年级，她读了这个《汤姆·索亚历险记》，说很有趣，说"和电视上的不一样啊"。实际读起来，我想会有各种发现的。通过动画片来看固然也不错，但是柴田老师的翻译真的很好，希望大家还是读一下为好。

我的书是本小说，主人公是位小孩，并不是太有趣的故事。小说叫《狮子渡之鼻》（讲谈社，2013 年，后由讲谈社文库出版），我觉得各位中学生可以读一下。

沼野：好的，谢谢。关于《狮子渡之鼻》我也想说上两句。这部作品刚问世时，我认为作品很好，但是有点难懂。很佩服小野那个时段的最优秀作品，体现了小野最好的一面。我说"接下来的芥川奖就是它了，这么优秀的作品！"。然后给大家传阅。然而，当时出现了秘密武器一样的作品，把芥川奖从小野这里抢走了。

小野：感觉彻底被人整了。不不不，并不是被人整了，并不是。

沼野：获得芥川奖的是黑田夏子的《ab 珊瑚》。我并不打算说这部作品的坏话，我觉得这也是很好的作品。

小野：是很棒的作品。

沼野：不过，没想到 75 岁的黑田夏子突然杀出，获得了年轻作家登龙门的芥川奖，真没想到。唉唉，由于出了这事，所以小野君有点运气不好。不过，后来小野君很快获得了芥川奖。是一年后？

小野：是两年后。

沼野：中间空了那么长时间。也许你那段时间很郁闷吧。

小野：不，根本没有。因为我也不是为了获奖而创作的。

沼野：当然是这么回事。作为结束，在这里请允许我介绍一下我写的关于小野的东西。我在《东京新闻》等三社联合发行的报纸上写了十多年文艺时评。已经做了很长时间，而且我打算不再继续做下去了——决定辞掉这个工作。作为那个文艺时评的最后一期的结束，当时正好也是小野君刚获得芥川奖，我就写了这样的文章（《东京新闻》晚报。2015 年 3 月 31 日）。

小野正嗣的芥川奖获奖致辞（刊登于《群像》）令人感动，据他讲，所谓作品就是用来“给予”的。的确我也从许多优秀作品中被给予很多，这就是时评这个痛苦工作的最大喜悦。另一方面，在思考自己作为批评家能给予读者什么的时候，我内心却充满羞愧。只是，虽然以文学价值的自律性为大前提，但是他时常意识到社会上的文学以及世界范围内的日本文学，这一点我认为能够贯穿于他自己的态度。

小野：不过，老师啊，批评也是一种给予的场所。

沼野：怎么说呢？

小野：不仅能够理解作品，而且为作者提供了写了十多年进一步创作的场所。在这个意义上，我认为批评也是给予。因为优秀的批评会激励作者。

沼野：如果是这样那就好喽。

哎呀，时间所剩不多，我自己推荐的书就省去了。刚才，一边听小野君的话我一边想，小野君的小说每一部都很出色，要从中选一部还是很难的。但是，从我个人的喜好来讲——这个话跟作家说，会遭作家嫌弃——我觉得最初的作品特别好。

小野：没关系。我喜欢老师您。

沼野：《水淹之墓》和《停泊在热闹海湾的船》都是初期作品，给人以很新鲜的印象。然后还有个作品，今天无法详细涉及了，它在小野的小说里还是很重要的，即《文学 人道主义》。作为一线作家，小野从正面论述了文学究竟是什么。这样的书一般人肯定写不出来。

在小野的作品之外，有的作品今天无法在谈话中涉及了。有位作家叫牙买加·琴凯德，出生于加勒比海域的安提瓜岛，不是用法语或克里奥尔语写作，而是用英语写作。他有一部作品叫作《一个小地方》（旦敬介译，平凡社，“新·世界文学系列”，1997年），直指事物核心。还有一部作品叫作《在河底》（管启次郎译，平凡社，“新·世界文学系列”，1997年），有几本已被译成日语。琴凯德的作品译本不知为什么全部绝版了，很难弄到手。

小野：是啊！

沼野：真不可思议啊！

小野：我读研究生的时候在柴田老师的课上读了琴凯德的其他小说，觉得这个作家很有趣。

沼野：啊！是吗？

小野：后来，《一个小地方》的日译本一出来，我不知不觉中通过原著读了《一个小地方》。

沼野：很棒的书啊。还有就是大江健三郎，他的名字出现了好多次，感觉大的长篇像一座山一样，也像一片竹林一样互相缠绕，不知从何处入手。为了这些人，我来列举一下岩波文库的《大江健三郎自选短篇》吧。在重录这个短篇集的时候，听说大江本人对于过去的作品进行了很多修订。这可以作为大江健三郎文学的入门篇。从最初期到最近的作品全都排列着，可以称得上是短篇集的最终版。

还有一个是诗歌方面的。如果说起简单易懂的好诗人，在日本就会想起像茨城法子或者吉野弘那样的人。最近刚去世的人之中有一个叫长田弘的诗人。长田活着的时候我也想问他各种问题，但从来没机会见到，我们一直互相赠书。他的诗歌写得语言简单却道理深奥，跟我喜欢的波兰诗人辛波斯卡有相通之处。最近他有一部诗集——《奇迹——奇迹——》（美玲书房，2013年）。我们不由得会想到，好的诗歌本身就是一种奇迹。

还有一位宗教学者，叫米尔恰・伊里亚德。这位学者出生于罗马尼亚，在某种意义上他出生于“小地方”，是小国家诞生的大学者。不仅写了关于宗教学的学术著作，还写了许多幻想小说。作品社出版了他的“伊里亚德幻想小说全集系列”（住谷春也、直野敦译，2003—2005年），共三卷。全部读一遍很费工夫。全是独特的幻想小说，向我们展示了这个充满秘密的世界里所隐藏的想象。从世界角度来看，像这样将伊里亚德的幻想小说全部结集出版的计划为日本独有，显示了日本出版文化的高度。

小野：真了不起！

沼野：仅仅说到伊里亚德写幻想小说，我的内心就兴奋不已。

回答问题

沼野：刚才，小野君陪我们聊了很长时间，谢谢了！到预定结束时间还有十分钟，接下来请大家向我们提问，我想让小野来回答大家的问题。想提问的请举手。

提问者 1：今天谢谢你们的对话。我想问一下小野老师您的小说准备什么时候发行？也就是您准备什么时候写新的小说？

小野：首先我打算写一部长篇。实际上，获奖后我马上为大分县的地方报纸写了一个短篇小说。但是，除了那个短篇之外，别说长篇小说了，就连其他短篇都还没写呢。

之前，我写的小说以我自己的出生地大分县南部的小地方为背景。但是，在法国留学过程中，我在克劳德·穆沙瓦的家里住过，他的家里有开满木兰花的庭院。那时我遇见了一些难民和移民，有各种各样的体验，所以我打算接下来写关于这些事情的作品。有一个短篇集叫《在森林的尽头》（文艺春秋，2006 年），打算以跟这个短篇集接近的背景或主题进行创作。

提问者 1：《从海湾到木兰花的庭院》（白水社，2010 年）这本书在书店不太找得到。我认为内容很棒。如果能读到跟那个世界相通的东西，会很高兴。

小野：听说有读者如此看中我的作品并阅读我的作品，我很高兴，我自己对于写随笔兴趣不大。虽然与刚才的话题无关。但我认为写自己的事情也并非不可，之前决心不写随笔，但最后写了，还是因为有人际关系的原因。《西日本新闻》一位关系很好的记者朋友劝我说："小野，你写一下故乡的事情或者法国留学时的事情吧。"在那之前我一直不想写随笔，由于拒绝不了他的请求就写了随笔。写了之后，后来仍有关系好的报社记者来拜托我，我仍然无法拒绝，又接着写了随笔。我自己觉得写得并不好。你能够仔细阅读，我很高兴。

提问者 2：小野老师您写了以自己故乡为背景的小说，今天您说到很多作家描写各种地方上的故事或者描写自己的故乡，比如中上健次或者美国的威廉·福克纳。他们未必是仅仅因为对当地的热爱而写的。我觉得也有的作家描写了比较阴暗的部分，或者说爱憎各半的作家也有很多。听了您今天的谈话，我觉得可以看出小野老师还是比较直接地表达了对故乡的热爱。因为是小说，如果全都是阳光明朗的话语，那当然不可以。在您今后的创作中想怎样抓住对于故乡的距离感，或者说想抓住怎样一个侧面呢？如果能得到您的答案就好了。

小野： 很好的提问，感谢！我本人住在故乡时是很想离开故乡的。我的故乡是位于利亚斯式海岸的一个小渔村，感觉被大山和海洋所隔绝，所以经常想去遥远的地方。人际关系方面也是，成天待在那里，感觉有点令人窒息。我想的确是距离的问题。置身于某个场景中进行书写是很困难的。假如有个故事是人踩到香蕉皮而滑倒。沼野老师已经在《契诃夫论》中写到了悲剧和喜剧的关系。如果这种事在大分县发生时，假设滑倒后碰到了头，从滑倒的人的角度出发的话，这个一点都不好笑，不是吗？

沼野： 是个严重的悲剧。

小野： 是的。不过，如果不是从当事者的立场出发，而是在保持距离来观察的人看来，这成了喜剧。毕竟因香蕉皮而滑倒的人的姿势有些滑稽，旁观的人会哈哈大笑。同样是由于距离的问题，我觉得我自身的确对于故乡会感到窒息，但是离开家乡保持了距离之后，感觉故乡在对我微笑。在故乡时无法进行言语表达的东西，因为离开了故乡反而可以进行描写了，这种事例有很多。大概可以说，所有的事情都很相似吧。我根本不认为我的小说是以礼赞故乡土地的方式在书写。或许有时候离得太近，有时候又距离太远。我认为书写这种事每次与书写对象的距离也一直在变化。

提问者 3：谢谢你们愉快的对话。最初提到方言与普通话的话题，在小说中这二者的关系跟小野老师自身感受到的不一样吗？描写情绪的部分和描写其他内容的部分，您认为两者之间的差别在小说中会是怎样的？

小野：写小说时，有时候不用方言写就失去了对于自己而言的真实。当然，我自己以我的方言为母语，在书写时能够感受到真实。但有个问题，对于不使用相同方言的人，这个果真能行得通吗？把读者先放在一边，如果小说的背景是我的故乡，登场人物是在我故乡生活的人，那么我感觉无论如何也要使用方言。

关于这一点，有一件事非常值得高兴。有一本杂志，柴田元幸老师当责任编辑，叫《MONKEY》（switch publishing 出版）。有一期是柴田元幸老师和小川洋子就海外文学进行的对谈。对谈中小川洋子提到了我作品中的方言使用情况。小川洋子说，方言本身并没有特别大的意义，但是它却传递了重要东西。小说中有个片段，老奶奶们乘坐飞机时听到婴儿哭声，她们用方言说“好可爱，好可爱”。正因是方言才传递了某种东西。我亲自见到小川洋子①时她也这样说。小川洋子当然和我的方言不同，不过以这种形式让阅读者内心产生某种共鸣的话，作者首先会把读者放入心中，写自己认为真实的内容就可以了。而且，这会奇迹般地与他者联系起来。所以，我认为用方言书写不是我有意的操

① 小川洋子（おがわようこ），1962 年生，日本著名女作家，1990 年以《妊娠日历》获芥川奖，代表作有《米娜的行进》《博士的爱情算式》等。

作，而是这里不用方言的话对自己来说感觉不够真实，于是在这种地方自然地使用了方言。

提问者 3：顺便问一下，我想您现在住在东京吧。住在东京后您和方言的距离感变化了吗？

小野：说方言的机会减少了。但是跟父亲打电话聊天时是用方言聊。就像我最初说过的那样，我经常回大分县，现在发现了大分县很多地方的方言，我觉得自己跟方言的关系进入了一个新的阶段。

提问者 4：岩波书店出版了您的《文学 人道主义》一书，从正面追问文学是什么。我随意断想，小野老师是不是继承了特里·伊格尔顿①呢？小野老师您说过，在某种意义上故乡的利亚斯式海岸像是散布在全世界。中上健次也说过，故乡的小巷散布在全世界。我由于工作关系，偶尔会在新宫旁边三重县的城镇居住。

小野：是熊野市吗？

提问者 4：是的，是熊野市。中上健次曾在熊野市住过一阵子，他还想在熊野市盖房子呢。这里有人知道中上健次生前状况，我

---

① 特里·伊格尔顿（Terry Eagleton），1943 年生，英国文艺批评家、哲学家。主要著作有《文学是什么》《莎士比亚》《意识形态是什么》等。自传有《看门人》。

从他们那里听到很多。我认为小野老师和中上健次具有对照性。之所以这么说，是因为您说了，写了故乡的情况后除您父亲之外大家都很高兴。而中上健次正好相反，这家伙居然写了我们新宫乱七八糟的事，人们希望他赶紧不要再写了，这种事在中上健次那里有很多。虽然说故乡散布在世界，但是小野老师的写法属于积极的，而中上健次的写法则是消极的。我认为你们二人有很强的对照性，所以才问了您。在这里我提个问题，今后您有计划在小说或者评论中写中上健次吗？

小野：关于中上健次的作品实际上我已经评论过。在《从海湾到木兰花的庭院》里面评论过。确实是熊野大学邀请我去的时候。

当时的主题是坂口安吾，我一边谈着安吾一边论及了中上健次，以这种形式写的。中上健次是一位很有趣的作家，但他去世之后就没什么人读他的作品了，真是太可惜了。他的盟友柄谷行人为了使大家一直读中上健次的作品，他在熊野大学等地尽了最大的努力。我觉得我今后需要重读的作品中有许多是中上健次的作品。《奇迹》（朝日新闻社，1989 年，后由河出文库出版）这个作品真的是用奇迹一般的文体来写的小说。我很惊讶这样的作品是怎样创作出来的。我认为作为小说语言是很棒的作品。在海外，如果有人问起日本现代文学中应该阅读的作家是谁，我经常举出中上健次的名字。

提问者 4：正好迎来他去世二十周年，确实在《Kotoba》（集英社）这个杂志上组了中上健次的特辑。如您所说，现在年轻人不怎么阅读中上健次的作品了，比如《轻蔑》这部作品，我认为它正中人类歧视现象的要害。

小野：《轻蔑》刚发表时成为一个话题，我也买了单行本马上阅读了，是令人怀念的回忆。

沼野：话题还有很多，说不完了。时间已经超过很多了，今天的谈话就此结束。谢谢各位！

小野：谢谢！

第三章
作为世界文学的东亚文学

——张竞与沼野充义的对谈

中日文学交流的现状

张竞

1953 年生于中国上海，比较文学学者，文化史学者，明治大学教授。专业是中日比较文化论。华东师范大学毕业后，当过该大学助教，后到日本留学。1986 年进入东京大学研究生院，1991 年东京大学综合文化研究科比较文学比较文化专业博士课程毕业，获学术博士学位。起初在国学院大学当副教授，2008 年开始任明治大学国际日语系教授。1993 年《恋爱的中国文明史》获读卖文学奖。1995 年，以博士论文为基础写的《近代中国与“恋爱”的发现——西洋的冲击与中日文学交流》获得三得利学艺奖。主要著作有《什么是美女——中日美女文化史》《“情”的文化史——中国人的心理状态》《漂洋过海的日本文学》《异文化理解的陷阱——中国 · 美国 · 日本》《梦想和身体的人间博物志——绮想与现实的东洋》《诗文往返——战后作家的中国体验》等。

明治之前的日本文学是汉语与日语两种语言并存的状态

沼野：张竞教授是中国上海出生，长期待在日本。在东京大学研究生院专攻比较文学，写了博士论文，他不仅在比较文学专业方面，在现代日本文学和日本文化方面也进行了旺盛的执笔活动。获得过三得利学艺奖，在学术上评价很高，著作颇多，有很多被引用。中国和日本在文化上有很多共通点，但也有会招致误解的不同点，今天我们首先从这一点开始谈起，根据现在中国广泛阅读日本文学这个现状，从中国的角度如何看待日本文学，关于这一点我也想听一听张教授的意见。

我们同在汉字文化圈，说相同实际上有点愚蠢，中国是兄长辈儿的，我们日本人从中国借来了汉字，那么，张教授您亲眼看到后感觉怎么样？读了日语有没有感受到同在汉字文化圈的好处？

张竞：有啊。首先，汉诗汉文完全相同。现代日语中汉字越多的文章中国人越容易读，汉文表达多的会容易理解。只是，日语和汉语是完全不同体系的语言，想要正确理解时，汉字反而会招致误解。此外，虽说有汉字，也并没有使翻译变得容易。

沼野：近几年关于日本文学的翻译与介绍多起来了？

张竞：是的。中国大规模介绍日本文学，包括近代文学，是进入20世纪70年代以后。70年代中期开始增加，80年代，特别是90年代，中国以完全不同的规模翻译和阅读日本文学了。近些年的话，代表作家可以举出村上春树，以中日比较的观点进行思考时，必须要进行时代区分。比如日本的近代文学，在1970年之前是如何被中国接受的？对于当时的读者来说，日本文学有容易理解的，也有难以理解的。

沼野：虽说同为汉字文化圈，时代不同理解也会不同啊。

张竞：正如您所言。日本文学和中国文学在江户时代之前有共通的基础。中国有汉诗和古汉语，日本在汉诗和古汉语的基础上还有和文、俳句和和歌。大家也许会认为俳句、和歌与汉诗、古汉语没有任何关系。实际上不管是松尾芭蕉还是小林一茶，他们一般会读汉诗和古汉语，他们创作的俳句中有很多是根据汉诗和古汉语形成的。它们共同的基础开始丧失是进入近代以后。近代对于日本来说是从明治时代，即19世纪的1860年左右开始的。①在中国，近代要晚很多，是20世纪初，即1910年左右开始的。后来，“中日”的近代文学各自走过了不同的道路。

进入20世纪70年代，两国文学再一次真正相遇的时候，比起共同点，反倒是不同点引人注目了。

---

① 中国近代史指从1840年6月鸦片战争爆发到1949年中华人民共和国成立的中国历史。文中此处内容有误。——编者注

沼野：近代是一个分水岭呀。

张竞：是的。比如，在日本评价很高的谷崎润一郎的《痴人之爱》《春琴抄》这些作品，对于当时的中国读者来说是很难理解的。虽然明白故事，但人们会纳闷为什么这样的作品会是名作。看了后来的过程，我认为是这样一个过程，即进入近代后，一度失去的共同基础慢慢地逐渐形成了。

日本的近代文学非常独特。要说什么方面独特，比如说在现代日本，从西方翻译过来的小说原封不动没有任何阻力就可以阅读。这件事实际上是很可笑的现象。因为原本原封不动翻译过来的东西当然就不会明白其文化背景和文学文脉的差异了。

沼野教授参与了将日本文学介绍到海外的 J-Lit（日本文学出版交流中心）非营利组织，这个团体是将日本小说翻译后介绍到海外。当时，首先是寻找翻译者并拜托译者进行翻译。译好之后将译稿交给讲母语的编辑，这个编辑不一定要会日语，只需要把译文改得像是对象国的文学。如果译成英语的话，则用懂英语的编辑，俄语的话用俄罗斯的编辑。这样做，比起忠实地翻译，进行过较大改动的译文更容易传递意思。有时候按照忠实翻译的原则进行的翻译不太被人理解，或者说容易失去文学性。

比如村上春树的翻译者有其中两位。一位是杰·鲁宾，他在日本很有名，人们经常介绍他。实际上人们并不怎么知道他。另一位翻译者是阿尔弗雷德·班巴姆。有位美国作家说鲁宾的翻译很精确，按照我读后的感觉，班巴姆翻译的读起来更具文学性。也就是说，忠实地将日本小说原样翻译过去，人们很难理解。

沼野：与此相比，日本的确是柔软地接受外国文学，对于直译也不太有抵触。

张竞：如果说为什么在日本原样直译的东西能够被接受，那是因为日本的近现代文化所处环境很好。日本大学的人文类院系和学科非常多，有教授各种语言的教师。这些教师中的大部分人迅速介绍并翻译了自己所学语言对象国的文学，从古典名著到现代流行的文学都有翻译。日本人接触了很多这样的文学，所以作品中写的东西，包括衣食住，他们习惯了各种各样的文化信息和寒暄等社会表达，对于翻译过来的东西没觉得不融洽。

仔细想来，这是很特殊的事情，20 世纪 90 年代以后在中国的普通读者当中形成了这种文化环境。所以，中国读者可以理所当然地接触海外文学的时间也不算很早。虽说同处东亚文化圈，关于近代文学，我觉得可以说很长一段时间处于没有共通性的状态。

沼野：近代日本的作家也注意到这个不同了吗？

张竞：注意到了。日本有个叫武田泰淳的作家，他已经去世了。他也是研究中国文学的学者，当过北海道大学副教授。后来他开始写小说，辞掉了大学老师的工作。关于近代中国文学，他这样批评道："只有政治空想的堆积，没有把哲学思想当作思想来对待。看起来文学中有非文学，非文学中又有文学。"他习惯并喜好中国近代文学，即便是他，也没觉得中国文学有意思。

中国方面也有同样的不适应感。有的日本文学作品毫不费力地进入了中国。比如夏目漱石的作品没受到任何阻力便被中国所接受。究其原因，漱石的作品虽然被认为是纯文学，但是像《三四郎》等作品中有很多大众小说的要素。大众小说这种东西有世界范围的共通性，比较容易接受。在这一点上，私小说基本上都很难，川端康成的《雪国》有些地方只能通过道理来理解，至于谷崎润一郎的《春琴抄》，看起来有些变态。

沼野：哪里呀。不仅是看起来变态，实际上相当具有猎奇性。

那个，今天听众中有很多年轻的初中生，请允许我一边说明一边提问。刚才您说到日本和中国之间在古汉语和汉诗方面有共通性，现在日本的初中生在语文课上学习汉诗和古汉语吗？

初中生：像《矛与盾》等课文还是学的。

沼野：确实是啊。这篇课文讲的是词语的由来。是原封不动学习中国的古汉语吗，还是将古汉语译成日语来学习？

初中生：学习译成日语的。

沼野：嗯。现在学习古汉语的时间减少了啊。高中还有一点点时间在学习。

不管怎么说，说起古汉语，日本的年轻人也越来越不懂了。

至少明治之前的日本，若是有教养的人都会读古汉语。不仅会读，还会写汉诗。将古汉语的读法按照日语的顺序阅读，感觉像日语似的。但作为语言它还是汉语。古汉语的素养在明治时代之前对于文化人，特别是男性文化人来说是必须具备的素养。说得极端些，日本在文学方面可以说是日语和汉语两种语言并存。这么一说很多人会觉得惊讶，事实上就是这么一回事。日本的文学史虽然不能说有一半，但有三分之一或四分之一是用汉语写的日本文学，不这么看待是不行的。

批评家加藤周一在《日本文学史序说》（上・下，筑摩学艺文库，1999 年）等著作中明确说过这样的话。即使进入明治时期，会古汉语的日本人仍然很多，森鸥外等人就是典型的例子。他的史传三部曲对于初中生而言也许早了些，里面有很多难读的汉字，对于没有汉字素养的现代日本人来说，“啃”不动他写的日语。森鸥外的古汉语素养相当深厚，非同一般。

夏目漱石实际上也写汉诗，是用汉语写汉诗。进入明治时期之后这种曾经存在的汉文化迅速消失了。

相似事物的“陷阱”

张竞：古汉语也有包括现代汉语的部分。现代中国人会读汉诗和古汉语吗？说起这个话题，实际上不是专家也不会读。汉诗和古汉语对于中国人而言成了拉丁语一样的存在。

沼野：意思是和西欧的拉丁语一样的东西吗？

张竞：是的。不仅是对于现代中国人，对于日本人同样如此。大家要把汉诗和古汉语像是对于西欧的拉丁语那样，必须要把古代日语熟练掌握，这个“大家”也包括初中生。如若不然，就等于不知道日本的众多文化遗产了。比如，有个诗集叫《文华秀丽集》，这确确实实是日本人写的日本诗集，全都是汉诗。所以，不会读汉诗就读不懂日本文化的一部分，会陷入这种悲惨的境地。汉诗和古汉语之中有着跟欧洲的拉丁语相似的地方。

沼野：只不过，正像欧洲已经不需要希腊语素养和拉丁语素养一样，在现代日本，片假名的外来语压倒性地增加，如果不懂起源于英语跟计算机有关的外来语就活不下去了。换句话说，在IT最新领域，技术用语中不再出现汉字了。在这个意义上，日语本身也在发生变化。这是全世界所见的现象。

在讲文学问题之前，先稍微说一下常识性话题。日本和中国同属东洋文化圈，其中有很多共通的基础。我想各位初中生平时很少会考虑，我们认为是在使用的日语词汇中，实际上有半数以上是来自汉语的，只不过有不少词汇从中国过来后意义发生了变化，这里是对异文化理解的陷阱。

比如张竞教授的书里也有很多例子。令人比较熟悉的一个日语词叫“手纸（信）”，这在汉语里是“厕纸”的意思，然后还有一个词“爱人（第三者）”，用日语写的话，总觉得给人以讨厌的感觉，在汉语中是“配偶”的意思，指丈夫或妻子。

这只是一个例子。学中文的人最初会学到很多，没有学过中文的人根本不知道。同样是使用汉字，差别会这么大，令人吃惊。所以，正因为日本和中国都是用汉字，所以才容易产生误解。

实际上，即使在欧洲，因为英语、德语、法语还有俄语在同一个欧洲使用，所以会有起源于希腊语和拉丁语的共通的语源和词语。然而，这些词语在各种语言中使用时意思渐渐就变了。因是同一个语源，比如在德国、法国、美国等地，如果你以为他们使用的是同一个意思，那就大错特错了。实际上他们在意义上有微妙的差别。这在翻译上也是很难的问题。有个词形容专家和翻译家之间的关系，叫作“假朋友”，叫作“false friends”。这句话的意思是表面上看似是朋友，实际上却背叛了你。汉语日语之间有很多汉字字形相同却用法不同，这在翻译上不会成为问题吗？

张竞：会成为问题。比如“先辈”这个日语词，在汉语中是“先人”的意思，对活着的人不能用的。汉语中“快乐”这个词没有情色方面的含义。在中日文翻译时如果原封不动地使用这些，容易招致误解。除此之外，日语中的汉语词有很多在中国和日本都使用。比如“哲学”“社会”“思想”之类的词语，它们走了有趣的路径，这些词实际上是从日本传输到中国的，中国也以同样的意思在使用。要说这类词语在日本是什么时候形成的？这是明治时期翻译西方的政治、思想、文学和经济等领域时，人们思考这些日语中所没有的新概念该如何表达时琢磨出来的。于是最后把汉语词汇里有的词语用作了新的意思。

比如，“民主”这个词语，现在像“民主主义”这样使用，但是在古汉语中原本是“君主”的意思。也就是说，“民主”的意思不是“民是主人”，而是“民”的“主”，也就是“大王”的意思。

还有“主权”这个词语，这在中文里原本也是“王的力量”“统治者的力量”的意思。就这样将西方的词语翻译成日语，将这些再一次译成中文时会原封不动地使用汉字，结果在中文里也固定使用了。这类词语比如“philosophy”译成“哲学”，在日本和中国几乎以相同的意思在使用。

要说为什么这种词语作为翻译词使用？那是因为当时日本的翻译者们使用了《英华词典》的缘故。“华”是“中华”的“华”，是英译中词典。这是18世纪至19世纪来到中国的传教士们编写的词典。他们很好地学习了中文，让人困惑的是没有词典，于是编写了这个《英华词典》，这样的词典在中国没什么人使用，日本人在明治维新时引进了这个词典。表达西洋式概念的词语就是以此为基础，边整理边用汉语词汇制作了翻译词。而且它们逆向输入，在中国也开始使用了。

另一方面，还有其他类型的词语。同一个汉字意思完全不同，或者意思虽然相近但有微妙的语感差别。在翻译时这是最让人头疼的。意思相近就使用了，结果读者联想的意思完全不同。如果在这方面不注意，原封不动地使用日语中的汉字，那么翻译出来的文章很不自然，给人一种从日语中翻译过来的印象。这种文体特征在中国经常称之为“翻译腔”。

沼野：不仅是翻译，在意思明显不对或者意思不明白的时候，要查词典，要拼命查词典，最后会明白：原来是这个意思啊！这还算好的。有的人也不查词典，坚信两者相似，长时间不明白它们之间的微妙差别却一直在用，这很危险。作为学习异文化的一员，这种事情要时刻铭记在心。

张竞：我认为有个例子很典型。刚才沼野教授使用的“猎奇”一词，在日语和汉语中它的语感是不同的。在日本，像“猎奇”这个词语会伴随着奇怪的联想，而在中国仅仅是“标新立异”的意思，没有更多的贬义。经常听中国留学生讲“猎奇”，这最让人头疼。

沼野：“鬼”“狼”等字词也不一样。

张竞：“鬼”联想的事物在中国和日本完全不同。

沼野：“小鬼”在汉语中是可爱的意思。

关于汉字问题我再补充一点。人们常说汉字文化圈，不管怎么说，汉字也是起源于中国的，在这个意义上，中国是老兄或者说是父亲。在朝鲜半岛原先是使用汉字的，现在韩国朝着不使用汉字的趋势发展。正如大家所知，二战后中国在使用简化的新汉字。中国台湾仍然在使用繁体字。

因为是汉字文化圈而引发的趣事之一就是读音的问题。我前几天去了趟北京，叫别人名字时要用汉字，我的名字是“沼野”，中国人用中文发音是“zhaoye”。我以为是谁呢，原来是叫我呢。相反，我在报告中说“村上春树这个作家非常受欢迎”，村上春树的日语发音是“murakami haruki”，我说日语他们听不懂，必须说“cun shang chun shu”。关于这一点，您怎么认为？比如关于张竞教授，日本式的说法是“tyou kyou sensei”，这和中文的发音不一样。

张竞：虽然发音不同，但既然平时使用汉字，我觉得也可以像日本的汉字那样来读。原本东亚的汉字文化圈，大家都按照自己的方式使用汉字，至于怎么读，我认为用自己国家的读音方式就可以了。日本人“田中”中国不会读作“Tanaka”，所以如果有中国人到了日本，按照日语的方式读就行了，相互按照对方的方式就可以了。

相反，如果按照当地的读音来书写的话，会很不方便，也很拙劣。因为日语里面音素非常少。音素是用音将词语分开的最小单位。“か”这个音按照字母表标示的话，会是“ka”。即“か”是由“k”这个音和“a”这个音组合起来构成的。“k”还可以分为有气音“k”和无气音“k′”。无法继续细分的“k”和“a”就称为音素。日语的音素很少，在世界范围内都属少见。用日语来标记中文的发音会很困难，硬要标记也不准确。

沼野：无法区分呀。

张竞：无法区分。所以我觉得倒是应该用日语方式来读。

沼野：读作“zhang”的汉字有很多，如果用日语来标记的话，就都变成“tyan”了。所以，中国和日本是相互主义，相互用自己的读法来读就可以了。可是韩国属于停用汉字的趋势，使用汉字进行交流本身就变得困难。从我们的角度而言，如果名字里有汉字则容易记忆，但对于不会韩语的人来说，那些名字看起来全都一样，感觉很不方便。总而言之，中国人看到日本人的名字就用汉语方式读。

张竞：用汉语读，用汉语记忆。我来日本三十年了，至今仍觉得困难的是，比如电话里听到对方的名字，如果不能当场置换为汉字则不明白是谁。这个非常困扰我，如有汉字马上就能明白。比如“沼野”，因为我知道您，转换得会快些。如果这个人长时间没见面或者他的名字平时不太常见，心里会想这人是谁呢，打着电话过了三分钟之后终于明白“原来是这个人呀”！

靠发音来理解对我来说仍然困难。这大概是因为日语和汉语完全不同的缘故。虽然同为汉字，但从韵律学和语法的角度来看两者是完全不同的语言的缘故。

80 年代这个拐点

沼野：文学，特别是诗歌，音韵很重要。语法和发音这种语言特性的不同会和文学表达有什么样的关系，这是个问题。这个在接下来讲翻译话题的时候再问您，在此我们先进行下个话题。

刚开始的时候我们提到，过去日本和中国有共通的文学基础，但明治以来发生了变化。张竞教授来日本后最初的学术工作即写博士论文时写了近代中国的恋爱问题。和日本文学进行比较后指出，近代中国没有西方所认为的恋爱，使我们恍然大悟，是具有划时代意义的工作。这种研究不是您研究的全部内容，而是部分内容汇总到《近代中国与“恋爱”的发现——西洋的冲击与中日文学交流》这部书里了。我阅读后发现，您在书的开头部分突然写到中日之间在文学上几乎没有类似性，日本人经常说中国的近代文学没意思，相反中国读者说日本的近代文学好像没有魅力，开始了相互都觉得无趣的认识状况。如今我感觉这种情况多少有些不同了，这应该怎么看待？特别是村上春树出现之后变得怎么样了？

张竞：90 年代以后，改变了很多。当然表达习惯不同，关心的主题和题材的选择方式也有不同。但是相互觉得无趣或者说相互不理解的情况不复存在了。80 年代之前，不管是日本的文学者还是读者，他们都说中国文学没意思。即便是日本的研究者，他们也说是为了理解革命而学习中国文学的。代表人物是竹内好，他说了句话，叫作“作为方法的中国”。

　　另一方面，中国人也这样认为，比如中国人没有理解私小说的背景。为什么会这样呢？刚才我也说过，那是因为中日近代文学所走过的道路不同。日本在吸取西欧文学的时候，文学不是手段而是目的，作家们费尽心思所想的是如何能写出西欧小说一样的小说。我认为夏目漱石也是如此。他有一半都放弃了，但另一半仍在努力。读了漱石的文学论和小说，会明白他的小说具有中间的意味。我们虽然说他的小说和西欧的不同，但小说的方法上仍吸收了很多西欧的方法。我认为当时的文学者之中夏目漱石最为苦恼。

夏目漱石写的汉诗很好，能够遵循汉诗的作诗法来押韵，平仄有序。平仄是指将发音分为两种，有平的发音，也有仄的发音。第一个字采用哪种音，第二个字采用哪种音，平平仄仄……像这样是规定好的，全部对应起来。夏目漱石有了不起的汉诗功力，可以一个不错地进行对应。

另外，夏目漱石英语水平也很高，汉诗和英语都会，我想他心里会产生很大的纠葛。他具有很深的汉诗和古汉语素养，阅读了近代的西欧文学，他经常思考该如何书写日本新时代的文学。日本的近代文学就是这样发展过来的。其中西欧所没有的文学形式就是“私小说”。

还有，鲁迅在中国发表的第一部小说是在 1918 年，比日本要晚约四十年，快半个世纪。要说之后怎么样了，大致说来，中国的近代文学和革命是平行发展的，当然也有不平行发展的时候。

然而，20 世纪 80 年代以后发生了巨大变化。80 年代中期，中国年轻作家们不仅学习了近代西方文学，也开始阅读拉美文学了。马尔克斯的《百年孤独》啦，博尔赫斯的短篇集啦，这类作品进入中国市场，看到福克纳等人的作品，他们感到自己获救了。也就是说，近代欧美文学这座大山，日本在明治维新后花费数十年才翻越的这座大山，中国作家要在短时间内同样翻越，不仅很辛苦同时也不可能。这时，通过与拉美文学的相遇，他们产生了这样的思想：“啊啊，是这样啊。我们探寻自己的路就可以了。”于是有几个作家崭露头角，他们写的作品在日本也获得好评。

比如残雪的作品啦，苏童啦，余华啦，莫言啦，或者在其后登上文坛的阎连科等人都是如此。这些作家不仅大量阅读了欧美文学，还阅读了日本同时代的小说。余华承认自己从日本文学中获取了养分：“有三年多时间，川端康成对我的初期作品有影响。”他还说道：“我理解了川端康成之后，努力去理解日本文学，并通过日本文学发现了共通的基础，明白了川端康成的登场不是偶然。”他将自己的日本文学读书体验进行了披露。另一方面，日本读者通过余华、莫言和残雪的作品，了解了中国文学的最新动向，而且中国也大量翻译了日本文学。

回头还会提到，我几年前担任过野间文艺翻译奖的评委。这个翻译奖的策划很有趣。如果今年把译成英文的作品作为评审对象的话，下一年则是法语，再下一年是中文，是这样一个顺序。我担任中文翻译的评委，为此我调查了最近几年译成中文的作品究竟有哪些。

大致调查了一下，我大吃一惊。日本近代文学中，没被译成中文的作品几乎没有，几乎全译成了中文。有的在日本知名度根本不高的作品也译成中文了。2000 年以后，世界各国的作品以迅猛的速度得到翻译。这和大正时期以后，日本近代文学所处的文化状况非常相似。在这个意义上，两国拥有了共通的基础，相互理解也容易了。

沼野：我也知道莫言、残雪，还有最近的阎连科，他们的作品译成日语，我觉得很棒。这个话题我想回头再谈。在这之前，有人就刚才的话题进行过述评。关于夏目漱石，在这个对话系列的第一册，我们迎来了利比·英雄作为嘉宾，当时谈了很多漱石的话题。第一点，漱石会汉诗。日本作家中有一位特别优秀的，现代文坛最长老级的作家，名曰古井由吉。古井由吉也写了评论《读漱石的汉诗》（岩波书店，2008 年）。我认为，现在这个时代，所有日本人不拼命学习漱石的汉诗则无法品味他的作品。

还有一点，利比·英雄提出了一个关于漱石的英语的话题。夏目漱石的专业是英国文学，实际上他的小说没有用英语写的。但除了小说和日记，还有部分内容用英语写了，在东京帝国大学学习期间，漱石曾打算和英国老师一起把《枕草子》译成英语。明治的知识分子有一种心情，他们觉得日语是地方性语言，为了向世界发出日本的声音，用日语表达是不行的，必须要用英语。

下面说的事不是关于小说。比如内村鉴三的《我是如何成为基督信徒的》（光文社古典新译文库）、冈仓天心的《茶之书》、新渡户稻造的《武士道》等是用英语写成的，向世界发出了日本的声音。在这个意义上，漱石是潜在的具有用英语写作能力的人，所以我认为漱石也是会日语、英语和中文三种语言的作家。这是明治知识分子所处的一般文化状况。由此看来，今天的日本变化很大。现在这个时代只会日语就能应付。所以呢，或许他们处于一个幸福的时代。

关于中国文学的变化，刚才提到过所谓魔幻现实主义，加西亚·马尔克斯等拉美作家进入中国。莫言等作家跟加西亚·马尔克斯的比较做了很多，但是我认为，也许中国传统的文学感性跟日本及欧美的文学感性是有不同之处的。

下面我想问的问题，张竞教授也曾写过，比如卡夫卡有一部小说《变形记》，在日本也很有名，它可以称为20世纪新文学的起源之一，是很重要的作品。也就是说，大家普遍认为《变形记》是20世纪世界文学的正典。对于这样的作品，中国人不觉得有趣吗？

“文体”的问题

张竞：前几天，我去了上海，到处逛书店。卡夫卡的小说很少，即便有也是放在不起眼的地方。可能中国还没觉得他的作品有趣吧。卡夫卡的作品很早就译成中文了，1985年出版了《卡夫卡短篇小说选》（孙坤荣选编，外国文学出版社）。要说中国人读后是否感到佩服，我个人觉得，不是很佩服。究其原因，只读故事情节的话，会觉得是这样的故事啊，这样的话题在古代中国不是有很多吗？那只不过是现代版的故事，类似这样的印象很强烈。实际上我阅读的时候也没觉得佩服。我认为卡夫卡式构思的独特性只有在欧美文学的文脉中才显得格外显眼，还有一个理由，我认为卡夫卡小说文体的魅力没有通过翻译反映出来。

实际上，我本人对他的文体还是蛮在意的，在日本举办的某个研讨会上，我遇到某位捷克研究者说起了这个话题。如大家所知，过去在布拉格，普遍都会讲德语和捷克语，比如我认识的一位老奶奶，她是普通市民，但她会德语，也会读德语文章。我问捷克学者，卡夫卡好在哪里？他回答说，读了卡夫卡的文章会哈哈大笑，十分有趣。我读了翻译成现代汉语的卡夫卡的文章，根本感受不到幽默。但是，若是用德语阅读的话，我认为有一种我们通过翻译感受不到的美和感动。

用日常的语言无法形成优秀的文学作品。日常的语言指的是简单明了地表达所处理的问题或想表达的意志，是这样的文章。然而，文学不能仅靠日常的文章来构成。必须要表达人们的情绪，引起读者的感动和关心。必须要有这种文体的力量。这种文体的魅力和妙趣在翻译时往往会丢失，我想这大概是我不佩服翻译后的卡夫卡作品的真正原因吧。

沼野：翻译发挥的作用比一般人想的要大，口译也是如此。我熟识的一位，叫米原万里，很遗憾她已去世。作为随笔家她曾经非常活跃，现在仍有很多人喜欢读她的随笔，也有很多您认识。原本她是作为口译开始工作的，她总是直言不讳、毫无顾忌地说着有趣的事。关于翻译者和口译的重要性，她经常举这样的例子。日常那些了不起的社长和大学校长，不管他们用日语说着多么好的致辞，他们的致辞在翻译之后看起来也只是像个傻子。说极端些就是这么回事。不是原来文章怎么样，而是翻译出来的东西怎么样，是通过译文进行评价。

平常说的日常部分，比如“我二十岁（I am twenty years old）”，像这种简单明了的信息，估计任何人都能够正确翻译。不过，这里有个文体的问题，即文学要以什么样的感觉来翻译。说话者是要开玩笑呢，还是要讽刺或者是要撒娇呢，这时会说“俺，是二十岁了呀”或者“我都二十岁了”。像这样，同样的日语却有不同的说法，如果全部译成“I am twenty years old”，那么原文表达上所费功夫以及语感的差别就完全消失了。在翻译时与此类似的还有很多，刚才提到有的学者读了卡夫卡的作品会发笑，那些不属于基本信息的信息很难传递给读者，比如开玩笑、讽刺或者幽默等等。

张竞：是啊。隐含于文体中的东西，通过翻译有的容易表达，有的难以表达。容易表达的译文后来仍然会受到好评。根据作家的不同，有的内容会很难翻译。

就日本作家而言，志贺直哉和幸田文，这些作家的文章中具有的所谓语言的修辞，也就是说我们读日语后感觉"真是好文章"的部分，这些部分我们总觉得会轻易感受到。这实际上是因为它是好文章的缘故。这些好文章在译成外语时，有些好的部分会丢失。

另一方面，也有些文章即便译成外语也不失原来的味道。比如梶井基次郎①精心创作的作品以及三岛由纪夫的一部分作品是比较容易传达的。三岛由纪夫有些作品用诗一般的文体表达了人工美，这类作品即便译成外语，也比较容易传递信息。

人们说创作诗歌必须要使用干净纯洁的语言，小说也是如此。在这件事上特别用心的是法国的小说家们。他们对于文体特别用心，尽可能用一般人写不出来的文字来创作作品。我们读了他们的作品会感动。比如说"蓝天多么美丽!"，这样说没什么

---

① 梶井基次郎（かじい もとじろう，1901—1932），日本近代作家，擅长以象征的手法及病态的幻想构筑出病者忧郁的世界及理想，三岛由纪夫表明受其影响。代表作有《柠檬》等。

惊艳的，大家都会说的。可是假如他们说了“看到蓝天我会悲伤”或者“我会忧郁”，总觉得他们迈出了具有文学特色的一步。究其原因，是因为多数人不会这样说，大家会思考为什么他会这样表达。

这就是文体的力量，在这个意义上，文学作品不仅仅是阅读故事就完了。现在人们常说没人看书了，我认为只从小说中读故事情节是其中一个原因。如果只想读故事，那肯定会输给电视剧的。

沼野：我在大学的文学课上也经常讲，将作品还原为梗概和构思来阅读的话是不行的。社会上有的词典将作品的梗概介绍了，有些人的做法很欠妥当，他们看了这样的词典就写读书报告，书也不读，真让人困惑。如果仅仅还原为梗概来阅读的话，就没必要写小说和读小说了。作者用语言表达时下了怎样的功夫很重要，因为这个功夫也成了小说的血和肉了。

翻译告诉我们的——以春树的英译为中心

沼野：话题转移到翻译上面了。关于这个领域我也想听一下张教授的意见。您刚才说过，日本作家中梶井基次郎的文章翻译过后仍然容易理解，我认为如今的日本人读了他的文章后仍觉得很难理解。他的作品是很难，但他的文体属于翻译后仍能保持原意的文体吗？

张竞：他的写法很注重修辞，由于意识到修辞，所以容易传达的部分很多。

沼野：注重修辞这一点上三岛由纪夫也是如此。人为地下了功夫的语言，翻译成其他语言也可以期待“equivalence（等价的东西）”或者说可以期待同样的效果。

张竞：我有朋友通过译文读了《金阁寺》，感到无比兴奋。

沼野：是读译成中文的作品吗？

张竞：是的。因为他不会日语。那么，他兴奋是因为故事情节吗？我想不是的。我认为三岛的作品翻译之后仍然在某种程度上可以传达美感。

若以传达信息的角度来说，首先，除了刚才所说的使用修辞的文章之外，还有一条，比如村上春树的文章容易传达。村上春树不是不使用修辞，他有他独特的有趣之处。但是，他的作品在东亚被广泛阅读是因为他的文章有些脱离日语。

这个怎么说呢，人们几乎没有意识到。现代日语是人工制作出来的。如果我们乘坐时光机器回到江户时代，当时有读本和绘图小说。这些东西有些和现代日语一样可以阅读，这些东西在会话时未必能够用得上。还有，比如大家跟外国朋友聊天，他们的会话是理解的，但是这个会话一旦翻译过来，话题就会乱了，变得不易理解了。这是由于发话的习惯不同造成的。发话习惯的不同不仅在不同语言之间，在相同语言的不同时代之间也存在。

说起现代日语，会预想到下面的问题。也就是说，我们在听一个语言的时候，会一边预想一边听。所以，即使实际不明白会说什么，谈话也会进行下去。因为，比如说我们在听上年纪的说话有障碍者的话时，我们不是一一判断他的声音，而是预想接下来的说话内容。

古代或者中世时期的日语对于现代人来说本来就难以读懂。进入明治时期吸收了欧美的文体并形成现代日本语之后变得容易懂了。如果说有哪个作家将这一方面掌握得极其好，那就是村上春树。读他的文章会发现，比如他不省略人称代词。原本日语中规定第一人称代词“我”尽量省略。但是村上春树不省略第一人称。日本人之间也有人认为他的文章简单易懂，推荐他的文章是好文章。

一句话，对于习惯了欧美文学的人来说，他们感觉村上春树的文章思路清晰。思路清晰的部分在翻译之后仍然能够容易接受。我认为这是村上春树在东亚人气很旺，而在欧洲则并没有那么受欢迎的一个原因。我这么说并不为过。

沼野：不不，我认为村上春树不仅在东亚，在世界上也可以说人气很高。他既懂英语，也亲自翻译过美国文学。所以他把英语的表达原封不动地采用，比如他的小说里有“像黄瓜一般酷”这种说法。这是将英语的惯用语“cool as a cucumber”直接用在日语中了。听说原本在他作为作家出道前，他准备用英语写小说来着，但好像那个原稿弄丢了。

所以，或许村上的文体原本就脱离日语。村上是 1979 年凭借《且听风吟》登上文坛的。从那时起他的文体就很新鲜。上年纪的人说没见过这样的日语小说，他们会说："这是具有洋臭味的日语。"然而，现在"洋臭味"这个词本身已经成为死语。不知大家听说过没有。

初中生：没有。

沼野：是不懂它的意思吧。

过去日本人不太吃黄油。所以把不具有日本特色，有些装腔作势的外国风格的东西称为"洋臭味"。日本食物味道清淡，而美国人吃那些使用黄油的油腻东西。所以，由于这种感觉，人们说"村上春树的文章具有洋臭味"。如今这个批评用语已经不通用了。

所以，村上春树的文章有些地方作为日语感觉很新鲜，但译成英语便成了普通的英语。译成中文会怎么样呢？

张竞：会是很好的文章。有个说法叫村上风格的文章。村上作品的译者之中有位林少华，他没有翻译《1Q84》，但是翻译了村上的很多作品。这些译本大受欢迎，产生了村上春树现象。现在村上的书初次印刷就印几万本。

沼野：我只是听说过林少华。他有点上了年纪。若问起中国的年轻人，他们说林少华的翻译有些古色古香。关于这一点，您怎么认为？

张竞：不同年纪的人接受方法不同。虽说是上年纪的人，也只比我大一两岁。

沼野：是吗？我刚才说的不合适吧。因为我们都还年轻着呢。

用英语的情况来说的话，谈话中出现的杰·鲁宾这个人原先是哈佛大学教授。他原本跟大众化的现代文学没关系，是位学院派近代文学研究者。他在翻译村上春树的作品时，非常认真。因为认真，所以和原文相差不大。我两年前在 NHK 做广播讲座，题目是《用英语阅读村上春树》，在讲座节目中担任了一年讲师。当时将鲁宾的英译和村上春树的原文一一进行了详细比较，几乎没有一处错误。翻译得非常准确，我大为惊讶。当然，村上春树的作品有很多表达无法直译，比如日语原文有一处“NHK7点的新闻”，看了英语翻译，只写着“七点的电视新闻”，把 NHK 漏掉了。但是《用英语阅读村上春树》不是别的节目，正是 NHK 的节目，所以节目主持人说“这里为什么没出现 NHK 字样啊”，满脸不高兴。不过，NHK 这个固有名词被漏掉当然不是因疏忽而犯的错误，大概是因为在日本之外，说起 NHK 很多人不知道是怎么回事，所以就故意漏掉的吧。如果是日本认真的翻译家，难懂的词语会原样保留下来，然后加个译注吧。

还有一个译者叫阿尔弗雷德·班巴姆。这个人的翻译如您所说，人们评价他的翻译自由洒脱。译者不同译稿也会有很大变化，即便如此，村上春树的文章是英语味儿很浓的日语这一点是没错的。用日语阅读时，带英语味儿的日语具有新鲜感，但是将它译成外语，特别是译成英语时，这种新鲜感就消失了。或许大江健三郎也有相似的情况。

张竞：是有这种情况啊。作家下功夫创作的日语，其新鲜感会失去。只不过翻译之后会容易理解。我认为大江健三郎的作品被译成汉语和英语之后再阅读会是更好的小说。用日语读有时会觉得乱七八糟，会觉得“这算什么呀！”。

沼野：用日语读的时候，觉得他的作品文体很特异，有个性。

张竞：翻译得简单易懂，对象国读者容易接受，的确有这一方面。为了对象国读者很勉强地译得简单易懂，这种做法也不是没有用。比如在考虑日本近代文学时，如果没有数量众多的直译西洋小说，我想就没有今天的日语了。北杜夫写的小说《幽灵》是一部好小说，它将欧洲文脉内在化，有机会请一定要读一下。我想这部小说的文字是漱石那个时代的人写不了的。

学习欧洲语言，经常阅读欧洲文学，在这一点上是相同的。北杜夫的文体还有一个特征，它有将整个明治、大正、昭和时期西欧文学中的西洋文脉勉勉强强原样带入日本的痕迹。将西洋文脉带入日本的那些人翻译的作品，日本文学界花了很长时间才消化吸收，变成自己的日语，我认为这是在后面一个阶段发生的事情。我认为《幽灵》的文体反映了这个情况。

现在译成中文的日本文学作品有很多，译者的水平参差不齐，搞翻译的人有很多，所以也有很生硬的翻译。由于这种生硬的翻译，日语语言保持原样进入中国。比如在中国，过去没有“融资”一词，现在这个日语词原封不动进入中国并开始使用。几年前我去了中国东北，大吃一惊。地铁那里有个标识“通勤口”，我心想这不是日语吗？这种事情在过去是不敢想象的。通过使用原有语言中没有的词语，有时这些词语及其含义反而被汉语吸收了。

“人气”这个词在中国意思完全不同。本来是“人多憋闷”的意思，可是现在却和日语一样用作“有人气”“没人气”的意思。这种语言有很多。我认为这种变化是翻译造成的。

沼野：是翻译造成的，同时正因为日本和中国都使用汉字，所以才发生了这种现象。看样子这种相互渗透今后还会发生。

张竞：英语里也说“skosh”①，是“稍微”的意思，直接相通的。

沼野：的确日语也进入到英语中了。“bento（便当）”啦，“koban（交番）”啦，日语独特的好东西渐渐被世界承认了。

中日、日中最新文学交流情况

沼野：我们换个角度再继续讨论翻译的问题吧。村上春树的人气遥遥领先。除了他之外，请告诉我在中国广为阅读的日本作家。

① “skosh”源自日语词“キ少し（すこし）”。

比如前面提到了大江健三郎、安部公房等人的作品，没有人读啊，让人很意外。

张竞：翻译了。安部公房在专业人士即作家之间有很高的评价，但在一般读者那里跟村上春树相比，读者要少得多。

沼野：因为安部公房很早以前就去世了。看年龄，安部公房和三岛由纪夫是同一代，很多作品描写了现代社会的不合理，具有幻想色彩。中国读者不太接受，可能和卡夫卡一样吧。

张竞：安部公房被介绍到中国时中国读者对西方文学的理解，跟卡夫卡那时相比，我认为理解已经很深了。不像过去那样只在中国文学的文脉中把握，而是在世界文学中把握它了。还形成了不同的鉴赏方法和作品阅读方法。在这个意义上，我认为安部公房比卡夫卡所处环境更好。

沼野：时代往前回溯。这在张竞教授的书里也写到了。1930 年左右，中日之间有一段时期出现了各种紧张状况，当时相互批判对方的文学，那时候出现了作家巴金以及更加严厉的批评家。比如，日本的私小说等作品在他们看来简直不值一提，连芥川龙之介也没得到高度评价。究其原因，或许大家通过教科书读过芥川，知道他。但他的很多题材取材于《今昔物语》等古典作品，有些人觉得他没有独创性。虽然他高度知性，但人们怀疑他是不是自己没有写独创性物语的能力呀。总之，在中国人看来，私小说也不行，芥川那种全是模仿他人的作家也不行。当时的中国人憧憬西方的正统小说，目标指向西方正统小说，是不是跟这件事情有关系呢？

张竞：是啊。比如日本作家中，有岛武郎的作品特别是《一个女人》，即便在中日关系恶劣的时候，也几乎没有人批判它，说它不好。究其原因，是因为作品风格是长篇，故事的展开跟西欧现实主义很像。

沼野：有岛的《一个女人》这部作品，现在的年轻人不读了。我认为它是日本近代长篇小说中特别优秀的一部。人们说有岛读了托尔斯泰的《安娜·卡列尼娜》，《一个女人》从中受到影响。最近，我这里来了一位非常优秀的年轻研究者布鲁加利亚，他的日语和俄语都很棒。他将《安娜·卡列尼娜》和《一个女人》进行了比较，这两部作品是值得比较的。

这个话题也许跟中国没关系。比如，说起在海外获得更高评价的人，比如远藤周作这样的信仰天主教的作家，或者说还有一位作家叫贺川丰彦，时间稍早。贺川丰彦与其说是作家，不如称之为基于基督教思想的社会活动家。关于这种现象您如何看待？也就是说，在海外比在日本国内阅读更广泛，获得的评价更高的作家，您如何看待？

张竞：贺川丰彦的作品在 20 世纪 20 年代大量译成汉语了。

沼野：啊？在中国也广泛阅读呀！在当今的日本几乎没有人知道他的存在。

张竞：有人在读。只不过他也写小说。中国翻译了很多他的评论，在当时的日本近代作家中，我觉得他在中国最广为人知。当时，中国也渴望近代思想，贺川丰彦写的东西容易传播。

如果还要举出一人的话，那就是厨川白村了。他是京都大学的学者，如今几乎没有人知道他了。他是在关东大地震中去世的。鲁迅翻译过他的作品，许多翻译者也翻译过。他是研究者，可为什么还有人阅读他的著述呢？因为厨川白村是英国文学研究者，最早准确介绍了欧洲文学的新思潮。而且他的介绍简单易懂。对中国人来说，比起直接翻译欧洲的东西，翻译厨川白村的更为省事。介绍欧洲的东西时，必须从许多东西中甄别选取好的东西来介绍，这需要相当的知识和体力，厨川白村从一开始就选取了最好的进行了介绍，所以翻译厨川白村的就可以了。20 世纪 20 年代，他在中国很受欢迎。

沼野：的确，厨川白村见识之广在当时的日本都是超群的。有些类似于我们现在思考的“世界文学”。

我觉得日本和中国的文学交流有些部分不被大家所认识。日本比中国先一步翻译介绍西洋文学、外国文学。

上周，我刚被叫去北京参加了关于俄罗斯文学的国际学会。在会上有件有趣的事我很受教。日本对俄罗斯文学的翻译研究很兴盛的时期是明治时期，那时中国没多少人会俄语，翻译介绍也晚。有位俄罗斯文学家升曙梦，他在日本接受俄罗斯文学的初级阶段就很活跃。他写的俄罗斯文学概论和俄罗斯文学史，很早便译成汉语了，共五册。我也是第一次知道这事。中国专家特意将译本拿到学会会场给我看了。升曙梦出生于奄美，后来在东京的尼古拉大教堂的俄罗斯正教学校学习俄语，在现在的日本只有专家知道他的名字。很长一段时间，他是日本的俄罗斯文学压倒性的第一人。升曙梦给中国的翻译者亲笔写信，在会上我看到了书信，大吃一惊。30 年代，中国和日本以这种形式进行了文学交流，我感到非常值得记忆。

下面将话题回到新的时代。在某种意义上，是不是可以说村上春树发挥了决定性作用。村上之后的日本文学也在大量翻译，具体而言，那些作家受欢迎呢？

张竞：说起村上春树之后的热门作品，可以举出山冈庄八的《德川家康》。

沼野：那是大型长篇小说。全部翻译了吗？

张竞：全部翻译了。将 26 卷压缩成 13 卷了，所以每册都很厚。

沼野：听起来像是开玩笑。将日语译成汉语，字数不是会减少吗？没有假名只有汉字，所以听说字数会减少三成。

张竞：也有人说字数会减少两成。100 页翻译后会变成 80 来页。

一般单单只翻译一本书的话，字数有些不够。所以，《德川家康》的日语版两卷译成了一卷。今年九月我去上海时，《德川家康》还入选畅销书了。

去书店时，书店有个畅销书排行榜，国内的和国外的是分开排的。现在海外的书里面东野圭吾的书卖得最好。

人们是从好几年前开始阅读东野圭吾的，若要说起东野圭吾的人气有多么旺，中国的出版社全部拼命地在争取他作品的翻译权。日本大型出版社的编辑在北京逗留期间，会被叫去参加当地出版社的聚会，一起喝酒。中国酒很烈，稍喝一点就烂醉了。然后编辑回到家一摸口袋，大吃一惊。口袋里放了很多钞票，字条上写着“东野圭吾的事，拜托了”。东野圭吾就是如此有人气。

究其原因，是因为中国还没有特别好的推理小说。中国有写推理小说的人，但写得很差。日本的小说有悠久的传统，不仅限于推理小说，有各种类型的东西。有科幻小说，有推理小说，还有历史小说，时代小说，还有在初中生面前难以开口的官能小说。有多个领域，各自非常发达，好作家也多，真让人羡慕。对于文学而言，能够有多个种类进行自由书写，这很重要，所以我觉得有了这些积累才会有好作品产生。

还有一种情况，在日本被广泛阅读的小说家却没人介绍，即使介绍了也不受欢迎。比如中勘助，我觉得他的小说真是好。也许已经译成中文了，但至少不受欢迎。像他这样作品质量很好却不受读者欢迎的例子也是有的。

沼野：若以难翻译来论的话，中上健次的文章好像很难翻译。

张竞：中上健次也是位很好的小说家。我认为他的作品不好翻译。不仅是文体，因为他写作的背景中有当地复杂的人际关系。不知道背景的话，有些地方读了也不懂啊。

沼野：他的作品有一种“泥臭味儿”，也有别人对他敬而远之的地方。

张竞：这一点也是有的。我认为很难进入他的作品世界。

沼野：中上健次的作品也开始翻译成欧洲语言了，仍然有难翻译难理解的地方。

张竞：在日本和海外，我想中上健次的冲击力是完全不同的。在这个意义上，我们深深地感受到翻译是魔鬼，完全无法预想别人是如何接受的。

沼野：村上龙怎么样？

张竞：村上龙的作品也有译成中文的。跟村上春树比，没有那么多。

沼野：近年在中国，日本刚获得芥川奖作家的作品马上会译成中文。前几天中国有人咨询来日本留学的事，说想研究川上未映子。那个人说想就《乳和卵》写硕士论文。作品太新了，还很难成为完整的研究对象。我所在的“现代文艺理论研究室”与传统的日本文学研究室不同，虽然也在积极吸收新鲜事物，但川上未映子2008年刚获得芥川奖，还未形成真正的评价，至少在大学的研究室这个场合还是很难的。相反，中国人对现代日本文学关心都到这个地步了。也有人说想研究东野圭吾，说这话的也是中国人。翻译也进展到这一步了。我觉得从这件事可以看出中国对日本文学的关心方式变化很大。

饮食文化的造诣

沼野：还有一个，我们在这里稍微谈一下饮食文化的话题。之所以这么说是因为张竞教授也熟悉食物，在饮食文化的中日比较方面很有造诣。这是我的一贯主张。如果从外国文化的接受方面思考的话，文学与饮食文化有一种很深的并进关系。在现代俄罗斯，当村上春树的人气爆棚时，人们对于整个日本的兴趣提高了，同时产生了寿司热和日本饮食热——关于这两者的关系，除了我之外还没有人明确指出这一点。要说在如今的俄罗斯日本饮食多么受欢迎，你会发现若走在莫斯科的城市中心会看到日式餐馆和寿司店比在东京还见得多。寿司店多到随便扔个石头都会砸到寿司店。总之，不仅是寿司专卖店，像比萨店、咖啡馆的菜单里也都有寿司。三四十年前，社会主义时代的苏联在饮食生活上贫乏而单调。与那时相比，有一种隔世之感。

我想不仅是俄罗斯，中国、日本也是一样。人到了一定年纪会对饮食变得保守，不太想吃新东西了。小时候没吃过生食的人，到了 50 岁突然让他吃寿司，他会觉得寿司让人心情不爽，难以下咽，这是普遍现象。过去的西洋人也是这样，俄罗斯人也是这样。然而，我有个假说，这和他们接受了现代日本文学不是并行关系吗？是不是有一种本质上的关系呢？这在中国也是一样。过去中国人是不吃生鱼的吧。

张竞：不吃的。现在有的日本料理店非常贵。换算成 2000 日元的饭菜，在日本吃可以吃到很好的东西。即便是这样，吃的人仍然很多，而且最近在中华料理店的宴席上，最初会上一个叫龙船的料理，这可能跟俄罗斯相似。所谓龙船就是在龙舟形的器皿上放上生鱼片。哎呀，类似日本料理“船盛”① 啊。我想这种新东西也是受日本料理的影响。我认为这种东西开始流行的确和阅读日本文学处在同一时期。不过，我觉得如果说是因为阅读了日本文学才这样的，说起这种因果关系，感觉有些牵强。比如，即使阅读了村上春树的小说，端上来的还是咖啡、面包或意大利面，而不会端上来寿司或生鱼片。他本人也不是对食物很执着的人，端上来烦人食物给人的印象仍然是快餐食品。

沼野：是啊，跟您说的一样。我想说的不是读了村上春树后想吃日本食物了这种直接的因果关系，而是人们读了村上春树这种新型的日本文学后认为很有趣，在这背后是不是有一种情况，即中国人的感性变了或者说变新了？

---

① “船盛”，一种在船形的器皿上盛放生鱼片的日本料理。

张竞：这种情况也有。因为不仅是村上春树，中国还翻译了其他日本作家的许多作品。这些作品理所当然会出现日本食物。还有一种情况就是，读者通过小说对日本产生了好感，吃日本料理有一种酷酷的感觉或者高级的感觉。实际上几乎从来没听说过吃法国料理或者吃俄罗斯料理成为热潮的。在这个意义上，日本料理很突出。相反，我也听说过有人读了村上春树的作品后对咖啡入迷了。受村上影响的还有音乐。甚至出了一本书《村上春树的音乐》，他作品的主人公听什么音乐等等，进行集中介绍。他作品里的音乐对现在的日本人来说太旧了。村上春树初期的小说描写的是20世纪60年代的中国人。当时这些初中生没有接触过西欧的文化，他们没有听过西洋音乐，特别是同时代的甲壳虫乐队和摇滚乐队等，听都没听说过。也几乎不知道什么是爵士乐。这些音乐对于他们来讲，像是人生需要的“补课”。“补课”的入口就是村上春树。所以食物也是西洋风格，这种偶然重叠在一起了。

沼野：村上春树的小说从初期开始几乎只出现片假名的食物。在处女作《且听风吟》中，主人公进入一个酒吧，喝的是啤酒，吃的是意大利面，然后是花生米、面包圈，全部是片假名词语①。在他小的时候，面包圈还很时髦，现在唐恩都乐的甜甜圈

① 指日语中用片假名表示的外来语，多数为英语的音译词，如上文的啤酒、意大利面等。

也不稀罕了。

只不过，村上春树对于意大利面很执着。他不是对食物不感兴趣。相反，可能他也喜欢自己做饭。比如在《发条鸟年代记》的开头有个场面令人印象深刻，主人公在做意大利面。只不过很少出现和食。还有一点，他很讨厌吃拉面，在他的小说里没出现过一次吃拉面的情节，不是吗？说起之前很少出现的日本风格的东西来，在《海边的卡夫卡》里面，主人公去四国时才第一次出现了乌冬面。

像这样，村上春树对食物很讲究。我认为这种讲究跟以前所谓文士的美食爱好又完全不同。在他之前的作家中，像丸谷才一等对于饮食文化很有造诣的作家有很多，像吉田健一那样对日本酒和日本料理很熟悉的人也不少。现在这一代已经没有这样的人了。

日本饮食文化发达，作家写饮食在传统上属于技艺之一。中国也有这种情况吗？

张竞：有的。有位作家在小说里光写拉面的事。拉面的吃法、粗细、味道，光写这些。

沼野：在此我们没有总结“饮食”，反而提出很多粗暴的假说。日本饮食在中国开始受欢迎，而日本人有相当多的人反而觉得中华料理很好吃。我也是。要是用一句话说这两者的区别，中国菜很多是用油炒或者给食材加热加工，用味道很浓的调味料调味。与此相反，日本料理比较清淡，新鲜的食材尽可能原样生吃，不加工者居多。所以，在文学方面是不是可以说中国文学比较浓厚，日本文学比较淡泊呢？

张竞：这个问题很难啊。日本有各种类型的作家，文章也完全不同。很难用一句话总结日本作家的特性，中国作家也可以说是同样的情况。断言日本文学比较淡泊，我个人认为很难这样下结论。觉得自己总算是明白了，仅此而已。对日本读者而言，中国作家可能有这种情况，即描写有些啰唆，或许看了原文更容易理解，写法上比较讲究等等。

现代中国文学的丰富——日本随笔的美妙之处与诗歌的中译

沼野：的确因作家而不同。就日本作家来说，有古井由吉，有中上健次，还有村上春树。就我阅读的中国现代文学而言，残雪的作品很厉害，超出常人的感觉，脱离了常规，一般人跟不上她的思路。但也有莫言那样的作家，作品规模宏大，人们称他是中国版魔幻现实主义。也有的作家以压倒性数量逼向读者，将奔放粗犷的想象力运用自如。最近翻译的阎连科作品《欢乐家园》也很厉害（谷川毅译，河出书房新社，2014 年）。

张竞：如您说的，阎连科是位很好的作家，我觉得他很有前途。我觉得中国现代作家渐渐注意到文学不仅仅是由故事构成的，而是由故事和文体两方面构成的。他们在书写时在文章表达上很用心，意识到了符合故事的文体。

我对莫言的初期作品评价很高。《透明的红萝卜》（藤井省三译，朝日出版社，2013 年）很出色，甚至《红高粱》（井口晃译，岩波现代文库，2003 年）与之相比都稍显逊色。但是，我仅仅在这个场合说说的啊。后来莫言没写出超越此作的作品，他能获得诺贝尔文学奖，有点不可思议。这不仅仅是我个人的想法，我向很多中国人问起，比我年纪大的和年纪差不多的人，他们基本上会说："他的作品太长，过于残酷。"鲁迅先生说过："文学什么都可以描写，但有两条不可以写。"举两个例子，就是毛毛虫和排泄物。的确如此，我认为文学作品中有些内容是不可以写的。但莫言不管这些，仍然在写。我个人认为这样很不好。

残雪的初期作品也是很棒的，觉得她是世界通用的大作家。虽然我本能地不喜欢她，但我也觉得这样的作家不多。她 80 年代中期登上文坛，到 90 年代为止，写了很好的作品，但后来她就不写作品了。《突围表演》（近藤直子译，文艺春秋，1997 年）是失败之作。

沼野：我也把《突围表演》读完了，佩服它是一部好作品。您说的我明白了。这部作品有点莫名其妙，很多人跟不上它的节奏。莫言在《红高粱》等作品中揭露了战争时期日本军队的残暴行为，《檀香刑》（上 · 下，吉田富夫译，中央公论新社，2003 年，后由中央文库出版）以义和团时期的中国为舞台，描写了恐怖而残酷的处刑方式，太残酷了，有点奇怪。我也不喜欢这类残酷的故事，所以我不想去读。但是，我觉得文学是不允许有禁忌的，莫言的作品充满暴力和奇异，此外还有超出一般的性爱描写。我觉得如果不是中国大地，这种被非同一般的过剩性所支撑的物语很难成立。

阎连科的《欢乐家园》也是很好的作品。小说讲的是有个村子里住的全是残疾人，这些人有的跑得跟鸟一样快，有的是刺绣天才，大家都有非凡的能力。这些人创办的杂技团很活跃，他们无视一切禁忌，说要出去挣钱。故事奔放而粗犷。日本作家受社会常识和隐形的规则束缚，很难这样写。我觉得中国文学有了这样的作品，在某种意义上跟世界相通了，登上了世界文学的舞台。

张竞：日本文学在中国的介绍，希望专家阅读一下相关内容。山口瞳的作品《江分利满的优雅生活》，我觉得这个作品非常好或者说西方小说家写不出来。具体说哪里好，我觉得是其随笔风格的笔调好，具有独创性。这部作品在直木奖评审会上，人们对它的批评很苛刻，有的评委说这不是小说，是随笔，极力贬低，但一般读者喜欢它。要说这部作品什么地方受到人们支持，即这部作品写了工薪阶层的生活，很富于机智，和西方的随笔感觉也不一样。我认为她属于吉田兼好和鸭长明那一流派的，很有独创性的小说，我希望这部作品能翻译成汉语。

沼野：与其说是具有日本特点的散文，不如说是随笔。随笔绝不是日本文学的旁支，实际上随笔一直占据主流。《枕草子》《徒然草》《方丈记》是日本文学的重要古典作品，这一点没有人否定吧。说起散文和随笔，在现代日本，知名人士在杂志上随便写一些无聊的身边杂记来赚取稿费。印象上是这种水平的散文。这原本可以称作日本文学的传统特征。

张竞：是啊，鸭长明、吉田兼好的作品，里面的文章很好。是有抑扬顿挫和音乐性的文章，要说它们跟西方的散文有什么区别，西方的散文是有目的性的，若读了蒙田的散文就会明白这一点。它想明确传达某种信息。然而东洋的随笔虽然在粗枝大叶地进行书写，但全部写下来一看，不可思议，是一个整体。它很难，没这方面技能的人写不了。

沼野：随笔如其字面意思，是“随着笔而写”。所以一开始会写成什么样子，没人知道。与之相对，“essay（散文）”在法语中原本是“尝试”的意思，尝试某种议论和思考，在理论上试图达到某个结论。所以，它想好了目的地。这一点是本质的区别。中国有相当于随笔的文章吗？

张竞：有，就是“随笔”两个字。

沼野：中国和日本的随笔，哪个先有呢？是中国吗？

张竞：详情我不明白。“随笔”这个词很早之前就有，南宋有个作品叫《容斋随笔》，此外还有“笔记”，也有笔记小说。

沼野：在日本文学里，随笔，游记或者像《土佐日记》那样的日记，不是虚构的故事，而是非虚构的散文。这类文学自古以来就丰富多彩，在文学史上占据重要位置。私小说也有与之相关联的一面，这一块儿可能中国人很难评价。

张竞：作为小说的确有的地方很难评价。日本近代文学在中国的接受方面的确有欠缺的部分，我认为私小说和随笔是不是评价过低了，应该更加积极评价它们。日本的小说是翻译成汉语了，但日本的随笔没有得到热心介绍。

沼野：在张竞教授看来，日本近代和现代的随笔名家是谁呢？

张竞：团伊玖磨①很有人气。他是不是代表性的随笔家另当别论。丸谷才一写的随笔也不错。稍微老一点的有柳田国男和幸田文等人吧。

沼野：丸谷才一的散文教养也太高了吧。散文里的话题能全部理解领会的人可能很有限。

张竞：能领会的人也有，莫名讨厌者也有。

我想说的是，小说的奖项也很多，可随笔的奖项很少。随笔很难成为一种文学种类，人们把它作为小说家的业余工作。我觉

① 团伊玖磨（だん いくま，1924—2001），日本三大作曲家之一，中日文化交流协会会长，在杂志上的随笔被收录于《烟斗随笔》一书中。

得这有些可惜。旅居法国的华裔小说家高行健有部小说《灵山》(饭塚容译，集英社，2003 年)。该小说获得诺贝尔文学奖的最大理由是吸纳了东洋风格的随笔手法。可能是正因为使用了这个手法，对于西方人来说才体现出独创性或创造性的。

沼野：还有一个话题我想提一下。日本文学的家传绝技是短歌和俳句。这种被各种规则束缚的短的定型诗，能够很好地翻译成汉语吗？中国人通过翻译来阅读这些短歌和俳句之后会觉得有趣吗？

张竞：要说翻译了还是没翻译，确实翻译了很多。只不过以什么形式表现短歌和俳句，翻译者之间处理方式也不相同，这和翻译者本身的美学追求有关。大致分为两种，一种形式是自由诗，现代汉语自由诗，另一种是以汉诗的形式翻译。汉诗中还有人译成五言绝句，有人译成七言绝句。哪一个更好，这种判断也因人而异。读者也分两种，有人喜欢现代汉语翻译，有人喜欢古典，也就是汉诗风格的。

另一方面，受日本俳句影响，中国人开始写“汉俳”，这是将中文汉字按照五个字、七个字、五个字的形式写的诗歌，还有一本杂志叫《汉俳诗人》，感觉它仅仅是在模仿日本俳句的形式，我个人不太喜欢。

沼野：“汉俳”有没有古典诗歌那样的平仄规则呢？

张竞：分古典风格的“汉俳”与现代风格的“汉俳”。古典风格的“格律汉俳”有平仄，但现代风格的“汉俳”没有平仄。

沼野：使用季语吗？

张竞：好像有人在使用。没有严格的规定。

沼野：中国人季节感跟日本人是不一样的吗？或者说季节感在东亚人之间有很大部分是重合的，是吗？

张竞：重合的部分有很多。有二十四节气，也有四季。

沼野：这一块儿，倒是日本吸收了中国的东西。

要多读小说

沼野：那么最后我们想接受听众们的提问。在这之前，我先总结一两句。今天的话题以中国和日本为中心展开，张竞教授也去过美国，在哈佛大学作为研究员逗留过，不仅是中国和日本，他还去过包括美国在内的广阔世界。今天也来了年轻人，最后很唐突地问您一句，今后作为生活在国际化时代的国际人应该留心什么？能否说两句？总之，现在这个社会不会英语肯定不行，但只会英语的话有点不合适。作为东亚有教养的人要在国际上生活下去，哪些方面比较重要呢？我的话题有些跳跃，对不起了。

张竞：今天来了很多初中生，我想说一句，希望你们一定要多读一些小说，要珍视日本文学。我在大学教书，大学生几乎不读书，这给我以很大冲击。日本文学是日本文化的一个主要支柱，如果日本文学无法得到读者的传承就产生不了优秀作家，这样的话会产生很严重的问题。这在世界范围内也是很值得担心的情况。

我在美国待了两年。我自己的孩子在日本读完初一后带到了美国，进了当地的初中学习。日本是四月份入学，美国是九月份入学。美国的插班时间也因地域不同而不同。我们家所在的波士顿，七年级和八年级与日本的初中一样，插班到七年级后，三个月暑假之后就是八年级了。在美国，从相当于日本高中的九年级开始到十二年级，这四年还有七年级八年级的语文课没有教材，取而代之的是读小说。每学期读二至三本小说。这些小说不是随便选的，而是选择跟同期的社会课话题相符的小说。比如在社会课上讲有关奴隶贸易的内容时，语文课上会读《轰鸣的雷声，请听我的呼喊》（米尔德里德 · D. 泰勒著，小野和子译，评论社，1981 年）和《根》（亚历克斯 · 哈利著，安冈章太郎、松田铣译，1977 年）等作品，总之，语文课就是读小说。

另外，学生们读小说很热心，跟是否上课无关。七年级和八年级读的作家是固定的，被阅读的那个作家基本上两年出一本小说。日本的作家写的小说太多了，美国小说家在好好休息之后会写出好的作品。最初是精装本，价格 24 美元，半年后出平装本，价格减半，12 美元。家庭情况不太好的孩子等软皮书印出后再阅读。再过半年会出一个预告，说下一年会出什么书。于是大家很兴奋，期盼着明年会出什么样的小说。这种读书方式在美国很正常。

到了九年级会大变样，要阅读其他小说。作家也变了，小说也不一样。大家听说过《暮色》（斯蒂芬妮·梅尔著，小原亚美译，bridgebooks，2008年）吗？这部小说在日本卖得不好，在美国还拍成电影《暮光之城》了，销量特别好。

像这样，美国的初高中生语文课只读小说，没有教材。选小说读就可以了。进入高中，还加了古典内容，比如莎士比亚、狄更斯、勃朗特、托马斯·哈代①等作家。读这些知名作家的代表作。所以，在日常会话中，学生们谈论的全是小说。

可回到日本一看，年轻人几乎不读小说，这是非常危险的状态。考虑到这件事，我觉得考试都无所谓了。今后考试制度也会改变，但总而言之不读小说不行。对于人的成长而言，小说很重要，可以培养人的感性，不单单是守护日本文学这层意思，在人格形成方面也很重要。特别是青春期在人生当中是很重要的时期，会直面精神上的危机。自己是谁？和父母的关系怎么样？自己是独立于父母的人，青春斯是萌生这种意识的时期。要说这个时候读小说会有什么用？人能够体验的人生只有一次，而小说里有各种各样不同的人生。通过阅读小说可以体验不同的人生。所以，请一定要读小说，不仅是日本的小说，还有外国的小说。通过读书可以获得教养。这样的话，如同沼野教授说的那样，我觉

---

① 托马斯·哈代（Thomas Hardy，1840—1928），英国诗人、小说家，代表作有《德伯家的苔丝》《无名的裘德》《还乡》等。

得我们就获得了作为东亚有教养的人在国际化时代活下去的能力。

沼野：在现今日本的学校教育的框架中，要说能不能获得阅读小说的时间，在教科书里有的只是“语文”，原本就没有文学这个科目。今天也有学校老师来了。作为老师这一块儿可能很辛苦。

中国人讨厌日本人吗？日本人讨厌中国人吗？

沼野：那么接下来我们接受提问和建议。

在东京大学，我所属的现代文艺理论研究室里面有很多想研究日本的外国年轻研究者，今天请埃尔吉维塔·科罗娜来到现场，她来自波兰，是专门研究俳句的硕士生。关于今天的话题，请科罗娜谈谈感想或给出建议，比如中国老师眼中的日本和波兰人眼中的日本的区别，或者有什么注意到的事情，请！

科罗娜：我是外国人，读了日本文学，那也不是母语的文学，而是外国文学。把日本文学和波兰文学相比较的话，我觉得日本文学比较淡泊。不过从世界文学的角度来看，日本文学有些部分会给世界以新的刺激。张竞老师也说了，东野圭吾的推理小说进入中国后形成了一个新的文学种类。

而且日本的俳句也译成了英语和波兰语，人们用日语以外的外语在创作俳句，不仅在欧洲，在世界范围内都有。能够纳入到相同音节数的语言，其信息量不同，语法上也有差异。同样是俳句，通过将俳句翻译成英语和波兰语或者其他各种语言，会产生各种不同的文本。仅仅松尾芭蕉的“古潭……”这么一句，就构成一本书了。俳句中的意象有时会给世界以新的刺激，从而产生新的文学。所以我想问一问，不管小说也好随笔也好，有没有给世界以影响的其他方面的日本文学？老师们怎么认为的？

张竞：说得简短点，我认为小说有影响。我觉得不足的是现代诗和随笔的介绍。我认为这方面没有影响或者说影响小，古典的分量也没那么重，在中国来说，几乎全部翻译了。日本也几乎把中国的古典都翻译了，还有更厉害的。如果把中国古典用英语翻译的话，那数量可不得了。日本的古典几乎全翻译成现代英语了。

沼野：您说的日本古典是进入日本古典文学全集的名作吧？

张竞：是的。仅仅《词花和歌集》等古典没被译成英语。

沼野：《万叶集》也有译本吗？

张竞：有好几种译本。

提问者 1（初中生）：中国人讨厌日本人，日本人讨厌中国人，这种印象有吗？是怎么回事？

张竞：很好的问题。我想那大概是看电视以后的印象。我想说明一个事实，有很多中国游客来到日本，我想这不过占了想来日本旅游的人数的几十分之一。为什么呢？来日本旅游的中国人的人数只有去泰国旅游的中国人人数的大约十分之一。但是，虽然泰国有意思，但要说中国游客对哪里感兴趣，我想那肯定是对日本感兴趣。所以我认为今后来日本的游客会增加。如果中国人讨厌日本人，就都不会来日本了。相反也一样，日本人如果讨厌中国人，也几乎没有日本游客去中国了。不过，我觉得中国没有像日本说的那样，成天在报纸和电视上说日本的坏话。

我这么说是因为我之前被一报社采访过。“日本的书店里有很多说中国坏话的书籍，在中国也是一样吗？”我没有自信回答，接下来我打算去中国，所以我回答他说：“我去中国看看。”于是到中国书店转了转，没看到一本那种说日本坏话的书。于是回到日本后跟他说：“中国说日本坏话的书一本也没有，反倒是有很多书介绍日本如何如何好。”我这么一说，他不信。于是他亲自去中国看了一圈，的确没有发现说日本坏话的书。

我读了某个学生写的读书报告，发现了类似的情况。这个学生上大学之前一直认为中国不好。为什么呢，因为一看电视全是讲中国坏话的，从没有听过说中国好话的。不过，上大学之后，留学生有很多，大家接触之后发现中国人不也很正常吗，正常地会话交流，跟媒体上说的完全不一样。他把这件事写在读书报告里，我觉得是这样啊，的确是这样的。

由于这种情况，请大家不要再满足于看电视，而是要学习日语以外的语言，要通过因特网看看外国新闻。这样一来会明白报道和实情相差很大。日本播放的新闻只播放制片人挑选的节目，而且日本的无线电视数量少，中央台只有六个台，而美国有上百个，都不知道该看哪个台了，信息量完全不同。虽然英语帝国主义是不可行的，但还是希望你们学习英语，从各种角度获取信息。

沼野：关于国际问题，为了获得正确的没有偏颇的信息并理解其内容进行理，像刚才张竞教授所说的那样，看多个语言来源是不可或缺的。比如，假设在某个问题上中国和日本之间是对立的，首先如果你想获得基本信息的话，因特网上不是有维基百科吗，不用去图书馆查阅厚厚的百科全书，可以一直看到最新信息，很简单。还有个问题，维基百科有多么正确，它写的事情全都可信吗？要查阅什么东西，开头部分最为简单。如果是日本人，首先你会查阅日语版的维基百科，这个步骤大家之前都在做，但是不能停留在这一步，会汉语的你可以看一下汉语的维基百科上怎么写的。或许汉语的维基百科从中国的立场出发，上面写的正好相反。

也就是说，维基百科的内容，在有关事项上，多个对立的国家会有完全不同的写法。关于乌克兰问题，有用俄语写的，还有用英语写的，这两者写的就不一样。所以，如果仅仅看了日本发的信息就满足，则容易偏颇。我在大学也经常跟学生说这样的话。所以，要想成为一名真正的国际人，必须会多种外语。

张竞：美国的高中有一个课程叫媒体读写能力，要说这个课程做什么，是让学生自己制作电视节目。这样一来，他们会实际感受到原来电视节目可以这样随便制作，有时候一个制片人会全部决定今天新闻的顺序和内容。当然还有一个“气氛”的问题。

沼野：刚才的问题太大了，虽然汉语不是我的专业，但上周我去北京参加了一个会议。在这种专家级别的交往中，我从未感受到人们对日本的反感或偏见。至少我接触的中国学者们，从能力、人品来看，我个人觉得都是很棒的人。当然他们对日本没有偏见。只不过社会制度不同而已，在日本可以随便说的，他们在公共场合不能说，其中有各种情况。日本是一个原则上基本保障言论自由的国家，但日本也有一些话不适合在公共场合说。关于这一点，可能实际上中日两国没有本质的区别。

提问者 2（初中生）：在讲到东野圭吾的推理小说时，您说日本的文学种类有很多。比如中国一般有的文学形式，有哪些还没有传到日本和其他国家的？

张竞：你们的初中真好！大学的学生不提问的。一位美国老师想让大家进行讨论，学生们都不吭声。那位美国老师发怒了。他说，你们没意见是吧，为什么让自己受到忽视呢？在大学里这种现象很普遍。这个初中很好，不断有人提问。

你的提问很重要。在特定文学种类之中，还有一些没被介绍到日本的作品。只不过，种类本身没有日本多。所以，我认为还没有传到日本和其他国家的种类是没有的。还有一点，中国文学的特征之一是不分纯文学和大众文学，科幻小说也不是没有，但极少。推理小说也有，但水平不高。原本数量就少，我觉得不太有被介绍到日本的科幻小说。

提问者 3：作为对读者的建议，您强烈要求要多读小说，关于要读谁的小说您有什么建议？

张竞：要说劝大家读哪个作家的作品，现在作家没必要过度坚持国家意识。人只能从自己的立场来思考事物或发出信息，所以在这个意义上，立足于自己的生活很重要。同时面向他者和其他国家的想象力也很重要。我认为，现代社会自己都可以接触到其他国家的信息，在这个意义上，国家这个壁垒变矮了。所以比起过度在意自己是日本作家，反倒是作为世界的作家来写作为好。

提问者 4：我在私立女子高中教书。我有句话可能有点刺耳，现在小说方面的教材还是少，很为难。老师们擅长的俄罗斯文学和中国文学中，如果有符合初高中生阅读的小说，请告诉我。

张竞：沼野教授跟我说希望我推荐五本书。

作为外国文学，梅里美的《马铁奥 · 法尔哥尼》（新潮文库，收录于《卡门》）是一部好小说，我希望青春期的青年读一下这部作品。它有现代的感性所理解不了的地方，让我感到很吃惊，同时这部作品给人一种印象，即知道了其他世界。

外国作品再举出一个的话，陀思妥耶夫斯基的《罪与罚》（光文社古典新译等）不错，因是长篇，可以利用暑假等时间读一下。说起陀思妥耶夫斯基，还有一部名作《卡拉马佐夫兄弟》。里面的场面跟芥川龙之介的《蜘蛛丝》有关联，这部小说比《罪与罚》还要长，这次就不推荐了。

日本的作品我想从现代文学中推荐开高健的《闪光的黑暗》(新潮文库，1982 年)。将这部作品作为题材来讲，大家也许没有亲切感，是作者参加越南战争，根据战场体验写的小说，我觉得这部小说的日语很棒。

当代文学我推荐黑田夏子的《ab 珊瑚》，主人公是一位少女，文章好，作品构成也不错，据说是西洋风格。我读后的感受是，这不是《枕草子》系谱的作品吗？

我还希望大家读一读诗歌。现代诗歌中无聊的诗歌太多了，中国诗人余秀华写了诗歌《打谷场的麦子》，这是我翻译成日语的，读了这首诗歌，你们会明白诗的语言是如何给人以感动的。

以上五本，希望大家有机会读一下。如果老师们作为副教材可以让学生们阅读，则非常高兴。

沼野：可能会有人说张竞教授介绍的《罪与罚》对于初中生来说太长了，《ab 珊瑚》太难了。或许大人们不可以对年轻人说这个难那个难的。老师推荐读了，所以才读的。这种心情不值得赞扬，反倒是读了老师不允许读的东西，这样更有趣。我认为读者可以有这种越不让读越要读的欢乐。

余秀华这个人的诗歌很好，在张竞教授最新的著作《时代的忧郁 灵魂的幸福——文化批评的视点》(明石书店，2015 年)中有翻译。这首诗很棒，我都想朗读它了。

我的专业是俄罗斯古典文学，能用于教材的短篇是契诃夫的短篇集（《新译 契诃夫短篇集》，沼野充义译，集英社）。一篇文章 5 页到 20 页左右，可以简单阅读，里面真有很好的文章，我推荐一下。

今天谈了很长时间，谢谢！

第四章
费尽心思的日语

——茨维塔娜·克里斯特娃与沼野充义的对谈

讲述短诗系文学

茨维塔娜·克里斯特娃

生于保加利亚首都索非亚。国际基督教大学教授。莫斯科大学亚非研究所日本文学系毕业，1980—1981 年间，东京大学文学部日本文学系当研修生。历任索非亚大学东方语言学教授、中京女子大学教授、东京大学研究生院人文社会研究科客座教授。著作有《泪水的诗学——王朝文化的诗的语言》、《费尽心思的日语——用和歌阅读古代思想》、《笔迹》（保加利亚语），与唐纳德·基恩合著有《日本俳句为什么是世界的》。曾将太宰治的《斜阳》、后深草院二条的《不问自语》以及清少纳言的《枕草子》（获得保加利亚文化部翻译奖）翻译成保加亚语。

日本古典文学的肇始

沼野：茨维塔娜·克里斯特娃教授生于保加利亚首都索非亚，一直研究日本古典文学。莫斯科大学毕业后，作为研修生在东京大学的留学。获得索非亚大学、东京大学博士学位，是两所大学的客座教授。现在在 ICU，即国际基督教大学任教。

主要著述有《泪水的诗学——王朝文化的诗的语言》（名古屋大学出版会，2001 年）这样堂堂的研究著作。发到大家手里的复印资料是 2002 年 1 月，这本书出版后没多久岩波书店的《文学》（2002 年 3、4 月号）杂志刊登的座谈会内容。《文学》杂志是日本文学研究的权威杂志之一，作为特辑的一环，请到克里斯特娃教授，围绕这部著作开了座谈会。当时我还很年轻，担任了座谈会主持人。座谈会上有很多重要的话题，我觉得可能会给大家提供参考，就发给大家了。克里斯特娃教授后来也写了许多著作，我的介绍就到这里，下面请她本人讲一下吧。

在进入学问研究的话题之前，我想问一件事情。教授您是在保加利亚索非亚出生，对于很多日本人来说，生长于保加利亚的人研究日本文学，有些难以想象。教授您对日本文学产生兴趣是从保加利亚的孩提时代开始的吗？

茨维塔娜：完全不是。我小时候几乎连日本这个国家都不知道。因为那个时代几乎没人知道日本文化和日本文学。对日本文学感兴趣是在高中最后一年，进入莫斯科大学的日本文学系之后，我怎么也没想到自己会研究日本古典。也就是说，我作为保加利亚人踏入日本古典文学的研究领域，对任何人来说（包括我自己）都是难以想象的。与其说是因果论的结果，倒是可以说是所有偶然的一致的连续。

我想也许有人知道。心理学家荣格着眼于“偶然的一致”，和构成西方思想主流的因果论相对比。荣格为了把《易经》译成德语，他在前言里称《易经》的法则原理是共时性，认为这是东方哲学思想的表现。当然，要问这两者哪个更好，这种问题没有意义。因为人的思考是由重视事情的通时性以及焦点化之后的共时性构成的。

总之，我想说的是，我们的人生既有选择也有机会。各位同学今后会选择各自的道路，这个选择过程中肯定也有“偶然的一致”。比如，与人的相遇是其表现之一。日语的“一期一会”①正好有这样的意思。

将话题回归到我的体验。大学时期我很喜欢文学，我的数学家哥哥对我的影响也很大。我还有个擅长的科目是数学。我当时犹豫究竟是搞文学还是研究数学。我很讨厌高中的数学老师，因为这个老师，我也讨厌数学了。相遇之中反而会有反作用。

长话短说，我读的高中是英语专科学校，通常是选择英文系。而我原本不是那种满足于“通常”的人（到了这个年纪也

---

① 源自茶道用语，认为人的一生中可能只能够和对方见一次面，因此要用最好的方式对待对方。

没有变），想挑战不同的事物。我在犹豫是选择斯堪的纳维亚文学还是日本文学，最后选择了日本文学。理由是我单纯地向往日本文化的审美意识，想多多了解。当时能上的大学里，莫斯科大学的日本研究水平很高，就上了莫斯科大学。当然是从现代文学开始做起的。

沼野：“当然”这种情况是不存在的吧。

茨维塔娜：不，是当然从现代文学开始的。不过，如果没有什么特别的情况，估计没有年轻人打算研究这么难的古典文学吧。我因为不太知道日本古典文学，也没有兴趣。现代日本语和文学已经很难了，这很少见。

沼野：我记得当时的莫斯科大学确实有可以教日本古典文学的教师。

茨维塔娜：是的。有一位老师非常有名，叫伊利那·利波瓦耶夫，是翻译《平家物语》的翻译家。这位老师培养了翻译《源氏物语》的杜鲁西娜等多位出色的研究者。与这位老师的相遇对我来说蛮幸运的。当时还没上古典文学，有一天在大学旧馆昏暗的走廊里，老师跟我打招呼说“有一个主题很适合你”，在日本也没多少人研究。他给我介绍了《不问自语》①。所以，我一直想，在某种意义上与其说是我选择了古典文学，不如说是古典文学选择了我。

后来回到保加利亚后，我每日都很孤独。因为保加利亚不仅没有研究日本古典文学的，甚至研究现代文学的人也几乎没有。不过，社会上任何事情既有好的一面也有坏的一面。我的一个好的方面是必须向不懂日本文学的人们说明日本文学的有趣之处和独自性。而且，为了说明必须经常考虑日本文学的精华部分。

保加利亚虽然人口少，但我获得了向一般读者介绍日本古典文学的绝好机会。继《不问自语》之后又尝试翻译了《枕草子》。两部作品读者都很多。托第一次面对日本古典文学读者的福，我发现了一个重大特征，即很多事情如果习惯了就反而不明白了。我从读者的反应和建议中学到了很多。“泪水”也是其中之一。

还有一个好处是，因为身边没有可以商量的人，所以我以文本本身为对象，一点点听懂文本的声音了。来到日本开始追求“泪水”的时候，我不受陈词滥调所影响去阅读和歌，我认为这成为我能有自己独到发现的力量。我体会到了研究的喜悦。

我想跟大家说的是，如果做你喜欢的事情，可以做得很好。我甚至认为，不喜欢的研究对象还是别做了。

---

① 日本镰仓时代的日记纪行文学，作者为后深草院二条，被认为是作者 14 岁至 49 岁的自传。

沼野：现在这个时代，要找到喜欢的内容也很难。这一块儿是个问题啊。

茨维塔娜：沼野教授为什么觉得现在这个时代难以发现喜欢的呢？我们的那个时代也同样难找到，我觉得是因人而异吧。

沼野：没有什么东西能让我有自信地说自己喜欢这个。上司命令我干什么时我会顶撞，反而想做那些不被允许的事情。于是会发现趣事，感觉如今没有这种情况了。

茨维塔娜：啊啊，是这样啊……的确有这种情况。可以说反骨精神是研究者不可或缺的。

东西方冷战时期是争夺唯一“正确意识形态”的时期。我觉得当时人们的观念非黑即白，很自然萌生了疑问和反抗之心。如沼野教授所说，越被禁止的东西反而越关心。

日本古典文学的研究是权威者的世界。那里的气氛是，假如某位了不起的老师说了什么，是不允许其他人对此进行反驳的。不管多么了不起的老师的意见，我首先会怀疑。绝不是不尊重他们，只是觉得没有绝对的。我有时候能接受他们的意见，有时候则不能。总之，怀疑是思考的开始。所以我想向各位学生提出这样的建议。请你们多产生怀疑，怀疑我们所说的。

沼野：请多批评老师。

茨维塔娜：我说的是多多怀疑。

沼野：我想问一下您的学生时代周围是什么气氛。我认为保加利亚和俄罗斯有很多不自由的方面。在文学研究方面怎么样？我认为莫斯科大学也有意识形态方面的限制。在感觉自己做的事情了不起这层意义上，你有没有在其中对日本文学研究产生过抵触感？

茨维塔娜：我认为的确是反抗的表现吧。未必能说当时充分意识到了这一点。教日语和教日本文学的老师们作用很大。因为他们想教我们跟意识形态没有关系的“真东西”。仅举一个例子，我们几乎没有学习所谓的“普罗文学”①。利波瓦耶夫老师说：“小林多喜二虽然有文学才能，却无法使文学得到发展。”他们把教学的重心放在日本和西欧的高水平文学作品上。老师选择我研究古典文学时说：“古典中有不变的价值，而且研究古典会自由，不会被意识形态所摆弄。”

可是，我想使用符号学学者塔尔图学派（塔尔图现在是爱沙尼亚的城市）的代表尤里·洛特曼的理论时，有人忠告我说：“最好不要牵涉进去。”结果我产生了无法抑制的好奇心，现在仍在参考这个学派的符号学。

---

① 来源于20世纪现实主义文学，强调文学为政治服务，文学是政治经济的产物，原意为“无产阶级的文学”。

沼野：洛特曼的书在苏联也有出版，并没有完全禁止。在主流体制派的学者看来，或许是一种“有些新奇，是不好的西洋风格”的感觉。

茨维塔娜：是吗？有出版的，但很多书很难弄到手。符号学强调解释的多样性和差异的重要性，其想法本身在高度意识形态化的环境中被认为是不好的东西。如您所知，洛特曼是活跃在跨学科的学者。在地理方面和文学方面都很出色。

沼野：在那样的环境里，在苏联时期，喜欢日本古典并拼命学习的优秀学者有很多。

茨维塔娜：当然了。毕竟日本研究是始于 19 世纪末，具有悠久的传统嘛。研究者们同时也是翻译家，不仅翻译文学作品，也翻译了文学史相关的书。比如给我以很大冲击的利波瓦耶夫老师和他的弟子们一起翻译了唐纳德·基恩的 *World within Walls*（直译《围在墙里的世界》），日语翻译有《日本文学的历史》（中央公论社，1994 年，后改为《日本文学史》由中央文库出版）。

沼野：说起唐纳德·基恩，就在前一阵子，他和克里斯特娃以小册子的形式，出版了一本关于俳句的内容丰富的书，名字叫《日本俳句为什么是世界的》。这个小册子在谈论短歌和俳句时经常会被提起。

茨维塔娜：那是讲演会的记录。当然唐纳德·基恩是主角，我充其量是配角。内容以刚才介绍的书为基础。沼野老师，您称呼我“克里斯特娃”，我不习惯，请叫我“茨维塔娜”。的确我的名字是“克里斯特娃”，但有一位出生于保加利亚的法国符号学学者、哲学家茱莉亚·克里斯特娃。在国际符号学学会上两个人同一个名字，我的立场有些尴尬，所以尽量区别开来。顺便说一下，非常有名的茨维坦·托多罗夫①和茱莉亚·克里斯特娃同时期流亡法国，我和托多罗夫的名字前几个字母一样，但是女性的词尾要加一个“a”，所以名字不是完全一样。

沼野：顺便问一下，“Tzvetana”是“花”的意思吧？

茨维塔娜：是的。意思是“花”或者“华丽的”。所以我的名字直译是“十文字华子”。作为正式的通称登记在册，但那是另一个我。

沼野：因为基督被钉在十字架上了嘛。日本名字“十文字华子”女士。我认为茱莉亚·克里斯特娃和茨维坦·托多罗夫是保加利亚最著名的两位文化人物。您的名字似乎是将此二人的名字组合了一下，令人印象深刻的名字。

---

① 茨维坦·托多罗夫（Tzvetan Todorov，1939—2017），生于保加利亚的法国思想家、文艺评论家。有《小说符号学——文学与意义的作用》《民主主义的主要敌人》等著作。

茨维塔娜：在姓名上我也是做符号学的命啊。

沼野：我说一个您在莫斯科时的插曲。我知道得很详细。有位作家叫波利斯·阿库宁，现在很有名。茨维塔娜你和他是同学吧。他是 20 世纪 90 年代末第一个将三岛由纪夫译成俄语的人，是在苏联掀起三岛由纪夫热的主要人物。在苏联，三岛由纪夫被认为是极右的军国主义分子，而且是变态的颓废作家，实质上遭到禁止。阿库宁学生时期作为交换学生来到日本的时候，他寻找了三岛由纪夫的书来阅读。他的研究好像也是从那里开始的。

茨维塔娜：是啊！从学生时期开始他就一直是个脑子好使但反抗心很强的人。总之，三岛作品在苏联的命运很好地表现出禁忌的作用。保加利亚也一样。前辈多拉·巴洛娃（当时的列宁格勒大学毕业）站在编辑的立场，很早以前就打算翻译介绍三岛由纪夫的作品，但是社长提醒她说："你不要以为苏联的禁忌可以忽视。"三岛由纪夫的翻译还是在苏联解体之后。

和歌的兴衰与将来

沼野：如前所述，茨维塔娜进入了日本研究这条路，于是跟和歌相遇了。

茨维塔娜：是啊……我们该说说和歌了，大家知道和歌吧，喜欢它吗？

沼野：今天在场的研究生里面，大概从外国来的留学生比日本人还知道和歌。

茨维塔娜：各位日本学生，怎么样？喜欢和歌吗？

（没什么特别的反应）

沼野：我们从基本的事情开始确认，可以吗？和歌与短歌怎么区别？最近连这种情况都不明白了，现在这两个基本是同义词了。俳谐和俳句也是如此，基本上作为同一意思在使用。人们说“芭蕉的俳句”，几乎没有人认为这是错误的。

茨维塔娜：所谓“短歌”是指五七五七七韵律的诗歌，所有的和歌都是短歌，“和歌”是文学种类，是文化现象，在历史上受到限定。

原本“和歌”的概念来源于《古今和歌集》（905 年）“假名序”的开头部分，即“大和之歌以人之内心为素材，形成万种语言”。也就是说，“和歌”是以和语吟诵，用假名文字写的诗歌，通过与“真名”（汉字）的对比被赋予了意义，相当于是从模仿中国文化到日本独自表达的转换。

和歌作为日本独特的表现形式固定下来，与大和词语的特征密切相关。长话短说，正如大家所知道的那样，日语（大和词语）是音节语，而且音节数量少。这种语言中，比如夏威夷语有一种鱼的名字叫“humuhumunukunukuapua'a（黑带锉鳞鲀）”，正如这个名字一样，肯定可以通过音节的反复而形成很多长词语。或者可以考虑通过声调的强弱和声调在声音方面更加洗练的可能性。但是日语的同音异义词很多，这是为什么？

我认为事到如今没必要跟大家解释了。语言是一个完美无缺的系统。既没有不足之处，也没有多余之处。语言完全契合使用这个语言的集团和社会的需求。所以，古代人不打算把同音异义词消除掉，这成为人们想法的一种暗示。

和歌的主要技法之一“双关”使得同音异义词的存在有了意义。有这样的例子，“松（matsu）”和等人的“待っ（matsu）”发音相同，古代人把焦点对准这种发音的一致性上，“如同松树的颜色不变似的，我的内心也不变化，一直等你”。像这样就把两个“matsu”联系上了。也就是说，“双关”的作用确确实实如最初介绍的共时性一样，是“偶然一致”的具体表现。它沿袭了古代中国思想的法则原理。

但这是历史事实。真名（汉字）和假名的使用范围是有区别的。假名的世界从“隆重”的场合中被排挤出来，专注于自然和内心这两个主题。可以说是从禁忌中获得了自由。这种自由跟“政事”无关，只集中于存在的问题本身。这也是“双关”词语的焦点所在。也就是说，从多个同音异义词中，选取使自然和内心形成对比的词作为双关语固定下来。换句话说，通过双关语在意义上得到双关的不仅是语言本身，也包括自然和内心这两个世界。和歌起的作用是，通过将眼睛看不到的内心活动寄托给眼睛能看到的自然，从而也能看到内心活动了。

就像我在这之前总结的那样，因为和歌这种表达形式将日语的本质特点进行了活用，所以才能够成为有教养之人的交流手段。还有一点，从和歌表达的修辞手段到被表达的内容，均反映了古代中国的思想，作为日本特有的哲学表达的媒介发挥着作用。

只不过，我认为我们现代人将西方的文化实践绝对化了，对哲学和文学进行了区分，所以看不到和歌的这种作用了。两年前，我在日本思想史学会发表论文时就痛感到这种事实。主题是文学和思想史，却将“思想史”限定在佛教等宗教思想和哲学这两个层面，因为他们的见解是，文学只起到反映并表现思想的作用。

日本没出现苏格拉底、亚里士多德和柏拉图那样的人物，也没出现孔子、孟子、老子和庄子。日本没有知名的哲学家，有的是纪贯之、藤原定家、和泉式部和西行等优秀的和歌学者及和歌诗人。这意味着什么呢？原本不发展形而上学式思想的文化是不存在的，不是吗？这是常识性知识。于是，人们会理所当然地下结论，认为知识的形态因文化不同而不同。论述和歌的书籍是日本最早的理论书籍，这毫无疑问。和歌作为一般交流的手段固定下来了。所以，所谓元语言的功能（具有解释的、理论的谈话特征的功能）作为元诗歌的功能也成立，这一点大家不觉得理所当然吗？

和歌的表达优美，而且可以打动人的内心，所以即便人们忽视这种元诗歌层面上阅读的可能性，也可以充分享受它。不过，日本弄丢了这么重要的知识遗产，不是有点可惜吗？

我说的有点长，抱歉。我只是很想说明“短歌”与“和歌”

是如何区别的。

沼野：和歌这个文学种类，听说它的优美之处在于最大限度激发了日语的特质和表现力。只不过，我认为在日本文化中，平行存在着汉语，汉语的作用也很大。过去日本有教养的人，特别是男性，如果不会汉文，也就是说如果没有汉语的素养，则无法出人头地。他们也写了很多汉诗。和歌是日本的诗歌，但这是与汉诗对照才叫大和之歌的。《古今和歌集》中既有著名的“假名序”，也有用汉文写的“真名序”。也就是说，“假名”与“真名”就是日语的大和词语与汉文的世界，两者属于平行的存在。刚才您提到日本没有哲学家和思想家，但是通过使用从中国吸收进来的汉字来表达思想，也就是说这种思想性的东西适合用汉字来表达，而和歌适合表达内心的感情，这种角色的分担您是怎么考虑的?

茨维塔娜：沼野教授所说的内容，有些我认同，有些我认为稍有不同。古代中国文化的确发挥了难以估量的作用，毕竟中国文化在亚洲文化圈作为一个范式在发挥作用，不仅对日本，对亚洲所有的文化都产生了重大影响。还有，沼野教授指出的有一段时间古代汉语与大和词语平行使用这件事，也是事实。古代汉语知识对于有教养的男子而言是不可或缺的，所有文献均证明了这一点。

《费尽心思的日语——用和歌阅读古代思想》（筑摩新书，2011 年）的第二章中，我整理了这个问题。古代日本人从中国文化中获得的东西不仅仅是所有的知识，大量涌入日本的中国文化也给日本独自的文化发展以巨大刺激。日本在东亚很快完成了独自的文化发展，其中有很多原因，我认为其中尤其重要的是假名文字的完成。为慎重起见，请允许我向各位学生进行说明。假名文字是指平假名（也叫变体假名）。《万叶集》中使用的万叶假名还保留着汉字的特点。也就是说，原先汉字的意思还残留着。从万叶假名到平假名的转换期是从模仿中国文化到形成独自文化的转换期，其代表就是公元 905 年的《古今和歌集》。

如沼野教授所言，《古今和歌集》有用汉文写的“真名序”以及用和文写的“假名序”这两个序文。其目的是什么？两个序文的内容很近似，它们之间也有让人很感兴趣的不同之处。简单地说，“真名序”重点放在和歌的起源、历史以及与中国文化的关联性方面。与此相对，“假名序”涉及和歌的“词汇”和“内心”，探讨的是日本式表达的可能性。顺便补充一句，《万叶集》中见不到的“言之叶（词语）”这个概念通过与普通语言的对比，又通过与“树叶”的联想被赋予了意义。这使我惊讶，让我想起 20 世纪初提倡的诗的语言。

总之，“真名序”是面向外部的，“假名序”是面向内心的。可以想象，将二者并列，其中有深意。一是证明了大和语言与假名文字的表现力，不仅是吟诵和歌的表现力，还有与真名（汉字）不相上下进行评论的表现力。

真名与假名的并存一方面是具有这样的意义，所指的目标常在眼前，成为假名表达的原动力。另一方面，《古今和歌集》以后，假名的社会地位为之一变。因为毕竟《古今和歌集》是敕撰和歌集，也就是得到天皇的敕命而编撰的和歌集嘛。敕撰书籍的传统从中国传来，日本最早的敕撰书籍是《日本书纪》（公元720年）。进入平安时代，诗歌成为敕撰书籍的对象，首先编撰的是三个敕撰汉诗集。虽然后来也创作汉诗，但《古今和歌集》之后所有的敕撰书籍全是和歌集。《古今和歌集》是一个转换期。它诞生了与“唐”不同的独自的文化同一性。原本是从盛大场面排挤出去的假名文字——和歌，没多久成了权力的象征。顺便说一下，敕撰集共二十一部，第二十一部和歌集是《新续古今和歌集》，成书于1439年，在室町幕府时期编撰，那可以说是和歌社会作用的黄昏期了。

最后关于古汉语和汉文书籍的知识我来讲两句。对于有教养的男性而言，古汉语的确是不可或缺的。通过各种文献可以得知，清少纳言、紫式部、赤染卫门等有教养的女性也具备这种知识。问题是，这和一般的社会规定是相矛盾的，所以不允许她们使用古汉语。也就是说，女性和男性能够交流的仅限于假名的世界。毫无疑问，这种情况更加强化了作为一般交流手段的和歌的作用。

沼野：正如您所说的那样，日本和歌的作用是很大的。但是，在正式的官府文件中还保留着使用古汉语的传统。

和歌有各种作用，日本虽然没出现康德与黑格尔，但或许有这种可能性，即通过和歌进行深入的哲学行为。和歌支撑了男女交流的重要部分。所以也可以说，无法完全进入正式盛大场面的私人的亲密圈是由和歌承担的。与此同时，和歌也成为敕撰作品，也就是说它具有最高权力方认可的重要东西。那时候私人与公家的关系十分复杂，宫廷恋爱诗在西方也有很发达的时期。在某种意义上可以说两者很相似。

“暧昧的”诗学

茨维塔娜：这是个有意思的比较。正因为有共同点，所以才能看出差异来嘛。只不过这个问题很大，在这里提出的话，时间和知识储备都不够。因为将西洋文化和东亚文化进行比较时，还必须要考虑印度和波斯文化。

我想仅仅着眼于两点进行探讨。首先是西方与东亚关于“书写”和“书”的见解。至少在古希腊和古代中国可以看到很大的差异，不是吗？就像从柏拉图的对话篇可以看出的那样，古希腊人主张“声音”的优越性，发展了辩论术。与此相对，如同日本编撰的第一部敕撰汉诗集《凌云集》（814 年）的序文里引用的三国魏第一代皇帝文帝的话——“文章，经国之大业，不朽之盛事”那样，古代中国特别重视文章（书、书写）的力量。

还有一点是敕撰书籍的不同点。的确在西洋文化中也有一种演讲和文章的种类，是专门写赞赏之词的。可回溯到古希腊，在古代罗马特别盛行，在中世纪的法国、西班牙、英国等国家也很普及。其内容是对皇帝等主权者的赞赏。《古今和歌集》等敕撰和歌集中，有称作“贺歌”的和歌，与西方的赞赏之词很相似，但数量极少。占大部分的是吟咏四季和讴歌恋爱的和歌。

沼野：有点不可思议啊。

茨维塔娜：是啊。这在西洋文化中是无法想象的。中国也见不到这样的内容。讴歌恋爱的和歌与吟咏四季的和歌构成敕撰和歌集的中心，如刚才说的那样，是“真名”与“假名”区分开来导致的结果。两者均远远超过各自的主题框架。所以，如果连续阅读各歌群、各卷以及和歌集整体的和歌，就可以理解当代人的存在论和人生哲学了。

沼野：接下来的话题好像有些岔开主题了。茨维塔娜教授也熟悉《源氏物语》，我来问一下。《源氏物语》里面出现了很多诗歌。因为是物语这一体裁，所以应说更偏向散文一些。和歌也出现很多，它实际写的是恋爱的世界，全是男女的事情。这种源氏物语式的“好色”世界中，您认为它与和歌的恋爱诗歌一样，具有超出“色”的哲学内容吗？

茨维塔娜：我想先声明一件事。我很长一段时间很讨厌《源氏物语》。当然，在大学里学习、读书、听别人发表见解，也掌握了相应的知识，但就是不喜欢它。理由不在于光源氏本人，在于赋予光源氏的身份。他的身份是绝对权威者的身份。所以，我认为是他本来的反抗之心在发挥作用。我第一次来日本留学的时候，说起《不问自语》的话题，大家普遍的反应是“还是算了吧。研究《源氏物语》吧”，我个人感觉简直是受到伤害一般。于是我在内心发誓“我要向不知道《源氏物语》的读者介绍

《不问自语》，使其广为人知”。总之，我打算一辈子不跟《源氏物语》打交道。但是，与某一首和歌的相遇改变了我的想法。是一首同时表达“Yes”和“No”两种意思的和歌，让我产生了无法抑制的感伤，使我长年对《源氏物语》的怨恨转瞬之间烟消云散。

我讨厌政治和意识形态，我为什么会选择日本古典文学呢？答案在这首和歌里。这首和歌里有人生中追求的重要东西。我认为它也回答了对于我们现代人来说为什么需要日本古典文学这个问题。

仅仅为了一个“正确的意识形态”而进行战争或者搞恐怖活动，仅仅为了一个“正确的想法”而中伤他人或者杀死他人。我们眼前的现实过于丑陋。这个社会要完蛋了。怎么办才好呢？我想答案之一就在于《源氏物语》，在于日本古典文学。

《源氏物语》第二卷名字叫作“帚木”。帚木是一种不可思议的树木，从远处看可以看得清楚，越走近越看不清了。我认为这是幸福的隐喻。他人的幸福看起来令人炫目，自己的幸福反而不明白了，只有在失去之后才会发现，啊啊，那个时候真的很幸福。

占据“帚木”卷大部分的是“雨夜的评定”那个插曲。光源氏、头中将还有两位男士，他们根据自己的经验对女性的是与非进行评判，他们的讨论是出色的人性论。其中的精华部分是头中将的话语：“毫无优点的无聊之人与极其优秀的人同样为数极少。”换句话说，它的意思就是“社会上不存在没有任何优点的人，也不存在没有任何缺点的人”。

《源氏物语》的登场人物均以这种价值观来描写。六条妃子也不完全是恶人，末摘花也不是完全没有女性的魅力，她有美丽的黑发。另一方面，光源氏也不是完美无瑕的。在他的“光”的背后，潜藏着黑暗的阴影。总之，它不是“Yes”或者“No”(二者择一）的世界。

(沼野教授站起来在黑板上写了一首和歌)

沼野教授写在黑板上的和歌是我被《源氏物语》的世界所迷住的一首和歌，是一位叫藤壶的女性吟诵的。长话短说，如果大家关心的话，请你们自己详细查阅。藤壶是光源氏的婚外恋对象，也是他的继母。他们俩年纪相差不大。两人之间生了私生子，却对外宣称孩子的父亲是光源氏之父桐壶帝。和歌所吟诵的场面是很富有戏剧性的场面之一。生完孩子后，藤壶给桐壶帝看了年幼的皇子，光源氏居然也在场。因为他们将婚外恋关系进行保密，所以光源氏对藤壶和孩子都不可以表达爱意。回到自己住处作了一首和歌赠予藤壶：“よそへつつ 見るに心は 慰まで 露けさまさる 撫子の花（将花比作心头肉，难慰愁肠泪转多)。”和歌的分析我们就省略了，关键词之一的“撫子（瞿麦）”让人联想到“瞿麦花”，所以这首和歌的意思是“将瞿麦花比作年轻的皇子，但是内心无法得到安慰。如果认为那是我们的爱情之花，会更加增添怀恋和悲伤的泪水”。藤壶回答他的和歌就是沼野教授写在黑板上的和歌。

袖濡るる 露のゆかりと 思ふにも なほ疎まれぬ 大和撫子

（为花洒泪襟常湿，犹自爱花不忍疏）

解释部分我尽可能简短些。关于“露水”这个和歌词语，我想补充一句。那是泪水的比喻，也是无常的象征。还有很多非常具有色情意义，但又很含蓄的其他词语。总之，我最关注的是和歌的第四句“なほ疎まれぬ（仍然受到冷淡）”。下面说的是个语法的问题。如果能让大家明白语法如此有趣，我想学习起来就更加容易了。这里的“疎まれぬ”来自“疎まる”［现代日语是“疎まれる（受到疏远）”］。“ぬ”是表达否定的“ず”的连体形，也可以理解为表示完结的“ぬ”的终止形。而且，否定形接在动词的未然形后面，表示完结时接在动词连用形后面，所以“疎まれぬ”有两种解释的可能性，即“疎ましく思われない”和“疎ましく思われてしまう”这两种。两者在语法上都是正确的，而且这种表达是在句末，所以连体形和终止形都是可以的。前者是“疎ましく思われない大和撫子（不令人疏远的瞿麦花）”，后者是“疎ましく思われてしまう、大和撫子（令人疏远的瞿麦花）”。“露”的意义也可多用，有“露水”和“泪水”两种解读的可能性。

所有出版社的印刷本都指出了两种解读的可能性，但他们严守着两者必居其一，“只有一种解释是正确的”这样的见解。也就是说，这充分表现了受“Yes”或者“No”所束缚的现代人思维的局限性。顺便提一下，比较有趣的是，女性一般解释为“疎ましく思われない（不令人疏远）”，相反男性一般解释为“疎ましく思われてしまう（令人疏远）”。因为几乎所有的注

释者均是男性，除去一个例子之外，完了形之说成为“正确”的一方。

我在《费尽心思的日语——用和歌阅读古代思想》中进行了详细的追究。如果想使其成为某一种意思，比如肯定有“疎まれず（疎ましく思われない、不令人疏远）”或者“疎まるる（疎ましく思う、令人疏远）”等选择项。尽管如此，紫式部还是勇敢地同时表达了两种正相反的解读，这么做是因为想把两者都活用。这么推测很自然吧。藤壶强调后悔的心情，向光源氏传递爱情。心情的“表”与“里”正是这种“又爱又恨”混乱心境的表达。将两种解读方法加以活用，和歌的意义可以总结如下。

“这个瞿麦花般的女人和年幼的皇子，都是罪恶之花，痛苦的泪水沾湿了衣袖，令人厌烦。尽管如此，这位年幼的皇子是爱情的结晶，衣袖上洒满可爱的泪水，又不觉得厌烦了。”

这首和歌令人感动到汹涌澎湃，非常优美。消除掉其中某一方的理解，理解上都不完善。可是当我说出自己的观点时，却被人训了一通。一位我尊敬的先辈，也是注释者之一的人威胁我说，如果不按照完了形来解释，我不支持你的研究。我很受打击。实际上，有一首和歌是依据藤壶的和歌而作的“咲けば散る 花の浮き世と 思うにも なほ疎まれぬ 山桜かな”（花开又凋谢，浮世皆蹉跎，花世即浮世，不觉山樱恶）。这种场合该怎么办？如果无论如何也想坚持完了形之说，则变成了“山桜は疎ましく思われた（讨厌山樱）”了。这样的话，他是不是不想当日本人了。这首和歌的意思肯定也是由两种解读方法构成的。

即“山樱开了，马上又凋谢，觉得很厌烦。但是，花儿的浮世就是人间浮世的缩影，反而更加亲切和爱恋，不觉得它厌烦了”。

藤壶的和歌表达了正好相反的两种意思，接受了她和歌的“真实”之后，眼前简直像展开了一片新宇宙一样。因为我明白这样的意义作用绝不限于这首和歌，秘诀在于浊音符①。我想问一下大家，你们认为浊音符是从什么时候开始使用的？几乎没有人想过吧。不过，浊音符是个新鲜事物。第一次使用它是在近世时代，广泛使用居然是在明治之后。于是，当和歌作为文化活动和社会活动的原动力在发挥作用时，当时没有使用浊音符。而且，《竹取物语》里面的“はち（钵、羞耻）を捨つ（丢弃钵/不觉得羞耻）”等说法，或许在和歌中经常使用。我们从“流るる（流动）/泣かるる（使……哭泣）”这些双关语中可以得知，古代人意识到通过浊音符的有无而导致意义作用不同的可能性，从而进行了彻底的探讨。我们从这个视角把焦点对准助词、助动词来阅读和歌时，可以确认有数不清的例子，比如“見えで（見えないで）/見えて（看不见/看得见）”“忘れじ（忘れまい）/忘れし（忘不了/忘了）”等。因为这是和歌语法层面的理解，毫无疑问可以判断出这是他们所瞄准的意义。

语法是规则，所以必须要清晰，这是现代人的常识。但是，如果是为了表达“暧昧性”，所谓的“常识”也会发生变化，不

① 浊音符指日语中将清音浊化的符号，下文的“ち（ti）”浊化成为“ぢ（ji）”等。古代日语多不分清音浊音，因此“流るる”和“泣かるる”都发音为“nakaruru”，现代日语中前者一般发音为“nagaruru”。

是吗？此时，语法的任务就变成了清晰明确地表达“暧昧性”。时代不同，常识也不同。仅此而已。

抱歉！趁我还没忘记，有一件事情想确认一下。我在这里所说的“语法”是和歌的语法。罗曼·雅各布森发展了诗的语言和诗歌的概念。正如他在《语言学和诗学》（*The Poetry of Grammar and the Grammar of Poetry*）这篇具有划时代意义的文章中具体证明的那样，诗歌是最高度形式化的文学样式，所以诗歌具有自己独特的语法。

“暧昧性”涉及和歌的语法，其根本之处在于中国古代思想——道教。这是从老子强调的“惟恍惟惚”这种道教教化中产生的思想。我觉得在文学研究中我们经常提起佛教，而对于给其思想赋予特征的道教则考察很少。道教比佛教还要早传入日本并得到普及，所有的资料都证明了这件事情。说起道教，我认为学生们都知道，庄子的《庄周梦蝶》很有名，对吧？“是梦还是现实？”这是《古今和歌集》的主要主题之一。原本，发挥语言潜力的“言の葉（言语）”这个概念本身即沿用了老子提倡的“自然”的概念。这里的“自然”即“自身就是那样”的意思。总之，我想说的是，因为和歌作为交流沟通的手段以及议论的媒体在发挥作用，所以和歌成了接受道教思想和解释道家思想的一个“场”。结果呢，古代中国的“暧昧的哲学”在日本演变为“具有暧昧性的诗歌”了。

沼野：备考学习中不好的一点是必须决定一个正确答案，然后给出分数。

刚才茨维塔娜教授为我们讲解了暧昧诗学的典型例子。《费尽心思的日语——用和歌阅读古代思想》中还使用了法国思想家德里达①所说的“药人”这个概念。那是古希腊词语，指的是既是毒药又是解药这种具有两义性的东西。这种东西在社会上相当多。“疎まれぬ”该怎样解释，这个相当复杂，但我也赞成它们具有两义性，像大家那样想接受它。

茨维塔娜：是啊，因为教授您不是国语学者嘛。

沼野：正确答案只有一个，这样的话会很困惑。

茨维塔娜：不过，这样的人很多。

沼野：如果总是必须要决定属于哪一方的话，会很为难的。国文学中有古典实证主义，如果从实证的角度调查研究的话，我想必定会有一个正确答案。我想可能是从那里来的吧。

比如关于西洋诗歌，在日本广为人知的是燕卜荪②这个人写的《暧昧的七种类型》这本书（岩崎宗治译，研究社，1974 年，后由岩波文库出版）。在诗的表达中，比起说它具有暧昧性来，

---

① 雅克·德里达（Jacques Derrida，1930—2004），法国思想家，后结构主义代表哲学家。因提出“解构”“延异”等概念而著名。代表性著作有《书写与差异》《声音与现象》《播撒》等。

② 威廉·燕卜荪（William Empson，1906—1984），英国文学理论家、诗人。主要著作有《暧昧的七种类型》《牧歌的多重奏》等。

用大江健三郎喜欢的语言来说的话，是具有两义性。大江本人对于“vague（模糊的）”是持否定态度的。但对于“ambiguous（不明确的）”，他说自己也是两义性的存在，承认它的意义。两义性反映在日本固有的诗学之中，但我认为在一般的文学表达之中是包含两义性或者暧昧性的。

茨维塔娜：确实如您所说。从古希腊语、拉丁语到阿拉伯语，可以看到拥有正相反意义的词语。弗洛伊德的梦的解析也是从超越对立的视角进行的。但是，《暧昧的七种类型》归根结底是停留在表达的层面上。换句话说，人们认为“暧昧性”脱离了基准。英语里面的“vague（模糊的）”和“ambiguous（不明确的）”被理解得十分消极，这就是很好的证明。另一方面，和歌成了古代中国思想的接受的“场”。在和歌里，“暧昧性”成了世界观。所以，要表达“暧昧性”这件事本身，从语法到内容都成了目标。

沼野：您最初说到的双关语，那是将日语的特征加以活用，最大限度地使用了同音异义词啊。

茨维塔娜：是啊！同一个音有不同含义，一直是这样。此外还有像“鉢/恥（钵/羞耻）”“流るる/泣かるる（流动/使……哭泣）”“知らず/知らす（不知/知会）”等这样的例子，我称之为“同音异义词”。因为在和歌中，不仅有“音”还有“字”，

两者都可以成为意义生成过程的原动力。顺便补充一下，石川九杨①是著名的书法家，也是书法研究者，他着眼于和歌中“双关”字的存在。比如写“は”这一个假名，可读作“は（ha）”与“ば（ba）”两种音。双关字和双关语一样具有双重的意义作用。日本古代文化就是一种叠加的文化，十二单②就是这样的例子。

文学的现代性也在两义性之中

沼野：跟西洋的事物相比，是如何区别的？想到这件事我觉得很有意思。我把话题转移到我的专业领域。比如，在现代派文学中有很多人书写那些结构复杂的作品。纳博科夫等人写的作品里面有很复杂的设置，很难领会，有很多地方像谜一样。

京都大学有位英美文学教师，叫若岛正，他是我所尊敬的纳博科夫研究第一人。实际上他精通国际象棋，具有世界水平，日本将棋也格外强。残棋谱属于专业选手的领域，若岛正说，若要解读下去，正确答案必定只有一个。他说不管是国际象棋还是残棋谱，正确答案必须是唯一的。残棋谱里出现几个解答方式时叫作“余詰め（新奇想法）”，出现两三个答案时就不对了。在某种意义上若岛老师是不是将残棋谱或国际象棋的感觉应用于文学

---

① 石川九杨（いしかわ きゅうよう），1945 年生，日本书法家、书法史家。京都精华大学教授，曾任该大学表达研究机构文字文明研究所所长等职。主要著作有《书的终焉》（三得利学艺奖）、《日本书史》（每日出版文化奖）、《近代书史》（大佛次郎奖）等。

② 十二单，指日本平安时代一种宫廷女性的装束，亦称五衣唐衣裳或唐衣裳装束。通过一件件衣服叠加的穿衣效果表现女性的华贵。

文本的解读了呢。所以，解读纳博科夫的作品时，如果是作者有意设置的东西，那么正确答案只有一个，他是这么想的吧。

只不过我和他有些不同，我认为答案可以有两种。用茨维塔娜教授的话来说的话，有时候著者本身是有意识地进行重复的。

茨维塔娜：是的，是那样的。像国际象棋和日本将棋这种游戏，答案只有一个。原本游戏的最终目的是一个，即获胜。所有设的谜，其答案只有一个，这是正确的。但是，在文学作品中会怎样呢？黑泽明的电影《罗生门》是以芥川龙之介的小说《竹林中》为基础拍成的，这部小说就是最好的证明。原本心中的思绪不可能集中到一点上，即便是魔术，像“撒谎的反论”[①] 等证明的一样，有可能不是只有一个结论。

话题回到“なほ疎まれぬ”那首和歌。可以说“设置”本身在于同时表达了“Yes”或“No”。它在语法上是可能的，是因为它符合当代人的想法。但是，如果想把它理解为其中一种意思也是可能的。从这个角度来看，可以判断为紫式部有意识地选择了这种变异。在这种意义上，它不是“设置”，应该说是“创意”为好。另一方面，这首和歌的创意作为物语言说方面的“设置”在发挥作用，在其后的故事发展上也起到重要作用。藤壶是爱光源氏呢还是不爱呢？桐壶帝发现没发现两人的秘密呢？

① 撒谎的反论，意思是：当某个人说“我是撒谎者”的时候，人们无法判断其真伪。如果我真撒了谎，那么“我是撒谎者”的发言肯定也是谎言，意思是其实没有撒谎。另一方面，如果我不是撒谎者，那么“我是撒谎者”的发言就不是真的，也就是说我成了撒谎者。

“Yes” 或 “No” 的互斗以及中间领域的紧张感将读者卷入其中，勾起读者的关心。总之，它成为物语张力的重要设置。

在思考文学作品的“设置”时，我认为还必须考虑另一件重要事情。作者能够完全操控语言吗？我不熟悉纳博科夫的语言表达，现代文学中詹姆斯·乔伊斯对语言的设置是非常有名的。他的《芬尼根的守灵夜》对于读者而言是最大的挑战，需要很宽的知识面和巨大的努力。我无法判断对于各个表达的解读结果是不是一个。但是，也可称作 quashed quotatoes（会联想到 smashed potatoes，即捣碎的土豆）的那个“乖僻的引用”的世界是由作者创造的。可以说解读文章的意思就是解读作者的“设置”。

另一方面，虽然双关语也是语言游戏，但两者根本上是不同的。刚才也提到过，“言の葉（言语）”会联想到“树之叶”，是自然生长的东西。其生长过程便是彻底探求语言的潜在能力并将其灵活运用的过程。“松（matsu）”与“等（matsu）”，“鸣叫（naki）”与“哭泣（naki）”“死亡（naki）”“没有（naki）”，或者“浦/裏を見て（看见海湾/里面）（海湾与里面都读作 ura）”，还有“怨みて（怨恨）”，为了使词语读音相同，必须要读懂语言的“声音”。语言本身成了主角。所以，“读”和歌与“吟咏”和歌是同样的行为。就像“吟咏者”这个词语所证明的一样，“読み人（读和歌的人，指读者）”“詠み人（吟咏和歌的人，指作者）”发音上没有明显区别。顺便补充一句，和歌能够成为有教养之人的一般交流手段，跟这种特征是有关联的。因为那是任何人都可以参加的行为。和歌初期，双关语的所有可能性就是探索词语重叠的可能性。诗歌的规范确定下来以后，虽然不能说完全没有新的双关语例子了，但焦点放在了“取本歌”上，即放在与古代和歌语句的重叠上。不管哪一种情况，即便没什么才能，只要有教养就可以完成。

不过，比较有趣的是，必要的教养范围越广，能够领会出来的意思越会超过作者吟咏的和歌的意思，这样的事例经常发生。也就是说，在高度准则化的文脉中，使用某种和歌词语的作者因为知识不足，他没有掌握所有的意思和联想，结果把自己没意识到的意思吟咏到和歌中了。中世文学的模仿诗文便是这样的典型例子。平安时代的和歌里已经见到某种滑稽效果了。总之，语言本身是主角，可以说和歌中读者的参与度远超过西洋文化所见的读者的“自由”。

像这样，和歌以及以和歌为基础的日本古典文学是开放的，如同它的字面意思。它远超过西洋文学所追求的读者的参与范围。由于这层关系，我想向同学们推荐一个文献。翁贝托·艾柯著的《开放的作品》（篠原资明·和田忠彦译，青土社，2011年），这是一部关于现代音乐的理论书籍，却是很值得参考的好书。书很薄，请务必读一下。

回到沼野教授的提问这里，像“なほ疎まれぬ”这类事例跟纳博科夫和乔伊斯的设置是不同的，和西方中世文学中常见的寓言①也不相同。因为寓言在构思时也还是以达到一个正确答案为目的，它是基于决定论式的逻辑而形成的。原本设置时，其特

① 寓言allegory，寓意，讽喻。或者是寓言，寓言故事。

征就在于设置方式上，不是吗？所以我认为这是一个想法的问题。要说古代日本文学属于哪一种，古代日本文学像现代物理学一样，不可能有确定的答案。

沼野：关于和歌的问题，我想再深入询问一下茨维塔娜教授的意见，如果是刚才的话题，首先有作者吟咏和歌，对吧。也就是说，先有和歌文本，然后有了读者。现在议论的焦点是，当意义产生两重性时，也就是像“疎まれぬ”里面的“ぬ”一样，理解为它有两个答案的时候，设置时会设想两种情况。作者的意图果真是设定了两种情况而进行创作的吗？首先有一种设置。这里有两种情况，第一种情况是最初有意识地设定了两种意思而创作。还有一种情况，即只考虑到一种意思，可是形成的文本在日语这个框架中不容分辩地拥有了其他意思。结果产生了作者意想不到的双重性。但是读者在接受作品时并不真正知道作者的意图，所以如何阅读文本是读者的自由，于是对文本的解释会产生分歧。我们再一次整理作者和读者的关系进行思考时，和歌会是什么样子呢？

茨维塔娜：是啊，从一般论来看，其效果有的是能预计的，有的却是意想不到的。我们从和歌里面的赠答歌以及《伊势物语》等可以看到，后者的原因主要在于作者的知识不足。另一方面，和歌要发挥语言的潜在能力来得到发展，人们在吟诵和歌时所没有意识到的意义是后来才定下来的。比如，我们比较一下这两首和歌。

淡路の 野島が崎に 浜風に 妹が結びし 紐吹き返す
(淡路岛上野鸟崎，衣带翻飞海风吹，衣带本是阿妹系)

近江路の 野鳥が崎に 浜風に 妹が結びし 紐吹き返す
(近江路上野鸟崎，衣带翻飞海风吹，衣带本是阿妹系)

第一首和歌是《万叶集》里柿本人麻吕的和歌，第二首是镰仓时代后期的《玉叶集》收录的，作者同样是柿本人麻吕。所不同的只是“野鸟崎”从“淡路”移动到“近江路”了。虽然可以把它当作不慎失误来处理，但是和歌的意思差别很大，所以可以推测为是有意识进行的变更。“近江”标有读音“あふみ”，这个“あふみ”在《古今和歌集》之后容易联想到同字异义词“逢ふ身（遇到的人）”。从这个视角看，将目光投向“淡路”的话，会发现“逢わじ”（逢わないだろう，遇不到）这个同音异义词。一般认为《万叶集》时代没有这样的联想，是随着诗歌语言的发展逐渐意识到的联想。是从什么时候开始意识到的呢？我们回溯时代来探究吟咏“淡路”的和歌，这是类似发掘和复原的工作。我觉得这才是古典文学研究的魅力之一。

那么，关于“なほ疎まれぬ”，您刚才说这个是不是也可以进行推测。我认为这种可能性很小。因为凑齐很多证据的事例很少见。我说的又是前边内容的重复。我们既可以在语法上避免暧昧性，在《源氏物语》之前的和歌中也有先例，而且《源氏物语》中也有其他类似的例子。在物语的流变中暧昧性也在发挥作用。当时也有依据“取本歌”的和歌来进行解释的证据。

可是，作者的意图原本就是相当可疑的，不是吗？即便作者本人详细知道，我觉得也难以判断，也有各种各样玩笑一样的话。研究者和评论家领会后说是“存在的苦恼”，可作者本人却说明道：“没有。我只是牙疼。”我们能做的只是探讨所有解读的可能性，分辨出最有说服力的一个。

“なほ疎まれぬ”同时表达两种正好相反的意思，我们围绕它所产生的疑惑也还是因为想法的问题。换句话说，可以说问题在于对“二者择一”这种决定论解释的执着。这种时候，现代物理学可成为极其强有力的抓手。相对论和量子力学理论以后的物理学证明了自然界在其根源处假装一副非决定论的样子，因为自然科学将焦点对准了“中间领域=暧昧的领域”。很遗憾，我对于物理学很生疏，希望某个青年学者能从物理学的视角来分析和歌。希望有人将古代中国的“暧昧的哲学”与物理学相关联，对日本古典文学的“暧昧的诗学”进行彻底分析。不过，像我这样的外行也详细知道的是“薛定谔的猫”的实验。据说这是显示量子力学基本思考的“叠加的原理”的思考实验。无法判断猫死了没有。所谓“既活着又死了”这种状态会令人惊讶地想起起源于古代中国“暧昧的哲学”的日本古典文学的“暧昧的诗学”，不是吗？

实际上，关于这种关联性，有的物理学家已经开始着手研究。这个人就是沃纳·卡尔·海森堡。1932 年，因对“量子力学的确立”做出贡献，海森堡获得诺贝尔物理学奖。海森堡说道：“第二次世界大战后日本对理论物理学的发展做出巨大贡献，这可看作是东洋哲学思想的传统与量子力学的哲学要素之间有某种关联性的证明。”我认为海森堡的话语对于日本古典文学的再解释和再评价也具有巨大的刺激作用。

总之，我想说的是，同时表达两种正相反意思的“なほ疎まれぬ”这样的和歌表达，虽然它违背了我们的想法，但是在物理学上它丝毫不可笑。而且，物理学（physics）构成了形而上学（metaphysics）的思想基础，所以我们的想法肯定迟早也会变的吧。当这种变化来临的时候，和歌以及以它为基础的日本古典文学肯定会成为我们身边的事物。

和歌的顶点是俳句

沼野：茨维塔娜教授对于各种各样的复杂问题有明确且深刻的认识，所以仅仅听一听，就感觉醍醐灌顶，非常惊险。和歌的话题说起来没有尽头了，下面我们说一些和歌以外的话题吧。

日语的短诗形态持续了很多年，其持续性在世界范围内来看都很少见。刚才您说到短歌与和歌是不同的，至少只关注五七五七七这种形式的话，这种诗形在《万叶集》之前的时代便有，大概在一千三四百年前也遵守了同样的形态，这可以说是日本文学的显著特征。只不过，和歌之后诗形变得更短，按照发句、俳谐、俳句的顺序展开。关于这一点如何看待呢？从古典和歌来看的话，俳句有一点堕落，是吗？

茨维塔娜：不不不，首先，人们一直在吟诵短歌，这很棒。我认为也是理所当然的。因为七五调跟日语很贴合。这并不是说日本人过分拘泥于传统，欧洲文化也一样。比如，欧洲也有自古传下来的四行诗或者十四行诗嘛。

但是，说起俳句，我认为它不仅不是堕落，反而是日本诗歌的极致。它的形式只有三个句子，是诗歌最小限度的形式了。如果是两行就不是诗歌了。所以俳句作为世界上最短的诗歌得到普及。但是，世界各地吟诵的俳句跟日语的俳句差别太大，可以说毫无关系。

沼野：全世界的俳句都是以三行诗的形式写成的。保加利亚也写俳句吗？

茨维塔娜：是的。好像最近很流行。保加利亚人对于俳句也很关心。现在任何国家都在作俳句。那是出自各自文化的俳句，跟日本的俳句是不一样的啊。

回到沼野教授刚才的提问。即发句、俳谐、俳句这三个词怎么区别，是这个问题吧。简单总结现代的区分的话，“发句”是从连歌中独立出来的，是五七五韵律（是和歌的上半句），俳句是近代诞生的词语，是芭蕉到现代的所有五七五诗歌的种类名称。近世时代广泛使用的“俳谐”意味着滑稽、戏谑和模仿色彩的诗句。

总之，它们不同于和歌与短歌的区别，芭蕉的俳句和现代俳句都同样叫俳句。当然内容上区别很大。所谓“蕉风”，即芭蕉俳句风格的精华是“不易流行”。我想这和“禅宗思想”相关联，意思是永远和瞬间，作为谋求永远的瞬间。最有名的是这首俳句“古池や 蛙飛びこむ 水の音（幽幽古池旁，青蛙跃入水中

央，扑通一声响）”。我最喜欢的俳句是“閑かさや 岩にしみいる 蝉の声（我来立山寺，禅门寂静悄无声，夏蝉入石鸣）”，这首俳句让我们听到了蝉的叫声。

沼野：吱吱的叫声能一直听到吧，是油蝉的声音吧。

茨维塔娜：是啊，也可能是昼鸣蝉。通过让我们听到它的声音，甚至让我们看到它的身影。起到了“用眼睛看、用耳朵听”的作用。另一方面，蝉的叫声是测量寂静程度的一把尺子。如果没有蝉鸣声，我想也不会注意到周围的寂静吧。

顺便说一下，关于和歌与俳句的关联性我想补充一句。没有和歌也就没有俳句。这不仅仅是形式上的问题。有一首俳句在海外和刚才所引用的两首俳句一样有名，即“枯れ枝に 鳥の止まりけり 秋の暮れ（光秃枯枝上，寂寞乌鸦立枝头，日暮一片秋）”，这首俳句在日本国内也同样有名吧。将这首俳句比喻成水墨画，可解释为“超越时间的瞬间”，这首俳句传递着一种孤独感。“秋天的黄昏”既是秋天的终结，又是天色已晚的秋天的黄昏。而且，受病魔折磨的芭蕉创作的最后一首俳句“この道や 行くひとなしに 秋の暮（漫漫人生路，路上已无同行人，秋天的黄昏）”中，“秋天的黄昏”也是人生的黄昏。眼前浮现出“超越时间”的芭蕉本人的形象。

芭蕉的“秋天的黄昏”中寂静与孤独的冲击来自很多和歌里吟诵的“秋天的黄昏”吧。尤其有名的是《古今和歌集》中的“三夕之歌”。

寂しさは その色としも なかりけり 真木立つ山の 秋の暮れ（寂莲）

（不知何处来，寂寞满山梁，黄昏悄然降，秋山柏苍苍）

心なき 身にもあはれは 知られけり しぎ立つ沢の 秋の暮れ（西行）

（世情早抛却，豁然犹自伤，秋夕鹬鸟去，冷冷望池塘）

見渡せば 花も紅葉も なかりけり 浦の苫屋の 秋の暮れ（藤原定家）

（无花无红叶，放眼四处望，海岸唯鱼舍，寂寞来秋光）

我个人很喜欢西行的和歌，但藤原定家的和歌更有名些。特别在里千家①的世界里，作为“闲寂茶”精神的代表受到盛赞。总之，这三首和歌均表达了充满孤寂的“哀愁”，芭蕉的“秋天的黄昏”凝聚了这种孤寂的哀愁。在这个意义上，可以说俳句是和歌表现力的极致。

俳句乍一看很简单，实际上其中包含着极其深奥的东西。人们经常把它比作冰山。我们只看到冰山上面的最高处，但它下面有一直持续下来的传统基础。现代俳句没有这样的基础。这也就

① 茶道流派之一，与之相对的是表千家、武才小路千家。

算了。可能是为了将俳句与川柳①相区别的目的吧，现代俳句非常拘泥于季语。这和世界上的俳句也大不一样。

沼野：没有季语便成了自由律，就不明白究竟在写什么诗了。

茨维塔娜：是啊，将内心与自然相重叠，这在日本的确有很深厚的传统。但即便如此，我觉得是不是可以将俳句稍微解放一下呢。

沼野：全世界写的那种名叫俳句的三行诗，您说它们和日本的俳句不一样。关于翻译的可能性，您怎么认为呢？将日本的短歌与俳句翻译成外语，这是一项什么样的工作呢？茨维塔娜教授有没有将俳句译成保加利亚语？

茨维塔娜：有啊。

沼野：能翻译吗？

茨维塔娜：在《不问自语》里翻译了很多。

沼野：不难吗？

---

① 不受季语限制的现代俳句。

茨维塔娜：很难的。双关语译起来还是很难。方法只有一个，就是用对象国语言的诗歌技法将语言游戏的技法进行传达。也有成功的案例，但我觉得有局限性。此外，只有日语里有同时表示“Yes”或“No”的方法，太难了，我都觉得无法翻译了。

我认为原本就有形式的问题。海外也创作俳句，作为三行诗固定下来，所以翻译时也译成三行。问题是要不要遵守“五七五”的韵律。另一方面，和歌与短歌的翻译在形式上乱七八糟的。我认为应该用五行诗表达。因为我认为俳句和短歌的句子数量都是奇数，这个事情意义重大。它的意义在于在最后一句或一行文字长度的位置表现沉默的瞬间，我们也可以称此为“终止”。

不管怎么说，翻译和歌时没有统一的标准是现状。看一下英语翻译，比如皮特·麦克米兰翻译的《小仓百人一首》，其翻译形式也是多种多样。与其正好相反的例子，可举出罗耶尔·泰勒翻译的《源氏物语》里面的和歌。所有和歌的译文全是五句，而且居然是“五七五七七”的韵律。两种翻译在根本上有不同，但两种翻译都获得了很高的评价。我认为仅仅这个事实就可以显示和歌的翻译是多么的难。

但是，话题回到我的翻译经验，《枕草子》的植物，像第五十五段“草……”和第三十五段“树木的花……”等章节的翻译也非常难，至少与和歌翻译同样难。

沼野：即所谓的“费尽心思”吗？那是为什么呢？

茨维塔娜：说起来，那里面几乎所有的植物都是欧洲所没有的。所以，首先必须要分析那个植物出现的意义。这些植物是开花时期重要呢？还是颜色特别美呢？或者说它吟咏到和歌中的意思受到人们重视呢？比如有一种草叫"野慈姑（日语汉字写'面高'）"，名字看起来很牛。因为这个名字很有意思，在翻译时应该活用它的名字，真是很费力，但也很有趣。编辑嘲笑我说："你不应该拿翻译奖，应该拿植物学奖项。"

沼野：不会翻译时仍然坚持翻译，这种挑战很有趣。

茨维塔娜：是啊，挑战精神非常棒，是比任何研究都好的学习。我认为基本上没有翻译不了的东西。有时候可能会花太多的时间。

沼野：我自己也有一个插曲。过去，我用国际交流基金的钱制作过俄语版的现代日语诗歌选集。我作为编者或者说协调人参与其中，实际进行翻译的是俄罗斯人，他们都是日本文学专家。日本的现代诗、短歌和俳句，从这三个种类中各选取 20 位作者，编辑成一册。这项工作很花费时间。如果是现在还活着的诗人，当然还有版权的问题，我联系了 60 多位诗人，得到了他们的翻译许可。于是，金钱上就不宽裕了，所以必须跟他们说即便翻译出来了，版权费也支付不了。大部分诗人高兴地说自己的诗歌能译成俄语被广大读者阅读，这很好。有一位俳句诗人说"那绝对不行"。我就不在这里说他的名字了。是一位日本具有代表性的俳句诗人。我问他："为什么不行？"结果他回答我说："俳句这种东西原本就不能翻译。"很遗憾，我无法颠覆他的想法，结果在花费大力气制作的文选中缺了一位代表日本的俳句诗人的作品。啊啊，俳句界有人是这样的立场呀。

茨维塔娜：是啊。我认为他并不是不知道翻译的价值，是有些"锁国"的味道。如果没有翻译，"世界文学"的概念也不成立了，文化上的对话也无法进行了，不是吗？的确将和歌与俳句翻译成外语太难了，难到几乎不可能。但是，比如，将莎士比亚作品译成日语也同样很难。正因为有作为"世界文学"的价值，通过不完整的翻译也能传递给读者。

回答提问

沼野：下面转移到回答提问的环节。

提问者 1（邵丹）：刚才您在谈话中说到日本和歌的基础实际上是中国的道教，这很有意思。还有一点，您说只有日语能同时表达"Yes"或者"No"，于是我在想，中国的老子和庄子的作品中原本就没带标点符号。所以根据句读放的位置不同，意义也会发生变化。汉语里全是汉字，不像日语的假名有词尾变化。根据区分之处的不同，意义也会变化。有时候也会出现"Yes"或"No"的颠倒。比如老子有名的作品里有句话"道可道，非常道”①。这是现代人在正中间加了逗号隔开了，所以才成了这种意思。如果原本没有句读的话，有可能“Yes”的意思里包含着“No”。我觉得汉语里面根据语法有时候既可以理解为“Yes”，也可以理解为“No”。

沼野：那是著者有意识的暧昧呢，还是因为没有句号和逗号导致没明白作者的意图呢？是哪种情况呢？作者本身就考虑了两者的意思吗？

提问者1：是啊。正如茨维塔娜教授所说的那样，老子思想和庄子思想有些地方跟现代的爱因斯坦的相对论有些相似。我认为其意图还是像《源氏物语》里的和歌一样，准备了两种意思。

茨维塔娜：我也这样认为。如果想避免暧昧性，就可以找到方法。比如，古代日语因为没有浊音符号，可以增加暧昧表达。但是像浊音符号这种简单的东西，如有必要肯定能够做出来。毕竟他们是创造了假名文字的人嘛。刚才的发言所指出的内容很有趣，我也向教古汉语的老师问过，我觉得肯定是这种情况，根据隔开地方的不同，意义会跟着变化。因为原本就是暧昧思想嘛，肯定在文章中也有表现。

提问者1：是啊。进入现代之后，汉语加入了句读，使意思明确

---

① 原文是“道可道非常道”。

了，原先的古文跟现在的文章相比，老子和庄子的文章很短。也就是说，原来的汉字，一个汉字所支撑的意思相当大，到了现代这方面变弱了。现代汉语中两个字的词语很多，也有从日语中输入进来的单词，像老师您所指出的那样，我认为现代汉语通过加入句读，和现代日语一样，一个字所具有的暧昧之力变弱了。

茨维塔娜：我想有些地方也是没办法。过去中国的人口和日本的人口都少，有很多空闲时间可以慢慢地看文本并进行各种思考。可是我们呢，既没有时间思考，信息也过多。中国人口世界第一，如果不能做到明确地传达信息，对于国家的建设与文化的发展都是难以想象的。所以，现在是没有办法。我认为问题在于我们现代的立场有点偏颇，看丢了古代的有趣之处。

你告诉我的内容使我很感动。谢谢你！如果可以的话，希望你在自己的研究之中将它们充分活用。我并非充分掌握了古代中国文化的研究，我认为说这么有趣话题的人不多。

沼野：顺便说一下，邵丹是来自中国的留学生，原本做的是村上春树和斯科特·菲茨杰拉德的比较研究。刚才的话题好像是她的研究主题。实际上邵丹现在在做翻译论，这些讨论也能够得到活用。

提问者 2：我说的是暧昧性的问题。“ぬ”产生了暧昧性。您说这个很重要。不过，大和语言正好是应用了中国汉字的偏旁部首而形成的。如果按照每个汉字来区分原有语言的意思，会怎样呢？

茨维塔娜：首先，和歌完全是和语文字，是假名文字，不是汉字的文学。

提问者 2：您是说它没用汉字？

茨维塔娜：是的，没用汉字。和歌完全是假名文字。我在这里没有给你举具体例子，但在万叶假名中，还残留着汉字的意思，即使是同音异义词，能够区别的例子也不少。刚才提到名字的石川九杨老师的《用万叶假名读〈万叶集〉》（岩波书店，2011年），我想这本书会很有参考价值。总之，要说假名文字向哪里发展，向平假名的发展过程就是向产生暧昧性方向的发展过程。仅仅看了这个，就会判断出对于古代人来说暧昧性多么重要。顺便说一下，据说汉字传入日本文学的时间大概和《今昔物语集》的时间差不多。产生了和汉混合文，表现出跟和歌以及以和歌为基础的文学所不同的表达可能性。还要顺便说一下，我把我觉得有趣的见解介绍给大家。这是文化人类学者川田顺造老师的见解。他作为克洛德·列维-斯特劳斯的弟子非常有名，他也是音声学研究者，关于日本引入汉字的是与非进行过有趣的论证。也就是说，如果日语中没有汉字进来，日语按照音声来发展下去，会变成完全不同的语言。也就是说从音声学角度探究文字层面上无法区别的东西。

提问者 2：再提一个问题可以吗？“日本文学”与“国文学”这些词语在分别使用。茨维塔娜教授又提及“过去的日本文学”，这两个词语是区分使用的吗？

茨维塔娜：对于我来说，日本的文学归根结底是“日本文学”。原本“国文学”被认为是继承了江户时代“国学”的传统。它有积极的一面，即历史悠久，也有思想保守这个消极的方面。与此相对，“日本文学”包含着“世界文学的一部分”这样的意思。最近有种倾向，即将“国文学科”改为“日本文学科”。不仅是名称，内容也要改，不然没有意义。我自己认为两者都可以有。将文献学归为“国文学科”，仅仅将采取理论研究和比较文学研究的方法归为“日本文学”。但是，在学校称之为“国语”“国文”就可以了，这是为了使日语和日本文学与日本人的身份认同产生联系。而且我认为在高中仅仅介绍一下“日本文学”的大致情况就可以了。

也许你已经知道，有一个很大的研究所“国文学研究资料馆”，几年前曾经打算将其改为“日本文学研究资料馆”，但我是反对者之一，因为我认为古代传统文学的研究和文献学的研究也十分必要。重要的是国文学研究与日本文学研究相互承认对方。

沼野：大学研究室的名字还根深蒂固地保留着“国文学”字样。东京大学文学部是日本国文学研究的中心权威机构，这里的招牌上至今还写着“国文学”几个字。然而，看一下正式的便览就会知道，研究生院的专业领域称之为“日本语学专业日本文学学科”。也就是说，两种叫法平行使用。这究竟是怎么回事？门外汉是不了解这个的。

在语言学领域，“国语学”和“日本语学”好像也有对立的一面。“日本语学”是不是更侧重现代一般语言学的手法呢？“日本语学”不特别重视日本的传统。

茨维塔娜：是啊。要说日本传统的国文学属于什么，实际上是文献学。现在随着数字化的进展，正在变得动一下手指就可以查阅所有文献了。但是，我认为文献学的研究很有意义。那是对各个时代的古典接受情况进行调查啊。

沼野：茨维塔娜教授，和歌研究中使用数字化的文献吗？

茨维塔娜：是的。如果没有《国歌大观》① 的 CD 光盘，我想也就没有我的和歌研究了。只不过日本古典文学的数字化很落后，包括《国歌大观》在内，已经完成的少数 CD 光盘很难检索到。同一个词，经常会在不同的和歌中读不同的音。如果不知道词语的所有读音，无法得到确实的数据。哎呀，如果是词语倒还好，如果只是一个字，就会让人很绝望。比如，查阅“香”这个字时，现实的结果是《古今和歌集》里面数据是“零”。稍等。《古今和歌集》中不是有一首和歌吗？“五月待つ 花橘の 香を嗅

① 日本收录了其所有和歌作品的一个数据库。

げば 昔の人の 袖の香ぞする（等待五月来，橘花香喷喷，深情嗅又闻，恋人袖香传）。”我十分焦躁地进行确认，哎呀，上面没写“香”这个字，而是写的平假名“か（ka）”。我不是电脑专家，但研究日语文本时，需要有针对日语的特定研究方法才可以，这是显而易见的。

提问者 3：解读和歌是很有意思的。我觉得您说的意思是大家都在参与和歌的创作，和歌的门槛低了。我认为在当时的平安时代，吟咏和歌者很多是有政治地位的人。和歌由谁吟咏和歌扩展到怎样的程度范围了呢？

茨维塔娜：首先平安时代的日本社会人口很少。从各种各样的文献中可以明白，住在平安京的人，不管地位如何，谁都可以吟咏和歌。因为和歌是一般的知识教养，在地方上有教养的人也吟咏和歌。《古今和歌集》中收录了“东歌”① 等不属于贵族社会的人吟诵的和歌，而且在《土佐日记》等日记文学作品中，记录着旅行中与遇见的所有社会阶层的人进行的和歌交流。我觉得原本吟咏和歌是很简单的事情。当然，不论是现在还是过去，优秀的和歌作品都需要才能。总之，记住五七五七七的韵律，再记住一些双关语等有名的先例，任何人都会创作和歌的。和歌能成为教养人的一般交流手段，一方面是因为这个原因。可以说在某种意义上，它像现在的 E-mail 一样在发挥作用，也许我这么说不

① 驻守于今日本关东地区一带的武士、旅人所创作的和歌。

太正确。

如果说起和歌是在怎么的场合创作的，除了私人的场合外，还有一个为了提高知识水平和创意能力的特别的场合，即宫中妃子或女官们举办的沙龙。而且，其中最有名的是“和歌赛会”。分为左右两个组，定好题目后创作和歌。评判员拿出根据来决定胜负。平分秋色的情况并不少，由此看来，可以说不是为了获胜，而是在于享受创作，提高和歌的创意。有趣的是，参加者本身也可以进行反驳，有时候甚至要听取观众的意见。也就是说，对于评判员的判断有发牢骚的自由。这可谓日本早期的民主主义的表现了。当然这是玩笑话，但任何玩笑都根植于真实。不管哪一种情况，认为创作和歌的只是地位高的贵族，这种陈词滥调是对真实的极度扭曲。和歌的吟咏范围很广，成了一般教养。

推荐的书

沼野：那么，最后请嘉宾茨维塔娜教授来推荐几本书。

茨维塔娜：首先推荐的是《古今和歌集》。在《古今和歌集》中特别希望大家读的是梅花系列的第 32 首到第 48 首，连续阅读的话，可作为恋爱故事来读。此外，也可以成为讨论梅花颜色或香味的有趣的话题。总之，我认为可以从中获得阅读和歌的快乐。我在 ICU（国际基督教大学）讲解一般基础课“文学的世界”，课里我采纳了这个系列的和歌，让学生们写自己的故事。学生们不仅来自人文科学专业，社会科学和自然科学专业的学生也很多。大家一起欣赏和歌，给我提供了很多有趣的解释。

接下来是《枕草子》，请一定要读。因为大家会从中受到很大的刺激。这是一部激发你想象力的作品，文章很短，也没必要按顺序阅读。比如，在电车上随意打开书，翻一两页读一下，如果结合着自己的经验和思考来阅读则更加有趣。我认为甚至会有各种发现。总之，保加利亚语读者之中参加创作活动的人很多，大家都说从中受到很大的刺激。

还有一部是江户时期的书籍。我想推荐上田秋成的《雨月物语》。这是短篇作品，我觉得读起来容易些。其中的故事有些恐怖，但很好懂。顺便问一下，大家听说过沟口健二这个名字吗？他是日本的优秀电影导演。还有黑泽明导演的电影《竹林中》《罗生门》等，很有名。比如《河童》那样的模仿作品也是很棒的。

理论书和哲学书的话，我已经推荐了翁贝托・艾柯的《开放的作品》，顺便说一下，如果还没有读过他的小说《蔷薇的名字》，我推荐大家阅读一下。拍成的同名电影也很棒。

但是，对我影响最大的人是雅克・德里达。我在和你们年纪差不多的时候读了德里达的《论文字学》（上・下，足立和浩译，现代思潮社，1972 年），我的思维方式改变了。这本书很难，为了从陈词滥调中解放出来，应该阅读德里达的书。顺便说一下，我认为这本书的日语翻译比较难懂，如果对自己的英语有自信的话，我推荐加得利・斯皮瓦克的英译本。此外，在研究中经常使用的德里达的书是《播撒》（日译，《播种》，藤本一勇等译，法政大学出版局，2013 年）。终于也出版了日译本，很高兴。芭芭拉・约翰逊的英译本做得非常好。还要说一下，芭芭拉自己写的《诗歌语言的解构》（土田知则译，水声社，1997 年），也很有意思。

有人觉得德里达的书太难了，但请你们至少要读一下克洛德·列维-斯特劳斯的《神话与意义》（大桥保夫译，美铃书房，1996 年），这个是公开讲座的记录，很容易读的。其中我尤其想推荐的是“‘未开化’思考与‘文明’心性”这一章。比如“人们不可能同时将人类所拥有的多种知识能力全部开发，只能使用其中一小部分，究竟要使用哪一部分的知识，这会因文化不同而不同，仅此而已”。这些话很有参考价值。在地理上相距很远的文化，或者像古典文学那样时间上距现在很远的文化，作为对它们的研究，知识形态会因文化和时代的不同而不同。

沼野：最后我推荐茨维塔娜的《费尽心思的日语》这本书，是新书，可以比较简单地阅读，但内容比较深奥。

茨维塔娜：谢谢！做到什么程度了我也不知道，但至少我尽可能把它做成了易读的书。大家能读的话我很高兴。那样一来，今天所说的内容会更容易理解。

第五章
世界文学和它愉快的伙伴们

座谈会参与人：
柳原孝敦、阿部贤一、
龟田真澄、奈仓有里
主持人：沼野充义

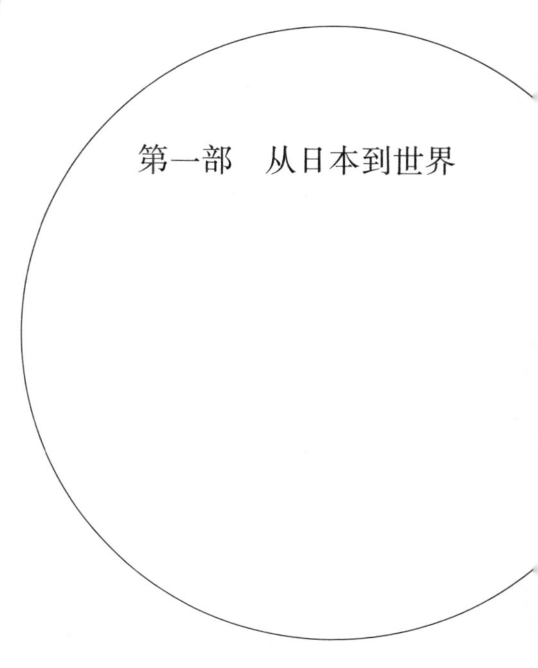

柳原孝敦（やなぎはら たかあつ）：1963 年生，研究西班牙语文学、思想文化论。东京大学文学部（现代文艺理论）教授。著作有《将剧场面向世界——外语剧的历史与挑战》（共著）、《拉丁美洲主义的修辞学》等。译著有艾拉的《我的故事》《文学会议》，格瓦拉的《切 · 格瓦拉革命日记》，门多萨的《外星人在巴塞罗》，巴斯克斯的《坠物之声》，波拉尼奥的《第三帝国》等。

阿部贤一（あべ けんいち）：1972 年生，研究捷克中欧文学、比较文学。东京大学文学部（现代文艺理论）副教授。著作有《乙基 · 克拉什的诗学》；译著有赫拉巴尔的《我曾侍候过英国国王》，奥吉尼克的《艾尔罗佩阿那》（共译，获第一届日本翻译大奖），福库斯《火葬人》，艾瓦兹的《又一条街》，库拉德福比尔《约定》等。

亀田真澄（かめだ ますみ）：1981 年生，研究俄罗斯和东欧文化、政治宣传中的视觉表象。萨格勒布大学留学后，当过日本学术振兴会特别研究员，东京大学文学部（现代文艺理论）助教。著作有《国家建设的肖像学——苏联与南斯拉夫的五年计划视觉表象》，共著有《图标视图 南斯拉夫 · 怀旧》1–3。

奈仓有里（なぐら ゆり）：1982 年生，研究现代俄罗斯诗歌、现代俄罗斯文学。东京大学研究生院人文社会类研究科博士课程在读。当过日本学术振兴会特别研究员，现在担任三得利文化财团特别研究员。译书有希施金的《书信》，阿库宁的《土耳其式开局》，乌利茨卡娅的《欢乐的葬礼》，共著有《口袋书学习 10 陀思妥耶夫斯基》等。

“拉丁美洲文学”这一有广度的文学类型

沼野：我是主持人沼野。今天在大学举行一个研讨会，但不是学术性的研究报告会。在日本以外的世界，有很多值得阅读的有魅力的文学作品，所以也有很多日本人想学习外语来阅读这些文学作品。另一方面，受日本文学的魅力所吸引，在日本也集结了很多来自外国的年轻的优秀研究者。也就是说，从日本走向世界，从世界走到日本，希望我们的活动能做到让我们的眼神在这两个完全相反的方向上交叉。在第一册里，以现代文艺理论研究室的工作人员为主，有研究外国文学或外国文化的四位日本研究者登场，请大家各自先介绍你是怎样邂逅到自己的专业领域的？你的专业领域文学的魅力是什么？然后请你们各推荐一本书。

首先有请柳原孝敦教授发言。

柳原：我的专业是西班牙语圈的拉丁美洲文学。一个很偶然的机会我开始学习西班牙语。我的老师里面有一位叫牛岛信明的，他已经亡故。我觉得他因为翻译现在岩波文库的《堂吉诃德》，是接触西班牙语机会最多的。这位老师在第一节课的总结时引用了神圣罗马帝国查理五世（同时是西班牙国王查理一世）说的话：“德语是在和马说话，法语是在和情人说话，西班牙语是在和神说话。”他说着“西班牙语是世界上最美的语言，我们今后一起学习世界上最美的语言吧”，说完精神抖擞地离开了。我大吃一惊，因为我没觉得语言有什么美与不美的，而且我也没有印象听有人说过西班牙语是那么美的语言。根本没有想到大学有老师这样说话的。我心里想这老师真会装腔作势，是典型的“文学青年”的印象。说他装腔作势是因为跟他见面相处会有很多麻烦事，但从旁边观望的话又非常有趣。当时我就这样在意起牛岛老师了。

这位牛岛老师在那一年年末翻译了一本书。当时他正能干呢，几乎每年都有翻译的书出版。我进大学的那一年牛岛老师出的译著碰巧是一位古巴小说家的遗作，是阿莱霍·卡彭铁尔的《竖琴与阴影》。我在大学的书店看到了。因为这是在那个课上说那种话的老师翻译的书，所以我心想这是一部多么装腔作势的小说呀！就拿到手里看，果然是很装腔作势的小说。

这是一部讲述哥伦布是否应该被册封为福者的小说。正如大家知道的那样，哥伦布被认为是第一个到达美洲大陆的人物。在基督教世界，是被称作“圣人”“圣者”的存在。对基督教有贡献的人，将他们与圣人有关系的日子记载在日历上，这一天出生的人会把那位圣人作为守护圣人一样来尊崇，名字里被授予那位圣人的名字。圣人的前一阶段叫作“福者”。要成为“福者”，或者从“福者”成为“圣人”，都必须在梵蒂冈进行商议。会开一个判定会议，判定哪些人可以当“福者”，哪些人可以当“圣人”。于是，听说 19 世纪智利的司教想把哥伦布推为“圣者”，就先把他册封为“福者”，引发了这场讨论。《竖琴与阴影》便是涉及这场讨论的小说。这是根据实际故事撰写的，小说的判定中有一位叫巴尔托洛美·德·拉斯·卡萨斯的人，他说人死不能复生，哥伦布死后他成为攻击哥伦布的人。然后有人反击拉斯·卡萨斯，这位反击者叫凡·西内斯·德·塞布尔维塔，甚至于把哥伦布读过诗歌的古典时期的诗人塞内加都搬出来了。一般认为会讨论作为裁判证据的文件，但这部小说描写的是裁判自己为其证言。这样说明会容易明白吧。但实际阅读起来很难读懂。小说由哥伦布、拉斯·卡萨斯以及塞内加等人的诸多引用构成，而且卡彭铁尔自己的描写部分也很凝练，牛岛老师将其译成流利的日语，文章有些炫目，内容一点儿也没有记住。

让人为难的是，我不仅不认为这种难以理解的文章麻烦，反而有些被其吸引了。文章虽然难了些，说真的没搞明白书里写的什么，但我对于写这种晦涩难懂小说的卡彭铁尔产生了兴趣。

不明白是正常的，读一下其中引用的哥伦布和拉斯·卡萨斯这些人就可以了。不仅仅是小说，在一部书里，既有读得懂的，也有很多读不懂的。必定会有其他书籍能够成为读懂它的契机。如果是讲述哥伦布的话，读哥伦布传记，读拉斯·卡萨斯传记就可以了。日本的翻译书后面都有“译后记”这样的解说，所以我认为读一下其他能引起启发的读物就可以了。于是我读了哥伦布传记和拉斯·卡萨斯传记，还按照牛岛老师的“译后记”读了卡彭铁尔的其他著作。不仅限于卡彭铁尔，当时 20 世纪 80 年代初期日本掀起了拉美文学的翻译热潮，许多大作都被译成日文，我按照牛岛老师的解说，慢慢了解了加西亚·马尔克斯等作家的作品，开阔了眼界，一直坚持到现在。

主持人让我讲一下拉丁美洲文学的魅力与特征。说真的，即便一个小国的文学也很广泛且具有多样性。我认为无法用一句话来表达拉丁美洲文学的魅力。或者可以说拉美文学包罗万象。实际上我去了墨西哥一周时间，昨天刚回到日本。在墨西哥城市的书店里，文学书架约占三成。有墨西哥文学、世界文学，在墨西哥文学和世界文学之间还有中北美文学乃至伊斯帕尼卡，也就是西班牙语圈的文学，或者有拉丁美洲文学的专架，它将世界文学与墨西哥文学连接起来。所以呢，即便你不看墨西哥文学，哥伦比亚的加西亚・马尔克斯，或者阿根廷的豪尔赫・路易斯・博尔赫斯以及胡里奥・科塔萨尔这些人的书就放在旁边的书架上。

我想在日本也是日本文学和外国文学的二分法居多。在这种二分法的中间部分夹进来的是拉美文学，这很有意思。拉美文学跟“世界文学”这个过于宽泛的概念相比，它有些贴近我们自己，但它也不是墨西哥文学。两者之间存在着这种使人感觉到它宽度的范畴，我觉得很有趣。

我们对于拉美文学或者拉丁美洲所拥有的印象各种各样吧。当然也存在涉及非欧洲系的原住民生活的小说，或者是涉及荒谬的金钱世界的小说，这种小说从日本的风土根本无法想象。当然也有下面这样的小说，它在世界任何地方都能互相理解，不设前提，读起来也很有趣。即便没写我们想象的拉美文学的现实，也会有很有趣的作品。所以呢，总之是多种多样。并不是说仅一个“拉美文学”就能够概括的。

如果一个人在某种程度上对外国文学感兴趣，那么说起拉美文学，也许有人知道一个说法：所谓的魔幻现实主义就产生于此。但是，这个用语已属于世界性的，没必要与拉美文学关联起来思考。现在，特别是从二十年前开始，在拉丁美洲，人们的着眼点反倒是放在了如何与魔幻现实主义对峙或斗争方面，或者如何描写魔幻现实主义无法表达的国际社会中的拉丁美洲等方面了。我认为在世界上任何地方国际社会的存在方式几乎是相似的，所以我想说，通过与国际社会保持面对面的态度，拉美文学也和其他地域的文学一样，是具有世界性的。希望大家把拉美文学作为世界文学的一部分来欣赏。

我想推荐的书是哥伦比亚的加夫列夫·巴斯肯斯的作品《坠物之声》(柳原孝敦译，松籁社，2016 年)。这部作品的确描写了现代的国际化世界，我认为它是拉美文学的代表作品。哥伦比亚曾经通过向美国贩卖毒品而出现了毒枭，这些毒枭为了杀死对抗他们的人而雇用了杀手，因为这种毒品战每天要死几十人几百人，非常悲惨。这种毒品战实际上始于最大的毒品消费国美国为进行海外合作而设置的某个志愿团体，这部作品揭露了这样的事实。但是，这绝不是荒唐的揭露，而是作为个人恋爱与国际婚姻的物语来描写的，是很有趣的作品。

分发给大家的打印材料是《坠物之声》的一节。登场人物有位美国女性，小说里描写了这位女性在加西亚·马尔克斯的《百年孤独》出版两年后是如何阅读这部小说的。她还不习惯阅读西班牙语文章，在给祖父的信中发牢骚说“这么无聊的东西，我不会再读下去了”。由于作品的趣味性而成为空前的畅销书，给世界众多作家以影响的《百年孤独》被美国女性如此评价，在你熟悉了拉美文学之后再一次阅读它，我想会更好地明白它的趣味了。所以，我建议大家读了这部作品以后再读《百年孤独》，接着再重新读这一节的内容。

沼野：谢谢！时间很短，但内容紧凑，关于拉美文学多样而富有魅力的文学世界，柳原教授为我们进行了讲解。

捷克文学——在一个价值观并非绝对的世界里生活下去的“手段”

沼野：那么，我们话题转到其他地区。下面讲的是东欧和中欧地区的话题。东欧和中欧在英国、德国、法国等主要的欧洲中心国家看来属于边缘地区，在这个意义上东欧和中欧跟拉丁美洲有些相似。

阿部：关于我与捷克文学的相遇以及捷克文学的魅力，今天我想努力呼吁一下。这些年我经常被人问起“为什么学捷克语?”，差不多一年三十来次，这个问题必定会被人问到。留学的时候差不多每周三次。于是根据对象或实际状况我的回答会有多种模式。今天我以最正统的模式来说明。

我的高中时代是 80 年代末，所谓东欧革命的时代。当时我的第二外语正好是德语，上课时老师说德语有两大分支——高地德语与低地德语，突然柏林墙轰然倒塌，亲眼看到这种事态，我心里想，历史不是学的，是亲身经历的。

当时，遇到了几本书，其中之一是千野荣一老师写的《外语提高法》（1986 年），是岩波新书出版社出的书。这本书现在还是畅销书，内容涉及如何提高外语。遇到这本书，知道了还有捷克语这个不可思议的语言。而且同时期我读了很多弗兰茨·卡夫卡的作品，不知为什么我对于布拉格这个地方非常关心。

而且，在考虑大学的升学考试时，意外得到一个通知，从1991年起东京外国语大学将在日本首先开设捷克语和波兰语课程。什么德语啦法语啦，大学里不仅有专业，而且电视和收音机里还有讲座，但捷克语没有这样的环境。好不容易在大学学习，那还是学一个其他地方学不到的吧，我以这样的想法选了捷克语。所以，千野荣一老师的名字、卡夫卡以及有着莫名其妙历史背景的布拉格，这三个要素偶然地重叠在一起，这是我选择捷克语的开始。

刚开始的时候，千野老师是语言学家，他也是落语①表演者一样的讲书人，可能是语言学有乐趣吧，所以我成了语言学的俘虏，开始研究捷克语的语序或句法论。不过，我也真想学一下捷克文学，大学时代去过新宿的纪伊国屋书店。那是90年代初，卡尔·恰彼克②或昆德拉等作家的书开始大量出版，那时候人们对捷克文学多少知道些了。可是去了外国文学专柜一看，什么也没有。当然，柜架上写着美国文学、法国文学、德国文学、俄罗斯文学。其他文学的柜架如大家所知，上面写着“其他”。最近区分得细了，那时候还是“其他”类别，而且柜架上仅有几本书。不过，那时候卡尔·恰彼克颇有人气，他的《达申科》是关于狗的故事，我想书店里应该有几本吧，就问店员：“恰彼

① 落语，日本的一种传统曲艺，类似于中国的单口相声。

② 卡尔·恰彼克（1890—1938），捷克小说家、剧作家，代表作有《明亮的深潭》《罗素姆万能机器人》等。

克的书或者捷克语的书在哪里?”店员一边说着“啊,在那里”,一边把我领到里侧的书架。我问店员这里是什么书,店员说是“猫与狗的文学”专柜。所以,那个时代虽然对以恰彼克为中心的童话有所关心,但当时的状况是,捷克的现代文学很难进入日本。

那么,要说我真正跟捷克文学邂逅始于何时,那是我 1995 年到捷克的布拉格留学之后了。去了布拉格的书店,有很多很多捷克文学书,而且是在革命后,在捷克共产主义时代禁止发售的书也逐渐刊行了,出版业生气勃勃,所以我跟捷克文学的邂逅是理所当然的。有很多人革命以前曾经当过锅炉工,进入 90 年代后回到大学当教授了。当时的氛围是大家目光炯炯地讲述着各个作家和作品。于是我查着词典开始阅读起来,感觉眼前一下子展开了一个新的世界。

那时候我遇见的是乙基·克拉什这位艺术家的作品。他在初期曾是很前卫的诗人,后来患脑梗塞,无法继续拿笔写作了。这时候他就想啊,患脑梗塞的人写诗会怎样呢?或者不识字的人写诗会怎样呢?于是他开始了作为造型诗歌的“拼贴画”创作。他亲自动手做的视觉效果诗歌在诗歌的世界和美术的世界来回往返,一刹那将我迷住了。

此外还有个作家,叫博胡米尔·赫拉巴尔①。他跟克拉什同年出生,帮助克拉什第一次将自己的作品变成了铅字。捷克的啤

---

① 博胡米尔·赫拉巴尔(Bohumil Hrabal, 1914—1997),捷克作家,代表作有《底层的珍珠》《我曾侍候过英国国王》《过于喧嚣的孤独》等。

酒非常有名，据说平均每人的啤酒消费量世界第一，大家都很自信。捷克酒吧的特点在于它的席位基本上都是和陌生人同坐的。在日本即便是进入饭店，也会有个长柜台，基本上是每个桌子有一群人在谈话的模式。捷克有长凳子和桌子，即一群人坐下来也可以，一个人坐下来也可以。我明显是亚洲人，在不知不觉中会有人跟我打招呼说：“喂，你在干什么?”像这样开始交谈后，会不断出现朋友和各种各样的人名，其中必定会出现的名字是博胡米尔·赫拉巴尔。所谓文学史上的知名人物我是知道的，但在布拉格，大家真正像朋友一样谈论作家，这一点很有趣，比如“哎呀，赫拉巴尔老爷爷，真能喝酒呀”。因为城市小，所以感觉大家都是酒友。因为没见过村上春树，所以我们很难说出“村上春树，是个好家伙啊”这样的话。不过在布拉格有氛围可以这样说话，作家和一般人之间距离很近，构筑了很好的关系，我对此十分惊讶。

在赫拉巴尔的作品中，居酒屋和啤酒的话题占据了大量的篇幅。他出生于啤酒厂，是地地道道沾满啤酒过了一生。有这么一个逸闻，他还是婴儿时家里很穷，婴儿奶粉很贵，不过啤酒很多，于是让他喝了无酒精啤酒，感觉啤酒是他身边的人一样。赫拉巴尔作品的有趣之处在于，在这类不装腔作势的插曲之中到处充溢着闪闪发光的语言。他的文坛处女作是短篇集《底层的珍珠》。在这部作品中，作者的想法是，虽然漂亮但实际上像泥沼一样的水底，稍微寻找一下肯定能找到闪烁的小珍珠。不管多么醉醺醺的“奇怪大叔”，实际上也会有闪闪发光的瞬间，作品把焦点放在市井人物身上进行了描写。但是作品中介入了“历史”

这个大的物语。他的代表作是《我曾侍候过英国国王》（阿部贤一译，《池泽夏树 个人编辑世界文学全集 第三辑》，河出书房新社，2010 年），讲述的是梦想成为百万富翁的捷克的乡下年轻的故事。主人公西切尔只是想成为有钱人，成为酒店之王，却被纳粹势力以及共产主义这种自己无能为力的巨大洪流所吞没。但是赫拉巴尔把焦点对准西切尔这个人的无聊行为，也就是将焦点对准在“小故事”上了。

中欧、东欧经常存在着一种“历史”，这个“历史”可作为体验二十世纪缩影的一个背景场所。如果单线条地将其作为小说题材，小说会被阅读者批判为体制的书籍，会被人用有色眼镜看待。赫拉巴尔的妻子是德国人，当时经历了很多磨难。比如，人们往往有一种刻板印象，即德国人是坏人，赫拉巴尔把这种刻板印象加以引用，达到了远近法的妙用。我们往往会这样图示化地认为捷克是个小国家，它受奥地利统治，但我认为在赫拉巴尔的笔下很好地描写了不一样的情况。

所以，“沾满啤酒”的赫拉巴尔的故事就是这样。讲述同样历史主题的书还有《欧罗巴 20 世纪史概观》（帕特里克・奥杰德尼克著，白水社），这是 2014 年我和篠原琢一起翻译的。这本书也有些历史相对主义。我认为捷克或者说布拉格的文学精华之一，在于他们很擅长活在一种非绝对价值观的世界里，或者说他们的生活方式以各种形式得到集中呈现。暂且说这些吧。

沼野：阿部刚才说的内容提到了克拉什这位诗人，这位叫克拉什的人创作了“拼贴画”诗歌，这听起来像是玩笑，却是真事。

“拼贴画”诗歌也是阿部博士论文的题目，也出了著作（阿部贤一著，《乙基·克拉什诗学》，成文社，2006年）。阿部老师不仅搞研究，还以破竹之势翻译了现代捷克作家的各种作品。研究拉美文学的柳原老师最近也以迅猛的势头在搞翻译，将这两人的成果合在一起，简直可以建一个现代世界文学的迷你图书馆了。

大家聚在一起就这个世界的文学进行谈论时，总会遇到一个问题，出版文集和词典等出版物时也是这样，那就是按照国别和地域如何分配时间和空间的问题。西班牙语圈这么大，有很多国家在使用西班牙语。相比之下，捷克是个很小的国家。然而，大家或许会产生这样的疑问，对于西班牙语圈的文学和捷克文学分配的时间一样合适吗？可是，我们应该认为文学的价值与领土大小、人口多少以及国家的强弱没有关系吧。我们可以这样想啊，在世界文学的共和国，不毛之地的领土之争是没有的。不论国家大小，大家都有相同的权利。由于这种情况，在今天的研讨会上我给各位发言者同样的发言时间，本着这个原则，我们继续下面的内容。

克罗地亚·塞尔维亚——持续被大国愚弄的地域
“带有政治意图宣传”的物语

沼野：下面有请龟田真澄发言。龟田做过很多工作，首先她是巴尔干半岛诸国研究专家，也就是研究南斯拉夫联邦的塞尔维亚、克罗地亚方面的专家。而且她俄语也很好，所以她把俄罗斯与苏联也作为比较的对象。她身体娇小，但研究规模宏大。

龟田：谢谢！这次的研讨会的通知里，我名字后面写着“克罗地亚·塞尔维亚”，也许有人搞不清我是哪一方面的。我自己在这两个国家都留过学。原本这两个国家语言基本相似，大约二十五年前还属于同一个国家，即南斯拉夫社会主义联邦共和国。我研究苏联和南斯拉夫的“带有政治意图的宣传”。

“带有政治意图的宣传”就是意识形态的宣传。这不仅是日本，是第一次世界大战后的世界的印象。这个词语印象不好难以使用，可用“PR”（Public Relations），即公共关系这个词语表达。我说个题外话啊，开始使用“PR”这个词语的是在美国当过广告宣传员的爱德华德·伯内兹，被称为“PR”之父，第一次世界大战后他将宣传理论进行了发展。他舅舅是西格蒙德·弗洛伊德。精神分析之父的外甥成为“PR”之父，这是很有意思的亲戚关系。

我感兴趣的事情里有这样的事，即人们心里描绘的未来形象在历史上是如何形成的？当人们说未来是光明的，这时大家心里会浮现一种什么样的未来呢？它和权力、政治是怎样结合的呢？

只有在艰难的时刻，人们为了掩盖丑恶的一面才屡屡抱有未来是光明的这个印象。比如美国的 20 世纪 30 年代，我们看大萧条时期的报纸，感觉有很多新闻报道、带照片的随笔和广告都是给人以生活幸福且富裕的印象，这些东西多得有些不自然。1931 年，“美国式幻想”这个词语的出现也恰好是这个时期。人们都知道这个时期。今后会怎样我们不知道，但比现在更加黑暗的时代也许会到来的时候，人们会发表宣言说“不，不可能的，未来是光明的”，这是很明显的“带有政治意图的宣传”。只不过它实际上也会给人们带来希望。

在“带有政治意图的宣传”之中，最令人激动的还是创立国家之时的宣传，不是吗？创造新国家、新国民绝非小事，需要各种各样的故事。可以说“带有政治意图的宣传”也是故事的一个形态。说起国家建设的故事，文学传统当然也重要，但在20世纪以后，直接给人们视觉和听觉以影响的电影也是重要媒体。很多人知道纳粹德国的希特勒是电影迷。这个大独裁者是电影迷，这意味着什么呢，我很感兴趣。

有一部电影《电影主义》（2012年），现在正在放映。这是一部展现南斯拉夫时代电影产业的，由塞尔维亚的米拉·图拉莉奇导演的纪录片电影，但这里主要还是讲政府的专属放映员这个人。在电影里电影放映员本人回答了问题，在拍摄的第二年他去世了，我觉得他赶上了最后的机会，这很好。

他作为政府的专属放映员工作了32年，你们觉得这32年期间他给铁托看的电影数量有多少呢？喜欢电影的领导人在这32年看的电影数量为8801部，数量惊人，几乎每晚都看电影。所以康斯塔提诺维奇说寻找电影真是一项艰难的工作。有一个传说，说当时的领导人很喜欢外国电影，放映员没办法就把几年前放映过的外国电影又放了一遍，结果被识破了，放映员满街找，就是找不到，都快哭了。所以，这个电影很好地反映了南斯拉夫时代的氛围，我只把开头部分放映一下。

（电影放映，出现声音，传出英语歌曲）

龟田：现在出了英语字幕，字幕上写道：“这是关于已经不存在的国家的作品。是关于一个不存在的国家的故事。”

（放映了一会儿）

龟田：就放映到这里。

刚才的影像里出现的是南斯拉夫这个国家，这个地区多民族交错。有被多个国家统治的历史，而且宗教也很混杂。比如从某个交叉路口各种教堂和寺院都可以看到，什么东正教教堂、天主教教堂、犹太教教堂和伊斯兰清真寺等，在这个地方这种事情毫不稀奇。因为这种地域性，人们讲述了各种各样的故事，而这些故事被政治所利用或者被忘却，或者又复活，这样一直反复着直到今天。

社会主义的南斯拉夫是第二次世界大战之后出现的。因为它采取一种独立自主的姿态，所以人们杜撰了关于它的很多故事。比如，南斯拉夫的任何一个国家都有著名的童话，布兰科·乔皮奇的作品《刺猬之家》是一个住在小洞穴里的刺猬的故事。自己之外的森林动物们都喜欢奢侈，它们没有家，每天快乐地生活。而童话的主人公刺猬说小小的洞穴是自己的家，它很珍视自己的家。森林里的动物瞧不起刺猬，那些喜欢奢侈的动物们遭遇到事故，被人类捕捉了，全部死亡了。不过，只有刺猬因为小小的洞穴得以存活，是一个很残酷的童话故事。故事得出的教训是，再穷也要有自己的家，这样可以保住自己的自由和安全。

这次我推荐的一本书是当时南斯拉夫孕育的作家米洛拉德·

帕维奇①的小说《哈扎尔辞典》（工藤幸雄译，东京创元社，1993年，后由创元文库出版），这部小说以事典的形式讲述了传说于中世纪灭亡的哈扎尔王国的故事。也就是说这也是关于国家的物语。哈扎尔王国在历史的流变中必须要改变信仰，结果灭亡了。关于这一点，基督教、伊斯兰教、犹太教这三个宗教分别从各自的立场进行了解释，小说以事典形式构成，网罗了这些解释。说起来，这部小说是以哈扎尔王为素材，模仿了宗教组织之间“带有政治意图的宣传”。分别有女性版和男性版，两者有细微的不同。顺便说一下，2015年出版的文库本是沼野老师写的解说内容，解说内容也分男性版和女性版，请大家试着从中“寻找错误”。这部作品讲述的全都是脱离现实的不可思议的插曲，但是通过这些内容不仅反映出宗教、民族的问题，还像其中的政治一样，各种问题浮现出来，简直像世界的缩影一样。

南斯拉夫地区的文艺作品中，事典形式的作品特别多，这种倾向到2000年以后特别明显。德扬·诺瓦奇奇2002年有部作品叫《为了落榜生的南斯拉夫联邦》，这是一部关于南斯拉夫用语集的随笔。从虚实巧妙结合的黑色幽默中，稍微显露出对已经消逝的祖国的热爱，这种形式的口语体博得了人气。

此外，还有杜布拉夫卡·尤格勒西奇和其他人编写的《南斯拉夫神话学事典》。这本书很厚，作家们和新闻记者们按照项目类别写了关于南斯拉夫时代的事物和文化的随笔，以事典形式

---

① 米洛拉德·帕维奇（Милорад Павић，1929—2009），塞尔维亚作家、诗人、翻译家，代表作品有《哈扎尔辞典》。

汇总。除此之外，这样的动向还有很多很多。但面对这样的作品时，南斯拉夫这个国家自身看起来便像个物语。另外，它把南斯拉夫用一部事典来总结，这看起来很幼稚。南斯拉夫虽然面积小，但南斯拉夫充满了各种世界性的问题，世界上的各种问题在这里得到凝缩。越是想知道南斯拉夫，就越是必须要了解世界。

研究南斯拉夫时，大国的利害关系和民族问题等反映在各个方面，我感觉拥有这种情况的国家会成为描绘世界缩影的画布。当然原封不动地将世界缩小是不可能的，所以有时会导致人们像是用歪镜子来截取图像一样。正因为有了这种歪曲，所以呢，如果我们将视野从缩影扩展到世界时，对于世界会形成跟平时不一样的、稍微改变的看法，这样就好喽。

沼野：南斯拉夫面积比较小，但它同时也确实是情况很复杂的。刚才亀田兴致勃勃地为我们介绍了它的复杂性。

俄罗斯——在位于松鼠建筑物尽头的小房间里倾听

沼野：下面有请奈仓发言，她研究的是一个很大的国家，她是俄罗斯文学的专家。

俄罗斯这个国家不仅面积大，在广为日本所知的外国文学中，俄罗斯文学可以说是很重要的。俄罗斯对于明治以后的日本人而言是文学大国，它和西欧的英、法、德文学同等重要，或者说影响力超过了以上三个国家的文学。很遗憾，人们不像过去那样广泛阅读现代俄罗斯文学了。奈仓正在研究和翻译现代俄罗斯文学很重要且有趣的一个领域。

奈仓：谢谢！被冠以“大”的称号，也是没有办法。如果从俄罗斯文学这个大框架开始讲，会涉及俄罗斯文学的概况，可没时间在这里说。我从我开始研究俄罗斯文学的契机这个小的地方开始讲，打算说一些平时不太说的。

我小时候很喜欢读书，15 岁时特别喜欢的作家是托尔斯泰。后来，16 岁至 18 岁时读了很多书，有一种被文学拯救的体验。于是，托尔斯泰的文库本《复活》就像护身符一样一直待在身边，那时候我觉得自己的生活中只剩下文学了。我对俄罗斯文学有好感，无意中开始听 NHK 电台的语言学讲座时，正好沼野教授在讲俄语的应用，沼野教授当时在读着布拉特·奥库加娃①的诗歌，我十分感动。后来，原本爱钻牛角尖的我突然不讲道理地选择去俄罗斯留学。

那时我头脑中想起我的曾祖父奈仓次郎，他研究英美文学。但是，我不仅没见过我的曾祖父，通过家人了解的也很少。曾祖父 1871 年出生，据说他年轻时很冲动，作为当时来讲他的举动属于胡来。他没告诉家人突然去美国留学了，回国之后做了学者，翻译了莎士比亚和笛福的作品。我曾祖父和推广世界语的爱德华德·伽利特交往密切。还有一点，我曾祖父这个人非常奇怪，大概就听说了这些。

这里有一本我曾祖父翻译的书，是日英对照的《青年英国

---

① 布拉特·奥库加娃（Булат Шалвович Окуджава，1924—1997），苏联诗人、原创歌手、小说家。给自己创作的诗谱曲，用吉他弹唱，这种风格风靡一时。

文学丛书》，红色封面，文库本大小。是明治三十九年，也就是1906年翻译的。题名是《水手新八》，是新旧的“新”，汉语数字“八”，所以是“新八”。你们知道这个“新八”指的是谁吗？是指《一千零一夜》的航海家辛巴达。他把“辛巴达”译成了“新八”。好像当时的翻译类似情况常有，我认为改编成了日本人容易接受的名字。打开书本可以发现里面的内容是英语和日语的对照，这本书是适合当时青少年的启蒙性读物。

我突然去俄罗斯留学当然不是模仿我的曾祖父。只不过拯救我的是托尔斯泰，是文学，如果没有托尔斯泰也许就没有现在的我。我想，如果我的人生为了这样的文学能做些什么，那么其他事情我也觉得无所谓了，即便有人误认为我是很怪的人。

最初去的地方是圣彼得堡，这里有旧圣彼得堡女子学院，现在是面向外国人教授俄语和俄罗斯文化的机构。我经常来这个学院学习俄语和俄罗斯文化。其中尤其有趣的是文学精读的课程，老师叫艾琳娜。这位老师不管是古典还是现代文学，不管是诗歌还是散文全都知道，我为她所朗读的亚历山大・勃洛克①的诗歌入迷，从那时起我便想研究诗歌了。艾琳娜一般在授课之后还单独帮我上课。在我的请求下，我学习托尔斯泰的《克鲁采奏鸣曲》和20世纪初所谓“白银时代”② 的许多诗歌。

我接受艾琳娜的单独授课是在圣彼得堡女子学院建筑物走廊

---

① 亚历山大・勃洛克（Алекса’ндр Алекса’ндрович Блок，1880—1922），俄罗斯诗人、剧作家。代表俄罗斯象征主义的文学家。

② 白银时代，俄罗斯文学从19世纪末到20世纪初，杰出诗人辈出。19世纪初的普希金时代称为“黄金时代”，与之相对，这被称为“白银时代”。

尽头的一间小屋。从秋天到冬天，圣彼得堡因夏天的白夜现象而闻名。相反，到了冬天很难看到日出，下午三点已经彻底黑下来了。在这种微暗的房间里授课时，艾琳娜手指窗外说道："啊，有鸟来了。"我一看，就在风雪狂吹的窗外枝头上，一只小鸟停在上面。艾琳娜继续说："你绝对不会忘记这个瞬间的。""每天在风雪飘舞之中读《克鲁采奏鸣曲》，我们两人就恋爱、嫉妒、社会制度以及其他所有的事情进行交谈，窗外停着一只鸟等等，所有这些事情你绝对不会忘的。"那时我真正明确地知道了这一瞬间，树上的鸟儿是绝对忘不了的。

如果要揭秘的话，那还是语言的魅力。艾琳娜深知文学的魅力，在操控语言的魔力方面也是超一流的。我打算更加认真地学习语言和文学，向艾琳娜说起此事，她推荐我去莫斯科的高尔基文学院。我听从劝告，一个月后便乘坐夜行列车从圣彼得堡前往莫斯科，在莫斯科先上大学预科，第二年夏天考入高尔基文学院。在文学院学了什么？刚知道的俄罗斯文学世界是什么样的？因为今天没时间，无法聊这些话题。下面我推荐一本书，我对这本书充满自信。也不是转换话题啊，我来介绍一下这本书。

我推荐的书是我自己翻译的书，翻译的是柳德米拉·乌利茨卡娅①的《欢乐的葬礼》，作为"新潮波峰图书"的一册，这是我翻译的刚出版的中篇小说。这部小说的背景是1991年的纽约。20世纪80年代至20世纪90年代，乌利茨卡娅为了探望留学的

---

① 柳德米拉·乌利茨卡娅（Lyudmila Ulitskaya），1943年生，俄罗斯作家，2001年凭借《库科茨基医生的病案》获俄罗斯布克奖，2014年获奥地利国家欧洲文学奖。

儿子和移居在纽约的朋友们，她多次来纽约，在这个过程中她有了写这部作品的构思。主人公画家阿里克的画室位于切尔西地区，作品中描写了一个名叫卡茨·德利卡特森的店铺，出品很有名的五香熏肉三明治，是犹太移民的店铺。作品还描写了华盛顿地区旁边的大学，华尔街，鱼市场里新鲜的鱼，等等，有很多描写将纽约的实际活力呈现在眼前。

然而，大家听了《欢乐的葬礼》这个标题，会怎么想呢？书背面的带子处写着文字，即乌利茨卡娅也说过的，如果人的死亡是所爱之人的死亡则更加哀愁，我被深深的悲哀所点缀。按照这个前提，她胆敢将葬礼说是“欢乐的”，这在文学上讲即所谓的“oxymoron（矛盾语）”，一般指的是将两个相反的词拼接在一起，比如可以说它是跟“热的雪”“行尸走肉”或“死灵魂”相似的修辞。比如“死灵魂”，某个时期有人批判说“灵魂不灭的，说‘灵魂死了’是不谨慎的”，和这种批判一样，看到“欢乐的葬礼”这个标题，也许会有人认为“葬礼一定是悲伤的，说‘欢乐的葬礼’是不慎重的”。那么为什么乌利茨卡娅竟然起了这样的标题呢？是想把人的死亡写得有趣些吗？这么说的话也不是那么回事。身患重病濒临死亡的阿里克在思想上可以说是乌利茨卡娅的分身，他和作者无限接近，而且作者在描写阿里克时，他身上具有作者见到的几位主人公的特征，他们拥有强大魅力，大家都为之着迷。阿里克这位主人公天生讨人喜欢，小时候临时保姆和保姆都喜欢他，上小学后女同学邀请他参加生日晚会，去别人家玩的时候，别人家里的孩子、奶奶和家里的狗都喜欢阿里克。到了青春期，朋友之间吵架时他负责调解，逗得大家发笑。最与众不同的一点是他有着无与伦比的自信和才能，总是说“人生从下周一开始”，他认为昨天已经过去，可以忽略（尤其是那种不怎么样的昨天）。书上是这样描写阿里克的，但阿里克即将死去时的姿态充满了明亮而清澄的色彩感。乌利茨卡娅说这是因为他很有魅力，他的魅力像具有感染力一样，周围的人们也因此具有魅力了。

在一次采访乌利茨卡娅时，有人问她：“你为什么能够把这种无可救药且乱七八糟的人生写得这么肯定？这部作品中没有负面人物吗？”乌利茨卡娅笑着答道：“因为我都喜欢他们嘛！”而且她还说：“任何一个人物必定会有可爱之处，我想写这些。”听到她的这些话我有些理解了，很奇妙。最初读这部小说时，我对登场人物产生了一种爱情或者说依依难舍，我的心情十分舒畅。的确，我觉得作者的“都喜欢他们”这种姿态感染了我。这本书我读的遍数都数不过来了，但即使读了很多遍，我仍然被登场人物的人性魅力所吸引，为之着迷。然后有的场面不管读多少遍还是会忍不住哭泣，读完之后才会安心。

我刚才说的内容，它的魅力究竟有多少传递给大家了呢，我不知道。如果大家感兴趣，能亲自读一读是最好的。如果有哪位需要关于内容的切实的解说，那么平松洋子在新潮社的杂志《波浪》上面写了书评（2016 年 3 月号，“柳德米拉·乌利茨卡娅《欢乐的葬礼》——对这个不可思议的庆典有感”）。今天早起的《朝日新闻》上，江国香织写了书评（2016 年 2 月 28 日“本周的书架”柳德米拉·乌利茨卡娅《欢乐的葬礼》——“现在、这里”飘荡着透彻的光亮），两个书评都很棒，正如通过奈仓的话我们知道的那样，年轻时远渡俄罗斯，从高尔基文学院那里毕业，在这个大学学完全部课程后毕业的，奈仓好像是日本有史以来第一人。这在日本从事俄罗斯文学的众多人之中也是很少见的经历。正因为如此，奈仓才有出类拔萃的俄语能力，才能够充满精力地介绍现代俄罗斯文学。

回答提问

沼野：刚才持续进行了内容丰富的谈话，时间转瞬便过去了。我想会场的各位会有很多问题要问。大家对四位发言者的每一位提问一个或两个问题，如果还有时间，然后就自由讨论吧。这次回答问题顺序颠倒一下，首先有没有谁对研究俄罗斯文学的奈仓提问的？

提问者 1：大家好。我的提问不仅问奈仓女士，如果可以的话我想问一下大家。如果外语学到了可以进行翻译的程度，会不会以不同的眼光来看待日本文学呢？特别想知道以什么目光来看待文体。

沼野：很棒的提问啊。那么首先有请奈仓女士来说几句。

奈仓：很棒而且很难的问题，谢谢你了。我认为的确是这样。我在留学之后过了几年才感受到这件事，我在纯粹只有俄语的环境中生活的时候，非常非常想看日语小说，就去了藏有日语图书的图书馆。在阅读《日本文学全集》时，我惊讶地感受到，哎呀，日语原来是这样的语言啊！那个时候我认为语言非常新鲜，像是将我带入其中一样，这是我的主观体验，很抱歉，我的看法发生了改变。只不过到了现在要对之前和之后的看法进行比较的话，不是一两句话说得清的。

沼野： 对于刚才的提问，现场的其他嘉宾也都是外语的一线专家，我希望大家都简短地回答两句。龟田，你怎么样？

龟田： 会外语之后，对外国文化产生亲切感，被当地人的社区接受，这时突然阅读日本文学，有时候会觉得之前感觉很一般的故事也非常具有日本味了。这不是坏的意思，任何事情会因为文化的、历史的背景等偶然要素而发生重大变化，当然也包括我的思路。我意识到这种东西强烈地影响着我。

沼野： 阿部，你觉得怎么样？

阿部： 可能有两个侧面。一是介绍外国语言和文化的侧面，还有一个侧面我认为是应该意识到作为日本文学的一个部分的翻译问题。在日本书店里，外国文学的翻译作品放在外国文学的架子上，但我认为它们还属于日本文学的范围。介绍的是现代文学作家或者其他作家，但归根结底应该理解为日本文学的一种。那个时候，我觉得不仅是捷克的作家，其他地方的作家也是这样的。我觉得将日语里没有的文学翻译成日语很有意义，所以有意识地选取日语领域里所没有的作家来翻译。

沼野：柳原，你是什么意见？

柳原：阿部老师说得很好。我说一些很个人化的事情。我最近不会读日语了，读起来变慢了，或者说是因为我变老造成的。我原本属于在翻译上不怎么费时间的，最近几乎是一字一句查字典，越来越费时间了。不仅查阅西班牙语词典、西日词典，还频繁地查阅日语词典。由于这种情况，我感觉我既不会西班牙语了，也不会日语了。即便这样我仍然开始阅读日本作家里能读的作家和作品。这也有好的一面，即我开始觉得即使不会读一些日语假名也无所谓了。我开始觉得我可以判断出日语中语义误用或者是在语法上不正确的情况了。

沼野：谢谢。可以的话，我想问一下刚才提问的人是哪国人。

提问者 1：塞尔维亚。

沼野：你长期住在日本吗？

提问者 1：是的。经常来日本。我二十年前从贝尔格莱德大学的日语专业毕业。

沼野：的确。就刚才的问题请允许我也回答两句。我从事俄罗斯文学和波兰文学研究，年轻时在美国的研究生院留学四年，后两年作为助教讲授了俄罗斯文学。因为是美国的大学，课程当然全部用英语进行。我的英语并不很出色，准备课程很费力，不管是一个人在家里的时候还是洗澡的时候，一整天都会嘟嘟哝哝地用英语说授课内容进行练习，每天如此。不过这样做的话，后来有空闲的时候为了娱乐而轻松阅读的书籍还是英语书，是平装本的推理小说，迷迷糊糊睡着的时候，做梦都是用英语，是这样的一种状态。曾有一段时间我跟日语隔断了。

回到日本以后，想要进行翻译时，通过俄语和英语知道的概念不会马上转换成日语，十分费力。但是，用外语阅读外国文学之后再反过来用日语阅读日本文学时，日语看起来像外语，感觉很新鲜。我会想，日本作家说了俄语里不允许说的，或者反过来俄罗斯作家可以说的事情，日本作家为什么不能说呢？这还是因为一边和外语比较一边看日语角度导致的。后来我开始认为，为了阅读日本文学，了解外语和外国文学是很重要的。

那么，下面有没有哪位向讲南斯拉夫话题的亀田教授提问的？

提问者 2：我曾有这样的体验，因为喜欢南斯拉夫和捷克文学，想阅读它们但基本上弄不到日语翻译，只能用英语读。现在的出版状况，您怎么看待它们的比重？

亀田：是啊。南斯拉夫文学和捷克文学的英语翻译很多，然后德语版也很多，翻译成外语的作品不少，但是它们还很少被译成日语，假如想要阅读这些文学的呼声更大的话……

提问者 2：我们想多阅读。

沼野：我感觉好像只有阿部一个人在翻译啊。

阿部：不，没有的事。不过我感觉刚才说的话真的也适合其他方面。我很偶然地遇到了捷克语这个矿脉，知道捷克有这么有趣的作家。虽是偶然遇到，但如果能够将这个矿脉推广到其他语言的话，我想还会发现更多的作家。这样一想，觉得可不得了。捷克实际上还有很多不为人知，只是因为没有偶然遇见而没被发掘的作家。

做这件事的线索是认真查阅出版信息。书店里的确很少有捷克文学的译本，但认真调查后会意外地发现有不少捷克文学日译本，因为没有人宣传，有时候不被人知道，或者被人忘记了。相反，如果大家提要求，让翻译一下这个作品，或者让复制一下那部作品，今天出版社也来了人，如果大家在这种场合大力呼吁的话，我想出版社也会采纳大家的意见吧。

沼野：东欧、中欧文学在日本是个很小的研究领域，说领域小有些失礼。现在在东欧和中欧文学方面特别下力气的是京都的一家出版社，叫松籁社。阿部翻译的赫拉巴尔的《剃发仪式》，最近刚出版的东欧文学的小册子《东欧的想象力》（奥彩子、西成彦、沼野充义编，2016 年）都是松籁社出版的。拉美文学方面，像柳原翻译的巴斯克斯的《坠物之声》也是松籁社出版的。现在的状况是松籁社独占了这么好的文学作品。但反过来也说明，更主流的出版社不想涉足这种一看就市场占比很小的外国文学作品。

沼野：下面有没有哪位对捷克文学专家阿部教授提问的？

提问者 3：今天谢谢了！我想问一下全体老师，现在像卡夫卡、托尔斯泰、陀思妥耶夫斯基，还有马尔克斯等大家都知道的文豪有很多，而现在信息化高度发展，全世界的文学大都得到翻译，我想翻译的量会不断扩大，大学的研究者们对于不断扩大的翻译工作怎么看待的？我的提问可能有些难以回答，拜托了。

阿部：是很难回答。我想平板化这种现象不仅限于文学，在各个知识领域都存在。总之，曾经有一种规范或者说曾经有一种大家读了某个作品后认为这个领域很好的共同理解。也不知是幸福还是不幸，大家都认可的这种基础在消失。不可能说读了这一册书就算明白捷克文学了，我认为世界文学和日本文学也同样如此。

相反，我认为这也跟自己如何描绘这个世界有关。即便不是个大的故事，我认为我们也能够成为自己进行描绘的主体。之前可以说“不要读这个，要看俄罗斯文学”，或者说“不要看卡夫卡的文学，要看德国文学”，这种现象在以前是占据统治地位的，但现在这种做法不再有了，我认为这种做法的消失相反也能够提示出一种文学框架，即普通的人也能够以主体性参与到自己的文学之中了。我认为不管是捷克文学还是中欧文学，不管是东欧文学还是世界文学都可以这样。所以平板化现象不单单只有坏的一面，相反它也有好的一面。

只不过，像您所说的那样，要说从哪里开始切入，这个很难说。话虽如此，河出书房新社还在出版《世界文学全集》，而且也在出版《日本文学全集》，我觉得或许以其中感兴趣的作家、研究者或翻译者为线索，可以一点点地扩展自己的广度，这可能也算是一个方法吧。我认为大概这样一种入口现在有很多，比如从电影切入，也可以读原作。只不过反过来说的话还有另一件事很重要，那就是要时常意识到自己知道的知识只是一部分。如果不时常更新的话，我觉得自己接下来应该关心的对象经常会被覆盖掉，所以自己一方也要毫不认输地蓄积知识，或者读书后思考，必须要不断更新对文学的印象。

沼野：刚才提问的那位，你自己也是老师吗？还是学生呢？

提问者 3：还是大学生。

沼野：是吗。刚才的问题我也想请其他几位回答一下，很遗憾时间不够了。接下来有谁对柳原老师提问拉美文学相关的问题吗？

提问者 4：老师您说了世界上的都市都有共同的文学姿态，即跟全球主义进行斗争方面的内容。是否能请您具体说明一下呢？

柳原：好的。让我想一下怎么说明与全球主义斗争的这个情况，今天这个场合，我就不推荐了，但有位玻利维亚的作家叫埃德蒙多·巴斯·索尔丹，这位作家生于 1967 年，还不到 50 岁，他的小说《图灵的妄想》（服部绫乃、石川隆介译，现代企划室，2014 年）被译成日文了。事实上在玻利维亚第三大城市科恰班巴，下水道已脱离国营化，进行私营化了。于是含有美国资本的某个公司开始供水，这样一来，水费呈几倍增长，普通人支付不起了。于是，发生罢工和暴动，老百姓总算获胜了，水费又恢复平常了。这件事叫作“水战争”，以其为素材还拍成了电影。《图灵的妄想》这部作品是在这件事的启发下来描写供电公司私有化这个故事的。供电不稳定，市民发动罢工，反总统势力趁机以赛伯空间为立足点开始推翻政权的运动，并将之扩展到现实世界，是这种内容的小说。

这件事情对于直面供电自由化的我们来讲感觉并非他人之事，这么说来，大阪便出现了下水道私有化的话题。关于供电，由于自由化的竞争原理发挥作用，电费便宜了是好事，但比如在加利福尼亚，据说有些公司无法提供稳定的电力。国有服务行业是以保证国民进行健康方面和文化方面最低限度的生活权利为理念在进行工作，私人企业的理念未必能够和市民的人权相容。所以将生命线交与这种私人公司，肯定会有风险。价格或许会高涨，供给或许会不足。实际上究竟会出现什么结果另当别论，如果带着这种潜在的恐惧来生活便是一种国际化社会的话，那么我感觉这部以玻利维亚实际发生的下水道事件为基础而写的小说里也有我们感同身受之处，所谓国际化就是这种意思。

提问者 4：谢谢！《图灵的妄想》已经有了日译本了吧。我一定要读一下。

沼野：有没有要向柳原老师提一个问题的？

提问者 5：刚才您提到了拉美文学热这个话题。我们这一代，即使接触到拉美文学，过去曾有的热潮也已成为遥远的往昔，现在已经开始了对魔幻现实主义的清算，甚至怀疑是否曾经真有这么一股热潮。柳原老师还是学生的时候怎么看待拉美文学热呢？能否谈一谈当时的情况和来龙去脉呢？

柳原：来龙去脉……好的。要我说几句的话，感觉拉美文学热是在我出生的时候，将当时的大作大规模翻译介绍到日本是在我上大学之前，上大学时达到顶点。我不知道真正的热潮是什么时候。关于出版状况，当时一口气翻译了很多大作，连平常不说拉美文学的人们，读了这些翻译之后也开始就作品写一些感想。比如筒井康隆和安部公房等作家接触过拉美文学。的确从 70 年代后半期到 80 年代前半期，大家都有一种意识，即拉美文学是新的文学，要阅读它。感觉我们也是抱着这种打算开始接触拉美文学的，碰巧我学习西班牙语，所以开始阅读拉美文学了。只不过当我想当所谓的研究者时，我为拉美文学的地域之广和作家的多样性而惊叹，我开始对于用一句话概括拉美文学产生了疑惑，所以拉美文学这个概念只不过是一种语言表现，我在博士论文中，不主张拉美文学具有现实存在性。

沼野：本想继续回答问题，但已过了预定时间。我想第一部分就到此结束吧。最后再说几句。刚才有人提问说，面对不断庞大的世界文学该如何应对，这正是策划这个研讨会的现代文艺理论研究室平时的课题。日本文学和法国文学已经制度化，作为既成的东西已经有了文学史，已经有了一个体系。比如一定要读《源氏物语》或者说明治时期的作家必须要读夏目漱石、森鸥外等等。然而，如果想从事现代世界文学研究而要超越语言和国界的时候，所有的东西都会蜂拥而至。今天我们请了四位专家分别从不同的专业角度进行了对话，这只是世界文学的极小一部分。当然，说起世界文学来，如果仅限定在已经故去的作家写的古典作品的话，那基本上他们的体系是有限的。但实际情况是现在进行时，在无限扩展着。直面这么庞大而多样的世界文学时，大家都会为之惊讶。感到惊讶之后什么也不用读了吗？没那回事。进入到这个庞大的团块之中，会发现其中有很多有趣的、有魅力的、日本所没有的东西，如果不知道它就算了的话，对于人生而言是个巨大损失。那么，我们该如何面对世界文学呢？我们打算思考一下这个问题。那是我们共通的思考。

面对世界文学，我们没有特效药。我认为有系统地全部读完它是不可能的，还是以偶尔遇到的有趣作品作为开始，将它们扩展。只有这样，才是最便捷的方法。今天四位嘉宾分别告诉我们并推荐给我们的好书，请大家先阅读这些好书。今天接下来还有第二部分登场的年轻学者，他们是外国留学生，会对所推荐的书进行讨论，我想如果读了这些作品而扩展了视野，那是很好的。

第六章

世界文学和它愉快的伙伴们

座谈会参与人：

莱安·莫里森、比亚切斯拉布·斯洛贝、

邵丹、郑重、乌森·博塔格斯、

孙亨准、艾尔吉维塔·科罗娜

主持人：沼野充义

莱安·莫里森（美国）：名古屋外国语大学专任讲师。以谷崎润一郎的《痴人之爱》为契机对日本文学产生兴趣，专门研究石川淳。在东大的毕业论文题目是“与写实主义的对抗——作为言说的石川淳初期作品”。

比亚切斯拉布·斯洛贝（乌克兰）：基辅大学毕业。会说乌克兰语和俄罗斯语双语，还会日语、英语，对四种语言进行比较对照，对关于概念的隐喻和翻译可能性的问题展开研究。

邵丹（中国）：生于中国扬州。东日本大地震之后仅一个月，即2011年4月来到日本。广泛研究桥本治和村上春树等现代日本文学。正在写关于翻译文学在日本的接受方面的博士论文。

郑重（中国）：生于上海市。现在准备写博士论文，从符号学和语言学的视角进行小岛信夫的文本分析。汉译日作品有严歌苓的《陆犯焉识》《永远的少年——成龙自传》。

乌森·博塔格斯（哈萨克斯坦）：会讲乌克兰语和俄语双语，还会日语、英语，能灵活运用四国语言，以太宰治为中心开展比较文学研究，现在哈佛大学研究生院攻读博士课程。

孙亨准（韩国）：受多和田叶子吸引开始喜欢文学。很关心身体的文学性问题。环游世界以记录多和田叶子的朗读表演。现在是日本学术振兴会研究员。

艾尔吉维塔·科罗娜（波兰）：华沙大学日语专业毕业。通过俳句对日语声音的美妙进行再确认。以此为契机，开始研究作为世界文学的俳句，也包括她自己的创作。东京大学的硕士论文是《俳句和“俳句”的诗学》。

外国的日本文学研究者们给予我们的

沼野：接下来开始今天研讨会的第二部分。第一部分的标题是“从日本到世界”，请日本的外国文学研究者跟大家进行了交流。第二部分的标题是“从世界到日本”。之所以这么说，是因为我们要请正在现代文艺理论研究室留学的或者曾经留过学的七位外国的日本研究者聚在一起，请他们从各自的观点讲述自己与日本的相遇以及日本文学的有趣之处。

既然在研究日本，大家的日语当然很好，发言请全部用日语进行。

发言者比第一部分人要多，所以每人的发言时间很短，在有限的时间框架内我期待能听到很好体现你们背景和个性的发言。那么第一个发言的是从美国来的日本文学研究者，现在名古屋外国语大学担任专任讲师的莱安·莫里森。

在莫名其妙中充分浸染的日本版现代主义作家石川淳

莱安·莫里森：拜托各位。我叫莫里森。我的专业是近代日本文学，特别是石川淳①。关于石川淳我从六年前开始一直写博士论文，昨天彻夜终于把最后一章的最后一些文字完成了，现在还没

---

① 石川淳（いしかわじゅん，1899—1987），日本小说家、作家，1936 年凭借《普贤》获芥川奖，另著有《佳人》等。

睡觉呢。在从名古屋到东京的新干线上，我写了今天的简单致辞。现在把它念一下。

主题基本上是学习日本文学的契机，为什么选择日本文学等话题。我上大学时专攻的是英美文学，有一次一位朋友递给我一本书，那是谷崎润一郎的小说《痴人之爱》的英译本。读了之后觉得很有趣。总之我受到冲击的是这部小说中出现的女性娜奥密。我在现实世界和小说世界中从来没见过这么美又这么坏的女人，我干脆为这个娜奥密倾倒了。主人公让治采用了在人生失败之前一直迷恋娜奥密的第一人称叙述，我把自己和让治重叠起来阅读，读完之后我心里想，一定要寻找到娜奥密的现实版本。

花了两年时间找遍了加利福尼亚整个州，结果还是没找到。如果现实版本不存在的话，至少我要更加接近小说中的娜奥密，缩短与娜奥密的距离。我想到用原文阅读，抱着这个目的我开始自学日语了。而且我在网上查阅了《痴人之爱》的英译者，很偶然地知道了译者正好是我出生地方的大学——亚利桑那州立大学的教授，我马上跟他取得了联系，决心前往他那里去上研究生院。

（下面开始朗读准备好的稿子）

《痴人之爱》和登场人物娜奥密的什么方面让 20 岁的我觉得如此有趣呢？它的刺激点是什么？这大概是因为有些东西铭刻在心了吧。它非常切实地跟自己之前与女性的交往经验有着共同点。那便是在男女关系上必定会出现的权力问题，也就是说小说中很巧妙而纤细地描写了男女双方哪一方在上、哪一方在下的这种摇摆以及非常具有流动性的构造。让治想支配比自己小 13 岁的女性，最终反而受到女性支配，成为奴隶。或者从其他观点来看的话，他居然通过把自己置于女性之下，在暗中支配着娜奥密，可以说是这样的结构。小说中的上下关系，也就是“S（施虐）”和“M（受虐）”的极其复杂的构造，人微妙的心理、男性的性情癖好、欲望的构图等东西，能把握得如此好的作家之前没见过。读过谷崎作品的人都知道，这种主题从谷崎润一郎明治初期写的第一部作品《刺青》到晚期昭和三十七年（1962年）写的《瘋癫老人日记》，始终是一致的。

我设想今天会有很多外国留学生来到会场而写了这些内容。不知为什么，今天没见到一位外国留学生。对日本人说这话有些奇怪，作为日本近代文学的入门，请一定要读一下这篇优美而深奥的作品。

有位老师叫唐纳德·金，他把日本文学介绍到英语国家。我想大家都知道这位老师。去年他结束在美国的生活来日本生活了。他说：“虽然关于谷崎润一郎的评价还没有定论，但谷崎是20 世纪日本最重要的作家。”我同意他这种大胆的说法。

我虽然是以谷崎润一郎为契机开始学习日语并被日本文学所迷倒的，但是纳入我的研究范围并成为研究的中心部分的并不是谷崎，而是和他在性质上、感觉上和文学方法上正好相反的石川淳这位作家。我翻译了几部石川淳初期的作品，就作品进行考察的博士论文今天早上刚刚完成。就像我最初说的那样，我是专攻英美文学的。但是本科时期我喜欢读的是詹姆斯·乔伊斯或者是T·S. 艾略特①等20世纪现代主义作家的作品。他们的作品富有互文性，和过去各种各样的作品关系密切，极其浓厚而复杂。说真的，虽然我几乎不理解，但那时觉得很有趣，就不断阅读下去了。于是我开始寻找日本的现代主义作家中有谁跟他们相当，结果找到的是石川淳。

最初我读了《佳人》《普贤》这种虚构的作品，还读了几篇评论，当时的印象特别好。但是完全读不懂。读了《痴人之爱》之后感触很深，理解深入，而石川淳的作品以完全相反的形态给我造成冲击。乔伊斯和艾略特等海外的现代主义作家的作品莫名其妙地有趣，阅读起来无法停下来，我感受到一种类似于兴奋的东西，全身心投入到石川淳的研究之中。说起石川淳来，话题会很长也很难，对石川淳有兴趣的，等会议结束后可以单独问我。

设想着外国留学生会来现场，我推荐的书也是选择了海伦·克雷格·麦卡洛的《文语指南》（Helen Craig McCullough, *Bongo Manual*：*Selected Reference Materials for students of classical Japanese*, Cormell University East Asia program, 1988）。这本书对于我这个外国人很管用。在他那里原本没有近代和现代日语语法课的，授课时教授的语法只有古典语法。我上亚利桑那大学时最先上了古典语法，有了古典语法基础，在阅读近代小说时也很管用。即便

① 托马斯·斯特尔那斯·艾略特（Thomas Stearns Eliot, 1888—1965），英国诗人、剧作家，代表作品有《荒原》《四个四重奏》等。

自己不读，如果周围有学习日语的外国佬，请一定要把这本书推荐给他们。

沼野：莫里森自己说自己是“外国佬”，这有点可笑啊。接下来在第二部分出场的各位原本都是“外国佬”，也就是从外国来的日本研究者。既然是日本研究者，作为“外国佬”的他们知道一般日本人所不知道的事情，这也是理所当然的。日本人还很难适应这种事态，他们得知“外国佬”在阅读连日本人都不知道的文学作品时会大吃一惊。今天的各位日本听众之中读过石川淳的《普贤》这部作品的人究竟有多少呢？很抱歉，至少在年轻人之中很少吧。由于这种原因，所以请不是“外国佬”的各位要向外国年轻的日本研究者多多请教，没必要感到害羞。这是这个第二部分的主旨。

下面有请来自乌克兰的研究语言学的比亚切斯拉布·斯洛贝发言。

兴趣的焦点在语言和文学之间

比亚切斯拉布·斯洛贝：我来自乌克兰，基辅大学日语专业毕业后作为研修生来到东京大学。那是十年前的事。我在基辅大学专攻日语和日本文学，我兴趣的焦点在语言和文学两者之间。所谓“之间”是指文学翻译。当初只是单纯地将日语的文艺作品和乌克兰语的翻译进行对照，对翻译问题进行了各种思考。当然了，日语中有很多词语很难翻译成乌克兰语。

这些词语在日常生活中经常出现。比如既有像“蒲团（被子）”这种代表日本文化的词语，也有像“常識（常识）”“義理（义理）”“遠慮（客气，回避）”这种表示抽象概念的词语。前者通过译注来说明总算能够明白，后者的翻译不那么简单。我非常明白，如果翻译错了有可能对整个文艺作品的理解产生影响，于是我来到东京大学，硕士论文里列举了像“世間（社会，世上）”“かわいい（可爱，卡哇伊）”“遠慮（客气，回避）”等难以翻译成其他语言的文化关键词，对这些词语所表示的日语的世界观和翻译的可能性进行了多方面的考察。

当然，我的母语中没有与之对应的词语，所以为了更加深入理解其意思，我读了很多专业书籍。比如我读了四方田犬彦老师的《论“卡哇伊”》（筑摩新书，2006 年）和阿部谨也老师的《所谓“世间”是什么》（讲谈社现代新书，1995 年），明白了这些语言很深奥，都具有复杂的结构，我非常吃惊。提交硕士论文之后我突然想起来，一般日本人即使不读专业书籍，也可以毫无问题地正确使用这些词语。比如女中学生不读四方田犬彦老师的《论“卡哇伊”》，一天也要说上上百遍“卡哇伊”。而且总觉得大家对这个“卡哇伊（可爱）”和“不可爱”东西的印象是相通的。如果是这样，那么我会单纯地抱有疑问：这个消极的感觉究竟来自哪里？我觉得孩子们为了模仿周围大人的用法，从这种用法也就是从使用的习惯用法中会涌出单词意义的印象。像这样，我觉得在我的博士论文中，要阐明这些难以翻译的语言的意思，必须要使用不同的研究方法。我使用了很多方法，最后我受到学者乔治·雷科夫①的《概念隐喻论》的鼓舞，决定自己进行“Collocation”②，即日语的“连语”的分析。

我们具体使用一些例子一起思考吧。当然，长大后再次想起自己学习语言时的感觉会有些困难。所以，我想如果是最近学到的外来语，那种感觉会很鲜明。这是我前几天想出来的例子。我们一起思考并分析一下外来语“コミュニケーション（communication，交流）”吧。为此，小内一③老师编的《Teniwowa 辞典》很管用。今天我斗胆推荐这部辞典，而不是文学作品。

要说现代日语中“コミュニケーション”这个词该怎么使用？人们会说“コミュニケーションをとります（得到交流）”“コミュニケーションをはかります（谋求沟通）”“コミュニケーションを交わします（进行交流）”。“コミュニケーション”进入日本后马上就这样使用了。我查阅了20世纪60年代到70年代的书籍，结果明白了当时已经进行创造使用我刚才说的“Collocation（惯用词组）”。那么，在使用“コミュニケーション”时，为什么偏偏不把“コミュニケーションを借りる”“コミュニケーションを掛ける”“コミュニケーションを売る”作为特定的连语来说呢？

我通过查辞典查阅了固定下来的许多连语，大概“コミュニ

---

① 乔治·雷科夫（George Lakoff），1941年生，美国语言学家，加利福尼亚大学伯克利分校教授，是20世纪70年代以后发展的认知语言学的提倡者之一。

② Collocation，两个以上单词的惯用组合。惯用词组。

③ 小内一，校对者。1953年生于群马县。著述有《终极版 逆查顺查日语词典 用名词和动词查阅17万句例》（1997年），《日语表达大词典 比喻和近义词33800》（2005年），《にてをは词典》（2010年）等。

ケーション”是作为“意思的沟通”这个单词来理解和使用的。只不过，要说是不是所有人最初都有这种感觉，好像也不是。70、80年代出现了“コミュニケーションを通わす（使信息流通）”这个说法。我查阅了“通わす”这个词的意思，明白了它的意思大概是从“心灵相通”这个惯用词组来的。还有些说法，像“コミュニケーションがマッチする”或“コミュニケーションがよく合う”，如果这样说会很奇怪。大概这个场合看起来“コミュニケーション”继承了“话语”这个单词的基因。

那么，现在可以说“コミュニケーション”与“意思疏通（心灵相通）”意思一样吗？想到这里，我觉得两者多少还是有语感的差异。比如，“意思疏通を作る”这个说法稍微有些不自然，但“コミュニケーションを作る（沟通信息）”这种说法好像还通用。和“コミュニケーションを結ぶ（构筑沟通）”“コミュニケーションを中断する（中断沟通）”“コミュニケーションを打ち切る（断绝沟通）”一样，这种场合“意思疏通（心灵相通）”不能使用。“コミュニケーション”这个单词的这种性质来自哪里呢？

借用生物学的用语来讲，虽然“コミュニケーション”和“意思疏通（心灵相通）”作为同义词开始使用了，但中途基因发生变异，还编入了其他单词的基因。这个例子是我之前刚思考的，还没有进行深入分析。我认为大概“コミュニケーション”这个词又加入了“关系”一词的基因。总之，“コミュニケーション”是从“意思疏通（心灵相通）”和“关系”两个词中产生出来的。为了确认这个推测，我再一次查阅了辞典，进一步进行了DNA检测，进行亲子鉴定。

“関係（关系）”一词可以说“构筑关系”或“断绝关系”，“コミュニケーション”也可以说“构筑”或“断绝”，“关系”的“遗传因子”还是传递到“コミュニケーション”里了。我认为，通过这种惯用语的分析来扩大“世間（社会，世人）”“遠慮（客气，回避）”“常識（常识）”等文化关键词的范围来进行亲子鉴定，更加接近理解这些语言中表现出来的日本人的世界观，进而在翻译可能性研究方面发挥作用。在这个意义上，这部辞典不仅可作为推敲日语的教材，在使人思考惯用词组或者概念隐喻中所见的日本人的构思时，它作为教材也可以充分进行品味。

沼野：斯洛贝是乌克兰人，毕业于基辅大学，会说乌克兰语和俄语，日语和英语也很不错，今后她会进行四国语言的比较对照研究，期待她能得出很有趣的比较结果。

在扬州缅怀鉴真的庭院里想到日本，为京都留下的古代大唐的气息而感动

沼野：下面来自中国的嘉宾有两位，首先请邵丹发言。

邵丹：我首先声明，我讲的跟前面两位的话题不同，我想根据自己的经验从文化方面谈一谈。我出生于中国扬州，大家知道中国的情况、扬州的情况吗？也许对中国情况不熟悉的人反应不过来。扬州现在只不过是中国的一个地方城市，在唐代却是数一数

二的商业都市，十分繁荣，接收了众多来自日本的遣唐使。据说当时来自日本的留学生首先渡海来到位于东边的扬州，在扬州学习唐朝语言，之后再奔赴位于西边的长安。

而且也有反向行动的。公元 754 年，来自扬州的和尚鉴真多次克服困难，最后东渡日本。有个说法，据说跟鉴真一起东渡到日本的是豆腐。实际上在我家后面就是供奉鉴真的大明寺。这个寺庙现在还有个日式庭院，这个庭院为缅怀鉴真，模仿了他在奈良的住处以及唐招提寺的庭院。我小时候经常在这个日式庭院里玩耍。由于我在这个环境长大，我很早就能够亲身感受到中日之间的纽带，这么说丝毫不为过。

后来，2006 年我陪同日本友人拜访了长安，即现在的西安。在西安期间，我们在西安城墙上溜达时，偶然遇到一位老人。1992 年日本平成天皇夫妇访问西安之际，这位老人负责当向导，他给我们讲了很多过去的回忆。据说当天皇的年号“平成”在西安博物馆的金石文①中得以确认时，天皇非常高兴。听到他的话我感到很佩服。2011 年我访问了京都，感受到留在日本的古代唐朝的气息。

这种中日之间的结合也表现在文学方面。比如用汉文体写的《古事记》的开头部分，使人联想到张鷟《游仙窟》② 的《源氏

---

① 古代在刀剑和青铜这类金属以及石碑上刻的文字或文章。

② 中国唐代文人张鷟写的传奇小说。主人公在旅途中误入神仙窟，受到仙女们的款待后过了一夜。用四六韵律（每句的字数以四个字或者六个字为基础的装饰性句子）美文写成，奈良时代传到日本，对日本后世的文学产生了很大影响。

物语》，或者是《怀风藻》以及其他众多汉诗集等等，简直不胜枚举。但吸引我的绝不仅仅是古代的良好时代，也包含明治维新后推进近代化的日本。近代日本以跟吸收中国文化要素时一样的积极性，学习西方文明，并持续加以洗练。结果，不仅是现代日本的生活空间和生活方式，连现代日语都采取了西式构造，变得高度混合了。我对于这种变化过程很感兴趣。

来日本之前我在大学和研究生阶段学习的是英语和翻译学，按照正常的发展路径，我应该去欧美。实际上我的同学里面有很多这样做了。不过，因为我一直以来被日本吸引，所以我就随着自己的内心来到日本。那是 2011 年 4 月，东日本大地震过后仅仅一个月。最近读的书里有比较喜欢的语句，是“另辟蹊径，别有洞天”。现在回想一下，当时我走上日本研究的道路确实是“另辟蹊径，别有洞天”，是改变人生道路的一次重大选择。来日本留学感觉像是挖到了宝藏。

最后我也想向大家推荐一本书，这本书是谷崎润一郎的作品《钥匙》。对于谷崎润一郎的优秀，刚才莱安・莫里森有过详细介绍，所以我关于谷崎的话题在此省略。只不过作为补充，正好在本月（2016 年 2 月）9 日由中央公论新社发行了包括《乱菊物语》《盲人物语》在内的《谷崎润一郎全集》的第 15 卷。而且仅仅两天后池泽夏树个人编辑的《日本文学全集》（河出书房新社）的谷崎润一郎卷也出版了。所以，这个月确实可以说是谷崎及其作品备受瞩目的月份。

研究文学的立场主要以作品为病例来观看，也就是说按照弗洛伊德的风格寻求某一个方向的解释，我不知道莱安怎么想的啊，我读谷崎作品的时候总是被他作品本身所吸引，感到喜悦，我想让大家也感受一下这种喜悦，我推荐《钥匙》这部作品。

沼野：邵丹今天为我们推荐了谷崎。当然除此之外她还对很多文学作品感到亲切，像桥本治和村上春树的作品她也经常阅读。最近关于和村上作品的邂逅她接受了电视采访。

从“あ”行开始的乱读，读到“こ”行时发现了小岛信夫的名字

沼野：那么下面请另一位来自中国的留学生郑重来发言。

郑重：今天来这里之前，沼野教授给我发了 E-mail，说不是学术研讨会，不需要太多的准备，简单说一说就可以的。可是过来一看，大家都拿着稿子。大家说的内容都跟学会发表一样，水平很高，我感觉自己受骗了。我经常梦见自己去参加晚会，别人对我说穿便装就好了，到了晚会一看，大家都穿着晚礼服或女礼服，再看自己的打扮，是穿着成套睡衣来的。现在我的心情跟梦中的自己一样。

还有一点，就在刚才沼野老师让我讲一下日本文学的话题，而且时间只有五分钟。如果说太多多余的话，五分钟很快就过去了。没办法，那里不是写着有关人员席吗？而且研讨会开始前的休息时间里我把想说的话列了要点，我暂且稍微说明一下为什么我在这个场合吧。

我根本不是因为受日本文学和日本文化吸引而留学的。在中国高中毕业后，我既没有升学也没有就职，和当地的朋友结伴，成天无所事事，依靠父母生活。自己没有任何罪恶感。父母似乎很担心我，跑到算卦的那里问："我们家孩子该怎么办才好呢？"我稍微辩解一下啊，现在或许已经改变了，当时中国实行独生子女政策。不仅我们家，周围家庭也都是独生子女，独生子女都是受父母溺爱长大的。中国上海是个不错的城市，经济富裕的人很多，而且大家都刚刚经历过"文革"，比起教育首先是溺爱。我也十分受溺爱，成了不中用孩子的范本。算命先生说了些什么我也不知道，父母回来后跟我说："你去日本留学吗？"可能是说了风水啦什么的，说出了应该去的方位吧。说应该去东边，不清楚怎么回事。

正好那个时候在当地的朋友中间流行"X-JAPAN"①，大家知道这个吗？周围的人将头发染成黑色，鼻子上穿着鼻环，身上文着骷髅文身，这类人增加很多。这种流行的源头可从日本寻得，人们认为这种打扮很酷。那时是父母找算命先生商量，决定出钱让我去日本，于是我就来日本了。

当时，我的日语只知道"X-JAPAN"的歌词，那个歌词全是些鲜血呀什么的，全无用处，也没有朋友，不知道怎么办才好。我去了日语学校，授课很无聊，同学们都抱有志向来日本的，所以我不习惯，上了两天学就不去了。所以刚开始时我在街上徘徊，从外表看我的面庞是亚洲人，大家也不知道我不会日语。稍微有人跟我打个招呼，我会一头雾水，对方满脸惊讶，我讨厌这样子，几乎不离开出租屋周围。

---

① 日本著名重金属乐队，视觉系摇滚乐队，成立于 1982 年 1 月。

我住在荒川区的町屋那里，住处附近有个大的公园，旁边有个三层公寓，公寓的二层有一间是区立图书馆。图书馆规模只有那么大，里面漫画书和文库本很多。反正在家里也无所事事，我一整天去公园打篮球什么的，打完球后去图书馆看书。最初看漫画，里面有什么漫画书来着？我感觉我确实在那里看过柘植义春的漫画全集。还有冈崎京子、杉浦日向子等漫画家稍微有些奇特的漫画。有没有手冢治虫的呢？大概看过一遍。我觉得我要看一些文字图书了，但我不知道该从何处读起，就暂且决定从文库本的架子上，从最边上的“あ”行①的书开始读起。我心想谁的书在架子上放得多，谁的书就好，我从书多的作者读起。所以“あ”行的话，首先是读赤川次郎和绫辻行人这些人的书，感觉在这里也是第一次读阿佐田哲也的《麻雀放浪记》。最先读的是赤川次郎的书吧。有叫作“三姐妹侦探团系列”和“三毛猫福尔摩斯系列”。“三姐妹侦探团系列”我应该是看过 10 册。在阅读的过程中，我开始阅读我关心的作家的作品，渐渐不按五十音图的顺序阅读了。芥川等作家的作品当然也看了。今天我想谈一下纯文学的话题，刚才做了点笔记。

原本是要求推荐一本书。我现在专攻的是战后的日本文学，如果从中只推荐一名作家的话，我推荐深泽七郎。特别是听说今天来了很多年轻人，所以我最想推荐的是《东京的王子们》（中央公论社。1959 年，后收入新潮文库《楢山节考》）这部小说。

---

① 指按照作家名的五十音图顺序排列，按照首字母的“あかさたなはまやらわ”顺序。

描写的基本上是昭和 30 年代的男高中生们的日常生活，他们常去爵士咖啡馆和年轻女孩子约会。《东京的王子们》里有这样的场面：途中在朋友家的二楼放着艾尔维斯的唱片，无意中读了一本虚构的书，书名叫《原子弹的实验与实在》。我引用一下书的内容："通过破坏原子核而产生能量，不是破坏，能量变为速度，放射能也是速度。"上面写着些不太明白的事情。可能是意识形态无缝隙可入，我认为以这种形式来处理"原子弹"的小说除了这个时代没有其他的了。

然后还有一本书是我翻译的，我今天带来了。是这本书，这本书叫《陆犯焉识》。刚才说的是上海的事情。这本书的时代是战前，像我一样真的什么也不会的男子出生于这样一个环境，读过之后会很明白了。是这样一个故事。这是女作家写的作品，男主人公可爱得无与伦比，这种感觉全面表现出来。这部作品还具有少女漫画的特色，很有趣。我想中国人都溺爱孩子，今天就把这本书拿来了……是这样一个故事。

沼野：今天让大家推荐的书原则上是让外国研究者举出那些看到后觉得有趣的日本文学作品。但是郑重推荐了自己翻译的书。这是个很了不起的话题，如果说他把某个作品由日语翻译成中文的话，那作品我们还是知道的，但《陆犯焉识》是他由中文译成日语的书。郑重后来还把成龙的自传译成了日语，是《永远的少年——成龙自传》（宝石社，2016 年）。刚才他的话语中关于图书馆的部分，因为空闲，从"あ"行开始按照顺序来读作家的作品。说实在的，他说的是真的吗，我有些怀疑。哎呀，我姑且算相信了，好像郑重从赤川次郎不断地阅读，至少读到了“こ”行作家。在那个图书馆他遇到小岛信夫这个作家的作品，现在小岛信夫成为他学术研究的主题。今天的话题归根结底没走到“こ”行。

无法从模仿日本人说日语这件事中解放自己

沼野：那么，今天出场者很多，我们赶赶进度。下面请来自哈萨克斯坦的乌森·博塔格斯发言，有请。

乌森·博塔格斯：我现在在现代文艺理论研究室攻读博士课程，来自哈萨克斯坦。作为留学生，经常有人问我为什么会走上日本研究这条路。和大家不同，我没有那么有趣的故事。我上的哈萨克斯坦的大学里有东语系，在那里选择了一种亚洲语言，即选择了亚洲研究这个领域开始学习日语的。

在东语系能够学习的亚洲语言中，当时日语很稀罕，一般是哈萨克斯坦的其他大学学不到的语言。东语系的日语学科也是刚刚成立，专攻日语的专家不多，所以我首先被学日语的人很多这个情况吸引，决定学习日语了。日语学科是新成立的，教科书和书籍很少，比如日语教科书只有一本，大家都复印着学习。最初没有本土的日语老师，后来也只有一位老师，留学机会也不多，做梦也没想到有一天能来日本。当时我碰巧遇到了来哈萨克斯坦玩儿的日本人，如果稍微能够用日语交谈的话会很幸运。当时在哈萨克斯坦，日语和日本人十分稀罕。很少见日语书籍和日本人，这也许对我来说反而有些刺激。

我本来就喜欢读书，关于文学，在我学习日语的时候我也梦想有朝一日能用日语读懂日本文学。对我来说，日本文学的妙趣在于它具有漫长的历史，而且日语作为语言在漫长的历史中发生了各种变化。

按照我的想法，日本文学的重大特征是，它作为亚洲文学具有漫长的历史，但明治时期又受到欧洲很大的影响。在这个意义上我认为日本文学是亚洲和欧洲文化的混合产物。所以，通过这种外来的影响，日语作为语言也发生了很大的变化。

比如，古典就不用说了，将一百年前樋口一叶的作品翻译成现代日语就十分有趣。虽然是同一种语言，可是随着时代的变化，日语也发生了难以让人理解的变化。这种现象大概是日语中仅有吧。当然随着时代的发展任何语言都会产生变化，在一百年这个比较短的时间里，书面语言发生了巨大变化，我认为这个历史现象是日本独特的现象。

跟俄罗斯文学相比，两百年前普希金的俄语跟现在的俄语没有大的变化，哈萨克斯坦的文学，两百年前用哈萨克语写的文学和现在的哈萨克语也没什么变化。我认为通过时代和社会的变化，日语吸收了各种知识和文体，结果成为很丰富的语言。不用说，在拥有丰富语言的国家，其文学的可能性也会扩展。

保持着亚洲和欧洲两方面的影响，又不失自身的独创性，这样来创作自己国家的文学，这种做法特别对于现在的哈萨克斯坦而言是个非常重要的课题。日本将亚洲和欧洲的睿智进行调和，我认为日本文学和日本的历史经验中有很多值得哈萨克斯坦学习的。哈萨克斯坦是1991年独立的，只有25年时间，现在有一个重要课题，即从俄语的影响中解放出来，创作哈萨克斯坦自己的文学，同时还保持好居住在哈萨克斯坦各民族的共同语言——俄语。也就是说，如果同时保持好哈萨克语和俄语的话，哈萨克斯坦的文学范围也会扩展。在两种语言的影响下，文学的可能性也会扩展。在创作本国文学这个意义上，我认为我们有很多地方需要学习日本的经验。

我在现代文学理论研究室研究的是太宰治。太宰治的小说里，我最先读的是《维荣的妻子》这部短篇小说。男性作家站在女性的视角书写，而且将女性的感情很好地进行了传达，当时这种印象相当强烈。所以今天我推荐一本书，我想推荐太宰治用“女性的独白体”写的短篇集《女生徒》。

在太宰治研究中，“女性的独白体”是一个重要的主题。太宰治文学分为前期、中期和后期三个时期。其中前期没有用女性独白形式写的作品，是在中期以后出现的。前期的太宰治致力于实验性文学，比如最初的短篇集《晚年》，从其题目来说，在文学上刚出道的太宰治已经发表了晚年的作品。在二元对立的意义上，这个作品具有很强的实验性。

据说太宰治在这个叫作《晚年》的作品集里想把自己要说的全部说完，在某种意义上他极尽语言和文体的可能性，达到了语言和文体的极限。于是当他找到新的文体想重新建立自己的文学时，对于太宰治而言，“女性的独白体”成为最适合传递他自己的感情和故事的文体。

要说为什么有必要从女性的视角来讲述，其中有各种解释。最简洁的解释是，太宰治因自杀未遂或者药物中毒问题而经历了痛苦。在当时的日本社会，他是失败者，是弱者。所以他用同样处于弱者立场的女性视角讲述故事来表达自我。这算是个很简单的解释，也就是说，“女性的独白体”对于太宰治来说可以说是文学的转换之策，同时也是恢复之策。而且在俄罗斯文学中，太宰治特别受契诃夫的影响，尝试模仿契诃夫的短篇或戏剧，还以其他作家的日记或者书简为基础，对此进行改编，从而创作出新的故事，这是太宰治文学的主要特征。所以我认为，太宰治的出色之处不仅在于他采用各种方法、文体、形式创作了实验性的文学，他还在各种形式和文体中不失自己的风格和独特的声音，即他的出色之处在于在不失独创性的前提下表现了自我。

最后我想指出一点。太宰治用女性的视角讲述时，他仍然在模仿女性。在模仿别人时，使用自己用不习惯的他者的语言来讲述，跟学外语时的体验很相似。这是我自己的经验啊。最初我每次讲外语，感觉像是模仿在某个地方听过的本土语言。所以，如果不模仿而能够清楚地表达自己的想法，这意味着他的语言已经达到本土语言的水准了。

我和日语的接触时间较长，已经十多年了，但是还处于模仿阶段。即便太宰治用女性的视角讲述，他也无法从作为男性的存在和作为男性的视角中解放自己。即便是现在，我也无法从模仿日本人说日语中把自己解放出来。通过掌握他者的言语可以变成他者吗？这个观点很有意思。所以请大家务必从这个观点出发阅读一下太宰治的实验性文体。

沼野：听了刚才的话，我觉得博塔格斯的意思是说，用哈萨克语说话时跟用俄语、日语说话时肯定在某些地方会产生人格的不同。顺便说一下，乌森·博塔格斯会说俄语和哈萨克语两种语言，而且日语和英语也很好。她运用多语言能力，即所谓变身为多重人格来进行比较文学的研究。

不是着陆而是自己朝向某处前进的心情，关心这个过程中存在的事物

沼野：接下来我们进度快一点。下面请来自韩国的孙亨准发言。

孙亨准：我是刚才沼野老师介绍的孙亨准，在现代文艺理论研究室攻读博士课程。是来自韩国的留学生。我想以我自己在韩国感受到的日本文化为基础，就自己的研究讲上几句。韩国对日本文化的解禁是以 2002 年举办足球世界杯为界限开始的。实际上从 2001 年开始一点点解禁了。由于历史问题和各种各样的限制，当时音乐、漫画和电影也理所当然受到法理上的限制。但是，令人不可思议的是，日本文学书籍虽谈不上全面热销，但在书店里知名作家的书都有卖的。夏目漱石和川端康成的书是考大学时的必读书。我记得上高中时，村上春树和村上龙这两个村上在年轻人中间非常流行。所以学生之间经常互有这样的提问："你是哪个村上派？"

即便如此，在当时仍不能够尽情欣赏日本文化和日本文学。说起日本的东西，首先有很多人进行否定的。而且由于历史原因，欣赏日本文化一定会带有某种程度的罪恶感，虽然日本文化距离我们不是很近，是一种隐藏在后面的存在，非常遥远且不可

思议。但是，正因为如此我才胆战心惊地开始接触日语的。日语带给我复杂的情感，同时它也是很有魅力的。

我进小学之前在距离日本最近的釜山生活了三年，我第一次接触日语是通过釜山书店的很多书籍接触的。我非常喜欢位于港口靠近黑市的旧书店街。我在那里接触到很多乘船漂洋过海来到釜山的书、唱片和录音磁带，虽然这些东西谈不上十分合法。从母亲那里要了零花钱后，我去买这些散落在船底的书籍、唱片、磁带等，这是我最大的乐趣。这些东西很脏，妈妈甚至错认为它们是垃圾，差点扔掉。当时我也搞不清这些东西是哪里来的，我当时没见过这样的书，也无法猜测这是什么书。我模仿着这些散落在船底的奇怪的书，毫不掩饰自己的激动眺望着大海。海的那边有什么呢？捕捉不到，也没有联系。不过由于自己心中的某种思绪，我想去海外看一看的心情渐渐增强。和憧憬有点不同，只是觉得很不可思议。那众多未知字母的魅力深深地吸引着我，我陷入自己开创的世界和空间之中。

我大学学的专业是哲学。哲学可以扩展人们看待世界的视野。不过，比起哲学来，不知为何我被哲学理论中各种各样的外语所吸引，大学时代除了必修科目之外，我选了德语、法语等多个外语课程。那时候第一次记住了日语平假名和片假名。而且我大学毕业时有个想法，想去能说不同语言的国家，不管是去哪里，总之什么都行。那时碰巧由于父亲工作的关系，我来日本留学了。

来日本留学真是偶然。我在日本遇到了“文学”。实际上我之前对于文学不太感兴趣，现在也不太感兴趣，文学的事情不太懂。碰巧留学时知道了作家多和田叶子，她既懂德语也会日语。我被她那标题是《扔到大海的名字》（新潮社，2006 年）这部作品吸引了，所以真是很多偶然凑在一起了，能走到今天也是偶然导致的结果。

不过，知道了多和田叶子之后，我马上决定停止留学，就回国了。回到韩国我读着《扔到大海的名字》，从这个莫名其妙的书中感受到一种紧张感和兴奋。是那种在海上悠闲地漂着，不知目的地是哪里，也不知自己身在何处的紧张感和兴奋。此外，我知道了不管是事物还是人类，拥有名字很危险，相反失去名字会很舒畅。自己的名字、自己的国家、自己的母语和自己的性别等等是由某个人决定的，这成为一个契机，这个契机使人回首决定自己一切的所有语言。当以前认为理所当然的所有一切不再理所当然的那一瞬间，那种体验对于自己而言是非常触动的。

但是，因为当时多和田叶子的作品在韩国没有翻译，我就想尝试着翻译和研究一下。但是遇到了难题，不知从哪里开展。文学研究是按照国家分类的，这是现状。多和田叶子的文学既谈不上是德国文学也不算是日本文学，感觉没有一个来研究她文学的研究室。那时我很偶然地知道了现代文艺理论研究室，于是我又回到了日本。这个研究室以越境的观点为研究基点，与现代文艺理论研究室的相遇成为我进行文学研究的最初契机。而且文学给了我向前方不断行进的力量。

现在我在做多和田叶子的研究，主题是文学中的声音。多和田叶子以两种语言创作了多部作品，同时她发挥了在现代社会往往容易丧失的“亲身体验性”，积极进行朗读活动。不怕跨越国境的作家不拒绝跨越领域，和各种各样的艺术家们一起演出，在世界各地飞来飞去，同时很活跃地进行着文学创作。

我原本就被她的越境所迷倒，为了写博士论文，我不仅拿着纸和铅笔，还拿着摄像机到世界各地的文学现场，去拍摄充满“亲身体验性”的朗读演出。今年（2016 年）1 月份，我去参加了在印度斋普尔举行的世界最大规模的文学庆典，下个月我要去拍摄在美国各地举行的朗读表演。今年一整年我打算到各个国家进行拍摄。我打算找个时间以拍摄的内容为基础制作一部关于世界文学的纪录片电影。

通过文学我跨越海洋飞向世界。不是到达了某种高度或到了某个地方，而是面向某种事物或某个地方的心情及过程，还有对于存在于其中事物的某种关心是始于文学的，文学把我跟世界联系在一起了。我不太懂得文学，讲的全是个人的情况，很惶恐。这是我所体验的世界与日本，还有文学。很不成熟，今后我打算跨越世界进行研究。

沼野：就像刚才的谈话中说的那样，孙亨准现在对于表演很感兴趣，在世界各地飞来飞去。特别是在个人关系上跟多和田叶子很亲近，一起做了很多活动。

在此我做一个研究室的宣传。现代文艺理论研究室出版一本杂志叫《不易腐蚀》，每年出一期。现在准备出版的第六期，孙亨准投了一篇关于多和田叶子的研究稿子。这是关于多和田叶子毕业论文的内容。实际上多和田叶子是早稻田大学俄国文学专业毕业的，她写的毕业论文很棒，是关于女诗人阿赫玛杜琳娜的论文。这件事之前没有人公开过，谁都不知道。小孙从多和田那里看到了这个毕业论文，在此基础上写了论文，而且打算将多和田叶子的毕业论文的一部分作为附录进行收录。我认为这在探索多和田叶子这位作家不为人知的原点上是贵重的资料。《不易腐蚀》的下一期出版后，有兴趣的请一定要看一下。(注：《不易腐蚀》第六号特辑　俄罗斯中东欧，2016 年 3 月刊行了)。

另外，《不易腐蚀》在“Utokyo Repository”这个东京大学的数据库里公开，可以在网页上阅读全文。

能发现完美无瑕的瞬间美，是因为读了俳句

沼野：时间已经很晚了，下面有请来自波兰的留学生艾尔吉维塔・科罗娜发言。

艾尔吉维塔・科罗娜：谢谢！听了各位前辈的精彩发言，我觉得我现在处境艰难，但我还是想努力一下。

我叫艾尔吉维塔・科罗娜，生于波兰，毕业于华沙大学的日语专业。东京大学的硕士研究生，现在是硕士一年级。

我们日语专业的学生经常被人追问为什么选日语，为什么选日语专业。我的情况呢，初中的时候喜欢日语的语音，契机是朋友借给我的磁带里有录好的日语流行歌曲。“X-JAPAN”“GACKT”①“Porno Graffitti”② 等曲子中第一次听到日语语言。

---

① 指日本视觉系艺人，演员神威乐斗，1955 年出道。

② 歌手 Extreme 演唱歌曲，曲名来自和制英语“Porno Graffitti（色情涂鸦）”。

日语和波兰语的区别很大，这不用多说。波兰语里面堆积了很多子音。与此不同，日语母音多，其旋律美妙地传递到我的耳鼓。喜欢的曲子会听很多遍，不知不觉中就记住了歌词。我以一种忘我的状态拼命地比较歌词原文和英文翻译，想要解答日语的声音美妙之谜。

我再一次实际感受到日语的音很美，是在接触日本俳句的时候。会鉴赏俳句之前我走了很远的路。实际上，我与俳句的最初邂逅是通过波兰语译文。松尾芭蕉、与谢芜村、小林一茶、正冈子规的俳句于20世纪初开始译成波兰语，在翻译的影响下，波兰文学产生了“俳句”这个新的种类。

在翻译过程中保持音与内容，形式与意象的精巧平衡，这是很难的。有很多译者不断反复摸索，尝试将日语的美妙之处译成波兰语。另外，既有创作五七五音节的俳句诗人，也有些诗人吟咏前卫的俳句，比起韵律来更优先考虑简洁性。

但是，对于还不成熟的我来说，即便读了俳句还是觉得过于短小，我认为有些不足。我习惯了波兰语浪漫主义时代创作的豪壮的诗歌，对我来说俳句的妙趣是很难解开的谜。

后来的一次温泉旅行居然告诉了我俳句的妙趣。来日本之前我完全不知道为什么日本人喜欢花那么长时间泡在热水里。长时间坐在热水里，难道皮肤不会皱皱巴巴的吗，身体也会疲劳吧，也会头晕吧。但是，我的第一次日本温泉体验不仅是娱乐的体验，更是一次美学的、宝贵的体验，这一点我根本没想到。

那是四年前的事了。我留学住在东京。过年时受大学的朋友邀约，一起去了朋友的老家——松本。东京几乎不下雪，松本与东京不同，当时的松本被皑皑白雪覆盖，山上的景色别具魅力。于是，我们决定晚上去泡温泉。首先在屋内的浴室洗好身体，然后泡在放在外面的大木桶里。寒冷的冬夜，外面气温零下 8 摄氏度，但坐在热水里的心情十分舒畅。月光安稳地照着水面、白雪和我们的肌肤，竹篱笆旁边开着红色山茶花。正在这时从夜空中飘飘洒洒下起了雪，这样的景色组合很少见吧。我心想，如何才能将那一瞬间的感动传递给其他人呢，我第一次感到“要是会创作俳句就好了”。

但是，能注意到那一瞬间的完美无瑕，原本就是因为读了俳句的缘故。之所以这么说，是因为俳句给了这一特别的瞬间和极其日常的风景以新的框架，将这一瞬间的事情琢磨得像宝石一样。抓住无常人生的一瞬间，像沉在琥珀里的虫子一样，可以给周围提供美丽的光泽。也就是说，通过采用俳句这种形式，自己的心绪会变成给他者的刺激。这种刺激传递给他者，会呼唤起更进一步的联想。

所以我想更多地了解俳句，今天把我要推荐的书拿来了。这本书的题目是《子规句集》（创风社出版，2004 年），是可以慢慢品味正冈子规俳句的一本书。俳句诗人坪内稔典和小西昭夫选了子归一百首俳句。不仅可以鉴赏各个作品的魅力，还包括被选出来的鉴赏者的解说和介绍子规人生的随笔。所以，这本书可以一边读俳句一边加深对正冈子规的知识，通过俳句来更好地了解子规。而且通过正冈子规还可以知道日本方方面面的知识。

如果要举出子规喜欢的俳句，那么我最先想起来的是这两首，“柿くへば 鐘が鳴るなり 法隆寺（憩所食甜柿，报时钟声

忽想起，秋漫法隆寺）”“菜の花の中に道有り一軒家（绿色菜花田，一条小路现中间，房子在路边）”。俳句中描写的景色像是看电影一般，一帧接一帧浮现在眼前。但是，即便是正冈子规的俳句具有刺激性，我眼前的风景却屡屡变为波兰的风景。读了子规的“菜花”俳句，感觉故乡油菜花的风景扩展在眼前了。托子规的福，日本和波兰的景色在我眼里重叠了。

我打算找个时间将子规的俳句译成波兰语。说真的，有很多地方译不出来。比如，我喜欢的一首俳句“梅雨晴や 所々に 蟻の道（梅雨突放晴，阳光庭院照湿地，蚁道处处明）”，里面的“梅雨晴（梅雨放晴）”，几乎是不可能用一句话将这个季语译成波兰语。波兰的俳句不会成为跟日语百分百一样的俳句。但是，只要刺激了波兰语读者们的想象力，我觉得就有翻译的价值。很多俳句被译成波兰语了，也有不少俳句在波兰吟咏，这些俳句既有波兰语的特色，也有崭新的魅力。如果说所谓世界文学就是跨越语言和文化的壁垒，给世界的人们造成影响的文学，那么子规的俳句集和整个俳句文学肯定是世界文学的一部分。俳句的翻译成为一种刺激，致使波兰文学和波兰的俳句爱好者都发生了改变。

如果哪一位想从新的角度看待世界，那么我劝你读一读日语的俳句和外国人写的“haiku（俳句）”。我期望大家无论如何也要在世界文学里发现自己想解的谜。

沼野：谢谢！日本人都知道波兰这个国家，但是实际接触的人很少，也许我们还不熟悉波兰。实际上艾尔吉维塔·科罗娜毕业的华沙大学在欧洲也是以日本学研究水平高而著称，东京大学和华沙大学之间签订了学术交流协定。根据此协定，虽然人数不多，两校之间长年坚持研究人员和留学生的互换。由于这个原因，在此之前现代文艺理论研究室已接收了很多来自华沙大学的留学生，留过学的后来成为研究人员或者成为大使馆官员，在多个领域活跃着，成为日本和波兰文化交流的重要力量。

刚才我们请七名留学生进行了发言。很遗憾回答问题的时间所剩无几了，但至少还是回答一个问题吧。

提问者 1：我想问孙亨准一个问题。您对身体性很关心，在世界各地用摄像机拍摄多和田叶子朗读的样子。我认为歌曲和弹唱等表演也是用语言和身体性来表达的表演。关于朗读以外的语言和身体相结合的表演，如果有什么的话，希望告知。

孙亨准：原本我想做朗读研究的契机是因为自己有一个疑问。在现在的社会，文学严重被视听觉所束缚。说起文学，很多人的印象是读书和读文字，但实际上在文字产生之前物语就存在，大家都通过声音来传递物语。于是我产生了一个疑问，文学中的声音是个什么东西？我原本做的不是表演的研究，而是在文学中意识到声音的存在，我现在做的研究是关于声音是如何被接受的。我还不知道关于其他方面的表演，也还是像科罗娜说的那样，我认为俳句是那样的艺术。

沼野：谢谢。已经很晚了，我想大家还有很多问题要问的。第二部分的研讨就到这里。

我作为教师虽然不能说自己很好地指导了这些留学生，但他们的日语很棒，他们关于日本文学作品进行了很出色的发言，弄不好这些作品我也没读过。听了他们的发言，我觉得自己也必须要多多阅读、多多学习了，这方面我很高兴。另一方面，我当然也指导了很多本国的本科生和硕士生，所以我想鼓励他们说："你们作为日本人也要更加努力，要像他们一样把外语说得这么好，不然可不行呀。"不，最重要的首先应该是自我鼓励。

我在第一部分的开头说过，我认为今天是"从日本到世界"和"从世界到日本"这两个方向完全相反的目光巧妙地构成了交流，对彼此而言是一个很刺激的场合。各位，今天的研讨时间很长，谢谢大家了！

后记

——完成二十六次对谈之后

我们邀请到各种嘉宾，我作为主持人举办了“通过对话学习‘世界文学’连续讲义”这一对谈活动，第一次对话活动是在 2009 年 11 月，距今已经七年多了。值得纪念的最初的嘉宾是利比·英雄。那时候没想到这个系列讲义的对谈活动会持续这么长时间。而且我们花七年时间进行了二十六次对谈，总共出了五本日版书。

再一次向关照我们的各位表示感谢，通过这五本日版书，我们提出了文学方面的哪些侧面、哪些问题和哪些可能性呢？为了重新审视这些问题，请允许我将之前的对话主题和嘉宾的名字进行列举。

《文学构筑世界——通过对话学习“世界文学”连续讲义》(2012 年 1 月刊)

1. 利比・英雄“跨境文学的冒险”

2. 平野启一郎“飞越国境和时代”

3. 罗伯特・坎贝尔“来自‘J 文学’的邀请”

4. 饭野友幸“读诗，听诗”

5. 亀山郁夫“在现代日本重新发现陀思妥耶夫斯基”

《构筑世界的还是文学——通过对话学习“世界文学”连续讲义 2》（2013 年 11 月刊）

1. 亀山郁夫“重新思考陀思妥耶夫斯基”

2. 野崎欢“‘美丽的法语’将去向”

3. 都甲幸治“作为‘世界文学’开端的美国文学”

4. 绵矢莉莎“在太宰治和陀思妥耶夫斯基的作品中都能感受到的某种相同的气息”

5. 杨逸“以日本语，写中国心”

6. 多和田叶子“走到母语之外的旅行”

《即便如此，还是文学构筑世界——通过对话学习“世界文学”连续讲义 3》（2015 年 3 月刊）

1. 加贺乙彦“现在重新思考——‘文学’是什么”

2. 谷川俊太郎、田原“诗的翻译有可能吗”

3. 辻原登“带我走进‘世界文学’”

4. 罗杰・裴费斯“惊人的日语、出色的俄语——视线超越地平线”

5. 阿瑟・比纳德“怀疑语言，用语言抗争”

《8 岁到 80 岁的世界文学入门——通过对话学习“世界文学”连续讲义 4》(2016 年 8 月刊)

1. 池泽夏树“当下只有文学才能做到的事”

2. 小川洋子“人，总是需要故事的”

3. 青山南“孩子和绘本告诉我的事情”

4. 岸本佐知子“我的兴奋点在召唤美国现代小说”

5. 迈克尔·埃默里奇“外国人眼中的日本现代文学”

《总之，读书是冒险——通过对话学习“世界文学”连续讲义 5》(2017 年 3 月刊)

1. 川上弘美、小野实“‘我与文学’——流畅、热爱，充满甘苦”

2. 小野正嗣“从木兰花的庭院走出——文学的未来会怎样?”

3. 张竞“作为世界文学的东亚文学——中日文学交流的现状”

4. 茨维塔娜·克里斯特娃“费尽心思的日语——讲述短歌系文学”

5. 研讨会“世界文学和它愉快的伙伴们”

第一部分的“从日本到世界”演讲嘉宾　柳原孝敦、阿部贤一、龟田真澄、奈仓有里

第二部分的“从世界到日本”演讲嘉宾　莱安·莫里森、比亚切斯拉布·斯洛贝、邵丹、郑重、乌森·博塔格斯、孙亨准、艾尔吉维塔·科罗娜。

遇到很多人，大家交流了很多事，读了很多书。即便如此也不可能说就到此为止了，这就是世界文学，人生也是如此。

本书所刊载的对谈内容以下面的活动为基础构成。

●川上弘美 2016 年 1 月 31 日“‘我与文学’——流畅、热爱，充满甘苦”（东京大学法文 2 号馆文学部第一大教室）

●小野正嗣 2016 年 2 月 27 日“从木兰花的庭院走出——文学的未来会怎样?”（御茶水阳光城露台房间）

●张竞 2015 年 11 月 28 日“漂洋过海的日本文学——现今的中日文学交流”（东京大学法文 1 号馆文学部 113 教室）

●茨维塔娜·克里斯特娃 2015 年 11 月 30 日“费尽心思的日语——讲述短诗类文学的魅力”（东京大学研究生院人文社会系研究科现代文艺论研究室举办的公开讲座）（东京大学法文 1 号馆 216 教室）

以上四个对谈全部由一般财团法人出版文化产业振兴财团（JPIC）主办/“文学构筑世界——从十岁开始会遇到的文学翻译的向导（新·世界文学入门）和沼野教授理解世界的日本，日本的世界”系列

●研讨会 2016 年 2 月 28 日“世界文学和它愉快的伙伴们”第一和第二部分（东京大学法文 2 号馆文学部第一大教室）

这个研讨会是一般财团法人出版文化产业振兴财团（JPIC）主办，由东京大学研究生院人文社会系研究科现代文艺论研究室策划并实施。

图书在版编目（CIP）数据

东大教授世界文学讲义．5 /（日）沼野充义编著；李先瑞译．—杭州：浙江文艺出版社，2021.7
ISBN 978-7-5339-6529-7

Ⅰ．①东… Ⅱ．①沼… ②李… Ⅲ．①世界文学—文学研究 Ⅳ．①I106

中国版本图书馆CIP数据核字(2021)第114715号

统筹策划 柳明晔
责任编辑 邵 劼
责任印制 吴春娟
封面设计 人马艺术设计·储平
营销编辑 张恩惠
数字编辑 姜梦冉

东大教授世界文学讲义5
［日］沼野充义 编著 李先瑞 译

出版发行 浙江文艺出版社
地　　址 杭州市体育场路347号
邮　　编 310006
电　　话 0571-85176953(总编办)
0571-85152727(市场部)
制　　版 浙江新华图文制作有限公司
印　　刷 杭州富春印务有限公司
开　　本 850毫米×1168毫米 1/32
字　　数 223千字
印　　张 10
插　　页 6
版　　次 2021年7月第1版
印　　次 2021年7月第1次印刷
书　　号 ISBN 978-7-5339-6529-7
定　　价 86.00元